"十三五"国家重点图书出版规划项目

浙江文化艺术发展基金资助项目

中国民间文艺思想史论

林中的响箭
走向世界的中国现代民间文艺思想

高有鹏 著

宁波出版社
NINGBO PUBLISHING HOUSE

图书在版编目（CIP）数据

林中的响箭：走向世界的中国现代民间文艺思想 / 高有鹏著 . -- 宁波：宁波出版社，2023.3
（中国民间文艺思想史论）
ISBN 978-7-5526-4195-0

Ⅰ. ①林… Ⅱ. ①高… Ⅲ. ①民间文学—文艺思想史—研究—中国—现代 Ⅳ. ① I207.709

中国版本图书馆 CIP 数据核字（2021）第 027631 号

林中的响箭　LINZHONG DE XIANGJIAN

走向世界的中国现代民间文艺思想

高有鹏　著

策　　划	袁志坚　徐　飞
责任编辑	朱璐艳
责任校对	秦梦嫄
出版发行	宁波出版社
地址邮编	宁波市甬江大道 1 号宁波书城 8 号楼 6 楼　315040
装帧设计	金字斋
印　　刷	宁波白云印刷有限公司
开　　本	710 毫米 ×1000 毫米　1/16
印　　张	15
字　　数	210 千
版　　次	2023 年 3 月第 1 版
印　　次	2023 年 3 月第 1 次印刷
标准书号	ISBN 978-7-5526-4195-0
定　　价	75.00 元

本书若有印装错误，影响阅读，请与出版社联系调换，电话：87248279。

（版权所有　翻印必究）

目 录

引 言 ………………………………………………………… 001

第一章 胡适的民间文艺学思想理论 ……………………… 007
 第一节 比较歌谣学的创制及其歌谣学思想 ……………… 007
 第二节 关于民间传说故事的研究 ………………………… 022
 第三节 民间文学与作家文学问题 ………………………… 041
 第四节 《白话文学史》对现代民间文学理论发展的贡献 …… 051

第二章 鲁迅的民间文艺学思想理论 ……………………… 065
 第一节 尊重民间与正视现实的文化立场和价值观念 …… 065
 第二节 关于民间文学的起源及其与作家文学的关系 …… 079
 第三节 对民间文学嬗变历史及其价值的文化透视 ……… 097
 第四节 鲁迅的神话学观 …………………………………… 111

第三章 周作人的民间文艺学思想理论 …………………… 124
 第一节 关于民间歌谣的研究及其现代歌谣学体系的建立 … 129
 第二节 "三童"及童话学理论体系的建立 ……………… 155
 第三节 关于神话传说的研究及其对现代神话学的贡献 … 173
 第四节 对民间文学与民俗学基本理论问题的研究 ……… 189
 第五节 对国外民间文学和民俗学理论的翻译和介绍 …… 207

引 言

在中国现代民间文艺思想理论研究中,胡适、鲁迅、周作人是非常重要的三位理论家。他们的出现,是时代的选择与认同。他们是"五四"的儿子,是时代的骄子。他们横空出世,标志着中国现代民间文艺学思想理论的重要发展,也一举成为思想的高峰。

中国现代民间文学思想理论的构成是多学科融合的结果。不同身份的思想家、理论家,在不同时期不同地方所表达的对民间文学的理解,形成相互间的碰撞,使得思想文化的火花格外耀眼。如胡适,他的主要身份其实应该是哲学家,或者是教育家、社会活动家,诗歌是他的副业,但是他对民间文学的热心,对白话文的情有独钟,使得他的学术思想在事实上表现出民间文学思想理论的特征。如周氏兄弟,鲁迅是一个思想家,他并没有专心致志于神话或歌谣的研究,周作人的身份应该是一个文化人出身的自由职业者;他们对中国传统文化的热情,使他们关注民间文学现象,同样在事实上于文章的字里行间显现出他们别具一格的民间文学思想理论。茅盾和老舍是作家,闻一多和朱自清是教授、教育家,郑振铎和赵景深是出版家,董作宾和顾颉刚是历史学家,似乎只有钟敬文是具有职业色彩的民间文学专门研究者,其实他也是一个作家,以散文著称文坛。他们因为身份职业的不同,对待民间文学的方法、方式,自然也不同,或注重学理分析,或注重国民精神建设,或注重民间文学的当代形态把握,或注重历史文化的求索。如此格局,彰显出中国现代民间文学思想理论的时代特色。

思想文化与社会实践的结合使得中国现代民间文学有多次飞跃,在实践中形成的民间文学思想理论与纯粹的学理分析同样表达了现代学术思想的诉求。在他们共同的思想文化探讨中,表现出鲜明的问题意识,使得这些思想理论具有典型的中国特色。

中国现代民间文学史的研究,其主要来源是历史文献。历史文献的构成,既有当地的书籍、报刊等资料,也有后世整理和挖掘出的文献,形成对历史资料的补充和修正。当然,无论是当地公开出版或保存的资料,还是后世整理挖掘的文献,都需要进行甄别、辨析。通过定量分析、定性分析和案例分析等技术手段,能够更加深入地研究中国现代民间文学的形态变化与文献构成的特点。如1950年中国民间文艺研究会成立,郭沫若提出"成立民间文艺研究会,就是要对中国古代和现代的民间文艺进行深入的研究"。《民间文学》等刊物发表了许多搜集整理的中国现代民间文学作品。因此,广泛阅读必要的历史文献,是本课题的第一步,看到中国现代民间文学存在的背景与特点,然后是结合当时的文化发展,进一步辨析文本,获取更加丰富的文献,最后才是深入广泛地挖掘历史材料,进行全面而深入的研究。本课题有必要看到新文学更全面的文本。《中国新文学大系》和《中国新文艺大系》在总体上反映出中国现代文学的历史成就,是了解中国现代民间文学的重要参照。

中国现代民间文学是中国现代文学的重要组成部分,与新文学的发展有着非常密切的联系。只有理解中国现代文学发展的大背景,才能真正懂得中国现代民间文学的价值意义。而且,一些新文学本身就包含着民间文学的成分,也有一些民间文学作品被视作新文学。《中国新文学大系》是由鲁迅、茅盾等对中国新文学运动第一个十年文学创作和理论发展成就的编选。其第一辑选取时段自1917年至1927年,由赵家璧主编,1935至1936年间,由上海良友图书印刷公司相继出版。2003年,上海文艺出版社重新出版。全书分为十卷,分别由著名作家、学者编选,如胡适、郑振铎、茅盾、鲁迅、郑伯奇、周作人、郁达夫、朱自清、洪深、阿英等。由蔡元培撰写总序,各卷编选者分别撰写长篇导言,介绍各卷的内容与特色。这些导言详细介绍了新文学的发生、发展、理论主张、各种活动和重大事件等,总体上代表了这一特殊时期的文学成就。自20世纪80年代,《中国新文学大系1927—1937》《中国新文学大系1937—1949》和其他各卷相继出版。陈荒煤主编《中国新文艺大系》,时间从五四运动前后到1982年底,共分五辑:第一辑为1917—1927年,第二辑为1927—1937年,第三辑为1937—1949年,第四辑为1949—1966年,第五辑为1976—1982年,由中国文联出版公司出版。第三辑(1937—1949)中的《民间文学集》,是中国现代民间文学第一次以专辑的形式出现。这一阶段是中国现代民间文学史上一个非常特殊的时期,民间文学典型地反映出中国人民在民族危亡时期的文化精神,如编者刘锡诚在《导言》中所说:"在这民族危亡的严重关头,中国的知识界,包括从事民间文学的人士,发生了大分化。有的卖身求荣,当了汉奸;有的不堪做亡国奴的境遇,逃亡到了大后方;有的投笔从戎,上了打击侵略者的前线;有的毅然奔赴延安。尽管战乱不已,生活颠沛流离,仍然有一大批热爱中华本土文化、中国民族传统的民间文学家、作家、文化工作者,在极困难的条件下坚持着五四新文化运动开拓的道路,进行民间文学的搜集、出版、调查、研究以及推广事业,并且做出了足以彪炳青史的可喜成就。当我们认真地研究了这段时期的材料后,可以毫不夸张地说,从1937—1949年,无论是调查搜集还是学术研究,都堪称是中国现代民间文艺学史上一个辉煌的时代。"这正是中国现代民间文学的重要特点,也是其不同寻常的历史价值。

《中国民间故事集成》《中国歌谣集成》《中国谚语集成》,俗称"三套集成",是中国民间文学十部集成志书的一部分。1984年开始,以中国民间文艺家协会为主,在全国范围内开展了民间故事、歌谣和谚语的搜集整理。2009年,三套集成的省卷本部分全部出齐,省卷本90卷(计1.2亿字),地县卷本(内部出版)4000多卷,总字数逾40亿。它是在全国范围内进行普查、广泛搜集的基础上,按照"科学性、全面性、代表性"原则编选出来的,是具有高度文学价值和科学价值的中国各地区、各民族民间故事、歌谣、谚语优秀作品的总集。其中，既有大量传统的民间文学，又有许多中国现代社会各时期流传的民间文学，是中国现代民间文学史研究的重要材料。这些材料弥补了历史上关于中国现代民间文学搜集整理的许多不足。

中国现代民间文学理论体系的建立，是本课题的重要内容。中国现代知识分子，投身于救国救民的文化事业，是民间文学理论发展的生力军、主力军。鲁迅、胡适、郑振铎、茅盾、周作人等人，对民间文学有许多深入、系统的论述。历史上形成的民间文学运动，以及民族学、社会学等学者的科学考察，集中体现在这些论述中。《鲁迅全集》《胡适全集》等文献，保存了这些材料，是中国现代民间文学史研究不可或缺的内容。广泛搜集历史文献，经过多少代学者努力编纂的各种文集，是中国现代民间文学历史研究的重要渠道。

中国现代民间文学的搜集整理与理论研究，或借鸡生蛋，或独立门户，出现不同形式的园地。如北京大学歌谣学研究曾集中发表在《北京大学日刊》和《歌谣周刊》，中山大学民间文艺研究集中发表在《国立中山大学民俗周刊》和《民俗学会小丛书》等。《国立中山大学民俗周刊》是其中一个典型。中山大学的民俗学包括民间文学研究，明确提出建立"以民众为中心的历史"，自20世纪20年代，到20世纪40年代，贯穿中国现代历史阶段。如钟敬文所述："这个附属于南方的一个大学的民俗学会，从创始到结束，前后经历了16年。它印行了许多书籍、期刊，收集发表了许多民俗资料，探讨了许多民俗问题，宣传并在一定范围内普及了民俗学知识，培养出一些年青的民俗学工作者。它不但开拓了中国民俗学的领域，在东亚人民文化研究史上也是引人瞩目的。"（季羡林主编，《民间文艺学及其历史——钟敬文自选集》，山东教育出版社，1998年，第485页）五四歌谣学运动是中国现代民间文学史的重要开端，而中山大学民俗学包括民间文学研究则是中国现代民间文学史的重要发展阶段。

引　言

中国现代民间文学史的研究,成为学术发展中的一个热点,出现许多有价值的著述。娄子匡、朱介凡《五十年来的中国俗文学》,刘锡诚《20世纪中国民间文学学术史》,赵世瑜《眼光向下的革命——中国现代民俗学思想史论(1918~1937)》,以不同的方式论述中国现代民间文学历史。《五十年来的中国俗文学》把民间文学视作俗文学的一种重要形式,从五四歌谣学运动开始论述,分析了中国现代民间文学的理论发展过程及其各个阶段的特点。《眼光向下的革命——中国现代民俗学思想史论(1918~1937)》从清末民初的中国社会与社会思潮开始论及中国现代民俗学运动的学术渊源,具体论述中国的民间文化研究传统与西方民俗学及相关学科的东渐及其影响,总结了中国现代民俗学包括中国现代民间文学理论的发生、发展,特别是钟敬文等学者的重要贡献。《20世纪中国民间文学学术史》则把中国现代民间文学理论体系的建立和发展置于整个20世纪,既看到其形成的背景与原因,又看到其发展变化的历史进程,勾勒出其不同阶段、不同流派与不同运动的时代特色,同时梳理出其历史影响。这是全方位的学术史勾勒,包括中国现代民间文学的搜集整理、翻译和理论研究的各个方面。这是本课题研究的重要参考。

国外学者对中国现代民间文学的研究,可以给人另一种视角的启发。美国学者洪长泰的《到民间去:1918—1937年的中国知识分子与民间文学运动》,主要从文化思想史的角度,论述中国现代民间文学的历史问题。他使用民间文学的历史材料,具体分析和探讨20世纪初中国五四运动至抗战前的历史阶段,研究中国现代民间文学运动的发生、发展及其影响。他总结了五四歌谣学运动中一批年轻的学者对中国传统文化的批判,主要是对封建儒家传统及贵族文化的抨击——他们认为这是中国现代化的障碍,也是中国获得新生的桎梏,提出了"到民间去",去发现民众的价值;他们认为封建礼教充满虚伪和欺骗,民间百姓口头流传的歌谣、谚语,是"天籁"。这位美国学者还注意到中国现代民间文学不但具有文化史的意义,而且具有重要的思想史意义,即"到民间去"的文化实践与中国共产党思想文化的联系。他从思想史的角度研究中国现代民间文学的历史价值,启发我们更深入地研究中国现代民间文学与中华民族追求民族独立自由和解放的联系。

在中国现代民间文学史的研究中,人们注意到历史材料的不同来源,具有不同的价值,诸如大传统小传统、文化人类学、口述史学具有更加特殊的意义。口述史,即通过口头讲述获取历史材料。其始现于远古时期,即文字等历史文献出现之前,人们通过口头形式传承历史,形成历史记忆。口述历史可以在某种程度上弥补传统档案、文献的不足。现代口述史学形成于20世纪40年代,它改变了人们单纯用文字证明历史的方式。口述史料包含的内容远超过文献,口述史学的关键即如何获取和利用口述史料进行历史研究。英国学者保尔·汤普逊《过去的声音:口述史》具体而有分析地介绍了口述历史在世界各地的发展情况。他从口头讲述的可靠性入手,论述了口述史的特殊性,他认为"口述史特别适合于课题工作,它不仅可以成为群体,也可以成为单个学生的事业:不管是在学校、大学或学院,还是在成人教育或社区中心。口述史可以随时随地落实下去。在国内任何地方,口述史都可以成为地方研究的丰富的主题:如地方工业或手工业史、特定共同体中的社会关系、文化和方言、家庭的变迁、战争和罢工的影响"[1]。对于中国现代民间文学史的研究,仅仅使用过去的出版物和档案文献是不够的,口述史学可以获得更丰富的文本、文献,可以更准确更全面获得历史的真实。

总之,中国现代民间文学史的研究,应该拥有更广阔的视野与胸怀,获取更为丰富的文献等历史资料,进行更全面深入的研究。

---

[1] [英]保尔·汤普逊著:《过去的声音:口述史》,覃方明、渠东、张旅平译,辽宁教育出版社、牛津大学出版社,2000年,第9页。

第一章
胡适的民间文艺学思想理论

  胡适十分推崇白话作为"活"的文学对新文学发展的重要作用,他有着鲜明而系统的民间文学观,即"一切新文学的来源都在民间"。[1]尽管在这之前(1926年)已经有傅斯年提出过"中国一切文学都是从民间来的",而且胡适自己也承认这一观点对他影响很大;在这更早时(1916年),梅光迪曾在信中提到文学革命当从民间文学入手。[2]但是,具体将民间文学看作平民文学,看作白话文学,指出白话文学包括民间文学在中国文学史上所处的"中心部分",对歌谣、神话、传说、故事和民俗进行深入细致的研究者中,胡适是开拓者、集大成者。在现代民间文艺学的许多方面,胡适的方法与论点不但对同时代人产生深刻影响(如顾颉刚),而且至今仍有着重要意义。我们应该看到,胡适的民间文学观或民间文学思想及其价值,然而,在理性而全面的把握这些上,当前仍然存在着许多不足,有待我们深入研究。

第一节　比较歌谣学的创制及其歌谣学思想

  胡适是最早系统倡导比较歌谣学的学者。这就是他的《歌谣的比

---

[1]　胡适:《白话文学史》第三章《汉朝的民歌》,新月书店1928年版。
[2]　胡适:《逼上梁山》,《东方杂志》,1934年第31期。

较的研究法的一个例》[1]提出研究歌谣的"比较的研究法",即寻求"母题（motif）"。他说：

> 有许多歌谣是大同小异的。大同的地方是他们的本旨,在文学的术语上叫做"母题（motif）"。小异的地方是随时随地添上的枝叶细节。往往有一个"母题",从北方直传到南方,从江苏直传到四川,随地加上许多"本地风光";变到末了,几乎句句变了,字字变了,然而我们试把这些歌谣比较着看,剥去枝叶,仍旧可以看出他们原来同出于一个"母题"。

在这里,他以《读书杂志》所刊发的一首歌谣《看见他》为例,看到它在全国各地的普遍流传,以为其母题是"到丈人家里,看见了未婚的妻子","此外都是枝节"。通过"比较研究的结果",他发现有三个方面的问题值得注意,即：1."某地的作者对于母题的见解之高低"。2."某地的特殊的风俗、服饰、语言等等——所谓'本地风光'"。3."作者的文学天才与技术"。他将安徽旌德的《看见她》同北京地区的这首《看见他》相比较,考察出"当时本地的服饰"和"在文学技术上就远不如上文引的北京的同题歌（谣）"。最后,他对歌谣搜集整理中的简单化现象,即"不耐烦搜集这种大同小异的歌谣,往往向许多类似的歌谣里挑出一首他自己认为最好的",提出批评,指出其随意删去的"不很妥当"。他举例强调,若只孤立地看一首歌谣,"我们也许把他看作一个赶车的男子回家受气的诗",若将许多首"互相比较","他们的母题就绝无可疑了",一再论述"参考比较的重要"。

写作此文的同一时期,胡适在自己的日记中记述了他到平民大学关于《诗经》的讲演中所运用的比较研究法。他提出"须用歌谣（中国的,东西洋的）做比较的材料","须用社会学与人类学的知识来帮助解释"。他举例论

---

[1] 胡适：《歌谣的比较的研究法的一个例》,《努力周报》,1922年12月3日第31期。

述道:"如向来'比兴'的问题,若用歌谣来比较,便毫不困难了。如'荠菜花,满地铺';'槐树槐,槐树底下搭戏台'与古时的'孔雀东南飞,五里一徘徊',都可做比较。这是形式与方法上的比较。"他还说:"又如日本俗歌里,近时搜集的中国歌谣里,都有内容上与《国风》相同的材料。"关于《诗经》中的《召南·野有死麕》这首恋诗,他运用比较民俗学的方法论述道:

这明是古代男子对女子求婚的一个方法。美洲土人尚有此俗,男子欲求婚于女子,必须射杀一个野兽,把死兽置在他心爱的女子的门口。在中国古时,必也有同类的风俗。古婚礼"纳采用雁,纳吉用雁,纳征用俪皮(两鹿皮),请期用雁"(《士婚礼》),都是猎品。春秋时尚有二男争一女,各逞武力于女子之前,使女子自决之法。用此俗来讲此篇,便没有困难了。

不久,他在同顾颉刚的《论〈野有死麕〉书》中,更详细地论述"《野有死麕》一诗最有社会学上的意味"。他说:

初民社会中,男子求婚于女子,往往猎取野兽,献于女子。女子若收其所献,即是允许的表示。此俗至今犹存于亚洲美洲的一部分民族之中。此诗第一第二章说那用白茅包着的死鹿,正是吉士诱佳人的贽礼也。

又南欧民族中,男子爱上了女子,往往携一大提琴至女子的窗下,弹琴唱歌以挑之。吾国南方民族中亦有此风。我以为《关雎》一诗的"琴瑟友之","钟鼓乐之",亦当作"琴挑"解。旧说固谬,作新昏诗解亦未为得也。"流之""求之""芼之"等话皆足助证此说。

他因此而感叹"研究民歌者当兼读关于民俗学的书"。他以为,民俗学是一种便利的方法。在他看来,"《诗经》不是一部经典",而"确实是一部古代歌谣的总集",它"可以做社会史的材料,可以做政治史的材料,可以做文化史的材料"。对于"从前的人把这部《诗经》都看得非常神圣,说它是一部经典",他说,"我们现在要打破这个观念",否则,"《诗经》简直可以不研究了",所以,"我们应该拿起我们的新的眼光,好的方法,多的材料,去大胆地细心地研究"。他研究《诗经》的"新的眼光,好的方法",贯彻着他平素倡导的"大胆假设,小心求证",即"用小心的精密的科学的方法,来做一种新的训诂工夫,对于《诗经》的文字和方法上都从新下注解"。他要"大胆地推翻二千年来积下来的附会的见解;完全用社会学的,历史的,文学的眼光重新给每一首诗下个解释",求得"自己有一种新的见解"。他又一次论述《野有死麕》作为初民社会"男子勾引女子的诗",称"此种求婚献野兽的风俗,至今有许多地方的蛮族还保存着"。他将《嘒彼小星》看作"写妓女生活的最古记载",并将之与《老残游记》中"黄河流域的妓女送铺盖上店陪客人的情形"相比照。

他将比较民俗学成功地运用于《诗经》研究之中,反复强调"必须多研究民俗学,社会学,文学,史学",形成了他卓有成就的比较歌谣学理论系统和方法。这种方法在当时不但影响了以顾颉刚为代表的青年学者对新史学的投入(有人称胡适是"古史辨学派"的启发者,另述),而且直接影响到歌谣学专题研究的深入发展。如十几年后,董作宾在《〈看见她〉之回顾》中深情地提到当年《看见她》专题研究受胡适"暗示"启发的背景,即《一首歌谣整理研究的尝试》被列为《歌谣周刊》专号,后来单印成《看见她》。他说自己"曾受了最大的暗示而从事《看见她》之整理研究",在原文中"却忘了提及","这是大不该的"。他所受的暗示,即胡适:《歌谣的比较的研究法的一个例》。他说:"我那篇文字研究的结果,丝毫也不曾跳出胡先生所指出的轨范,所以在这里不惮烦琐的重述一篇。可是在当时我竟忘记称道这位指引路途的向导而没有一字提及,岂不该打!"拳拳之心溢于言表。顾颉刚关于孟姜女的研究也是如此。

比较民俗学的方法是从西方学者的著述中传入的。关键的内容在于

"比较",即通过许多材料的对比去发现"母题"。如詹姆斯《比较民俗学方法论》中所讲,有三个步骤:"首先是事实的搜集,第二是事实的比较,第三是事实的解释。"他还说,民俗学的所有权不是任何一个民族的,"然而表达民俗学者的材料的方法却明显地具有民族特色",所以,许多学者往往带有强烈的民族主义倾向,"以往爱国的民俗学者,如爱尔兰的、芬兰的、德国的学者们,开始他们的研究是企图'研究民族文化的起源',随着他们研究的发展,他们发现他们自己需要摆脱民族主义和采用人道主义是适当的"。[1]詹姆斯强调人们"发生错误的主要原因"在于"完成事实收集之前就给事实做了解释"和缺乏"比较"的认定。[2]国际上著名的芬兰学派即历史地理学派以尤里乌斯·科隆(Julius Krohn,1835—1888)为代表,将许多故事按流传地区排列,观察地域性和情节的变化及其引出的故事流传发展的起源。[3]芬兰学者的历史地理学派及其方法结束了民俗学、民间文学在"十九世纪晚期"之前"没有自己的方法"的历史,[4]但芬兰学派又确实是通过利用史诗《卡列瓦拉》鼓舞民族情绪,强化民族文化传统而具体形成的。也就是说,歌谣作为民俗重要资料的搜集整理与研究,都与民族文化的发展密切相关。比较歌谣学是比较民俗学的一种,通过"比较"的方法发现其中所蕴含的民族情感的真实及其作为新文学等人文学科的"养分",这应该是胡适的初衷,既是他文学改良理想的表现,也是整个时代文学革命的要求。同时,它也暗合了我国古代"礼失求诸野"的文化发展规律。因此,胡适从"一切新文学的来源都在民间"的理念出发,创制了比较歌谣学的理论系统和方法,既解决了诸多老问题而得到许多新发现,又为新文学的发展寻求到具体的范式,更重要

---

[1] 詹姆斯:《比较民俗学方法论》,田小杭译,《清华周刊》,第31卷464号。

[2] 詹姆斯:《比较民俗学方法论》,田小杭译,《清华周刊》,第31卷464号。

[3] 丁乃通:《历史地理学派及其方法》,1981年7月14日在北京师范大学的演讲(录音稿),《民间文学理论丛刊(一)》,北师大中文系民间文学教研室,1982年3月。

[4] 丁乃通:《历史地理学派及其方法》,1981年7月14日在北京师范大学的演讲(录音稿),《民间文学理论丛刊(一)》,北师大中文系民间文学教研室,1982年3月。

的是,他以民俗学理论为基本方法完成了对传统学术经学传统的颠覆和对新的学术方法的科学筑构。由此,我们可以感受到胸襟、胆识对现代学术事业的重要性——胡适和他的同志们一改往昔士大夫鄙视民间文学的价值立场,在某种意义上讲,使整个民族的文化精神获得了新生,新文学自然与民间文学发生了密切联系。尤其是比较歌谣学的成功创制,使中国现代民间文艺学理论在发展伊始就获得了一种科学的方法,同时也奠定了开放的、多元的学术传统。胡适通过民俗学的方法研究歌谣,还原了民间歌谣作为民间文化生活的实质面目。这种学术价值立场的确立,是胡适新文学新文化建设理想的具体表现,与《歌谣周刊》的《发刊词》所标榜的"文艺的"和"学术的"两种目的是相一致的。[1] 特别值得指出的是,胡适对歌谣包括民间诗歌的发生主体"民众"有着更为全面的理解。如他曾强调"词起于民间,流传于娼女歌伶之口"。[2] 这更接近于现代民俗学在"民众"范畴上所规定的"全体民众"。对于娼妓阶层的重视,胡适表现出突出的民本意识。但令人遗憾的是,多少年后我们一直忽略了这个最下层最卑贱的"娼妓"对民间文学特别是民间歌谣(民间歌曲)所产生的特殊的传播作用。很长时期有不少学者固守"劳动人民的口头创作"的概念,将娼妓阶层排斥于"人民大众"之外,甚至把对娼妓阶层的重视作为胡适的"罪名"。民间文学研究是应该正视这一文化存在的。受胡适学术思想最直接最深刻影响的是顾颉刚,顾颉刚发扬和光大了胡适的"民众"立场,在《民俗》的《发刊辞》中更明确地指出了"人间社会大得很","尚有一大部分是农夫、工匠、商贩、兵卒、妇女、游侠、优伶、娼妓、仆婢、堕民、罪犯、小孩","他们有无穷广大的生活",所以,"我们要站在民众的立场上来认识民众","探检各种民众的生活,民众的欲求,来认识整个的社会",从而"打破以圣贤为中心的历史,建设全民众的历史"。[3] 应该

---

[1] 《发刊词》,《歌谣周刊》,1922年12月17日第1号。
[2] 胡适:《〈词选〉自序》,《小说月报》,1927年1月第18卷第1号。
[3] 胡适:《发刊词》,《民俗周刊》,1928年3月21日第1卷第1期。

说,"全民众"的概念至今仍然是需要我们重新审视的内容。

　　胡适的歌谣研究和他的哲学研究一样,在我国现代学术体系中具有承前启后的意义。他提倡新学,但并不完全反对传统的学术方式,如他曾经提倡"整理国故"[1],为《国学季刊》撰写《发刊宣言》。他甚至在《论国故学》中提出清代儒学的考据是"暗合科学的方法",更不用说他在《中国哲学史大纲》的《再版自序》中提到自己最感谢的王怀祖、王伯申、俞荫甫、孙仲容、章太炎、钱玄同等人[2],而这几位学者在校勘训诂等传统学术方面都有深厚造诣。与一般学者所不同的是,胡适并不是彻底否定或全盘肯定传统,而是清醒地看到清代学者们"只有经师,而无思想家"、"只有校史者,而无史家"和"只有校注,而无著作"。[3] 他更看重的是在新与旧相结合基础上的改良与发展。蔡元培曾赞扬胡适的《中国哲学史大纲》第一大优点就是"证明的方法",即考据、辨析的功夫;[4] 尽管胡适也多次自谦"病虚"即并无汉学根底。由此我们也可以看到胡适"比较"的方法所显示的风度及其所具有的背景,以及今日我们所应借鉴、思索和学习的意义。胡适对歌谣学的研究从多层次、多角度展开,既有比较民俗学的方法,又有语言学的方法(如他在《歌谣周刊》"方言标音专号"[5]中对安徽绩溪方言发音记录的参与),更不用说他从文学、历史等方面所做的探索。尤其是五四歌谣学运动之后,即1935年北京大学恢复歌谣研究会后,胡适作为歌谣研究会委员为《歌谣周刊》所作的《复刊词》,以及他后来所做的《全国歌谣调查的建议》等,表现出这一时期他的歌谣观与前一个时期的不同。

　　《歌谣周刊》是五四歌谣学运动的重要理论阵地。1918年2月,北京大

---

[1] 胡适:《研究国故的方法》,《东方杂志》,1921年8月第18卷第16号。
[2] 胡适:《胡适学术文集·中国哲学史》,中华书局1991年版,第3页。
[3] 胡适:《发刊宣言》,《国学季刊》,1923年1月第1卷第1号。
[4] 胡适:《中国哲学史大纲·序》,中华书局1991年版。
[5] 胡适:《歌谣周刊》,1924年5月18日第55号。又见《关于〈看见她〉的通讯》,《歌谣周刊》,1924年11月30日第70号。

学征集全国近世歌谣,拉开中国现代民间文艺学的序幕。征集歌谣的简章由刘半农拟定,征集的办法有两种,一是本校(北大)教职员学生搜集,一是"嘱托各省官厅转嘱各县学校或教育团体代为搜集"。[1] 很快,这次活动得到社会广泛响应,胡适也积极参加。当时的报刊《晨报》《妇女杂志》和《学艺》积极配合,开设《民间文学》《歌谣》等栏目,形成沸沸扬扬的歌谣学运动。1920年12月北京大学成立了歌谣研究会,并于1922年12月编辑出版《歌谣周刊》;至1925年6月,《歌谣周刊》共出版97期和1期增刊(当年因《北京大学研究所国学门周刊》的兼并而停刊)。此后,又因大批学者南下,广州中山大学代替北京大学成为现代民间文艺学运动的中心,出版相关书刊。《歌谣周刊》发表大量民俗学、民间文艺学的论文,开设各种学术问题专号,展开自由宽松的学术争鸣,聚集并培养造就了一大批民俗学、民间文艺学专家,更不用说它刊载两千多首歌谣,成为重要的学术矿藏。《歌谣周刊》也因此获得很高的声誉,成为人们心目中难以割舍的一方圣土。1936年4月,《歌谣周刊》在多方努力下终于复刊出版,重新成为中国现代民间文艺学的一片热土。

此时的胡适已是人到中年,他主编《独立评论》,到各地发表演讲,为《中国新文学大系》的"建设理论集"写导言,当选中央研究院第一届评议会评议员,积极参加各种社会活动(包括支持一二·九运动)。这是抗日战争的前夜,思想文化领域出现许多混乱,如陶希圣等十位教授所做的《中国本位的文化建设宣言》,陈序经主张"全盘西化",双方展开十分激烈的争论。

胡适参加了这场争论,他说,他完全赞同陈序经先生的全盘西化论,指出因为文化"自有一种'惰性'","全盘西化"会形成一种折中,"旧文化的'惰性'自然会使他成为一个折衷调和的中国本位新文化"。[2] 他系统而明确

---

[1] 《北京大学征集全国近世歌谣简章》,《北京大学日刊》,1918年2月1日。
[2] 胡适:《编辑后记》,《独立评论》,1935年3月17日第142号。

地论述了自己的文化观：

> 中国的旧文化的惰性实在大的可怕,我们正可以不必替"中国本位"担忧。我们肯往前看的人们,应该虚心接受这个科学工艺的世界文化和它背后的精神文明,让那个世界文化充分和我们的老文化自由接触,自由切磋琢磨,借它的朝气锐气来打掉一点我们的老文化的惰性和暮气。将来文化大变动的结晶品,当然是一个中国本位的文化。[1]

关于"全盘西化",无论是在当时或者是在后世,曾经有许多人对胡适产生不同程度的误解。从这里我们可以看出胡适对新文化包括新文学建设的满腔热情。这是一种矫枉过正的主张。胡适对"老文化"的批判与他提出的"一切新文学的来源都在民间"是一致的;他所批判的是在汉武帝时"已经成为了一种死文字"的"古文",那些"文章尔雅"的"死文字"。[2] 相反,他格外看重"有很长又很光荣的历史"[3]的白话文学包括民间文学,如他所讲,是"一千多年的白话文学种下了近年文学革命的种子"[4]。他在《歌谣周刊》所做的《复刊词》中表明自己鲜明的学术立场:

> 我以为歌谣的收集与保存,最大的目的是要替中国文学扩大范围,增添范本。我当然不看轻歌谣在民俗学和方言研究上的重要,但我总觉得这个文学的用途是最大的,最根本的。《诗三百篇》的结集,最伟大最永久的影响当然是他们在中国文学上的影响,虽然我们至今还可以用他们作古代社会史料。我们的韵文史上,一切新的花样都是从民间来的。《三百

---

[1] 胡适:《试评所谓中国本位的文化建设》,《大公报》,1935年3月31日。
[2] 胡适:《白话文学史》第一章《古文是何时死的》,新月书店1928年版。
[3] 胡适:《白话文学史》之《引子》,新月书店1928年版。
[4] 胡适:《白话文学史》之《引子》,新月书店1928年版。

篇》中的"国风""二南"和"小雅"中的一部分,是从民间来的歌唱。《楚辞》中的《九歌》也是从民间来的。汉魏六朝的乐府歌辞都是从民间来的。词与曲子也都是从民间来的。这些都是文学史上划分时代的文学范本。我们今日的新文学,特别是新诗,也需要一些新的范本。中国新诗的范本,有两个来源:一个是外国的文学,一个就是我们自己的民间歌唱。二十年来的新诗运动,似乎是太偏重了前者而太忽略了后者。其实在这个时候,能读外国诗的人实在太少了,翻译外国诗的工作只算得刚开始,大部分作新诗的人至多只能说是全凭一点天才,在黑暗中自己摸索一点道路,差不多没有什么伟大的作品可以供他们的参考取法。我们纵观这二十年的新诗,不能不感觉他们的技术上,音节上,甚至于在语言上,都显出很大的缺陷。我们深信,民间歌唱的最优美的作品往往有很灵巧的技术,很美丽的音节,很流利漂亮的语言,可以供今日新诗人的学习师法。

…………

所以我们现在做这种整理流传歌谣的事业,为的是要给中国新文学开辟一块新的园地。这园地里,地面上到处是玲珑圆润的小宝石,地底下还蕴藏着无穷尽的宝矿。聪明的园丁可以徘徊赏玩;勤苦的园丁可以掘下去,越掘的深时,他的发现越多,他的报酬也越大。[1]

"替中国文学扩大范围,增强范本",表面上看与《歌谣周刊·发刊词》所张扬的"文艺的"目的相合,胡适本人也解释自己并无看轻"学术的"即民俗学、语言学研究中歌谣的价值,所以后世许多学者批评胡适是形式主义,这其实是误解。胡适特别强调"文学的用途"和"目的",有如他在此20年前在美国参加"第二次国际关系讨论会",与人论及如何改良文学的方法时所说:

---

[1] 胡适:《复刊词》,《歌谣周刊》,1936年4月4日第2卷第1期。

第一章 胡适的民间文艺学思想理论

今日所需,乃是一种可读、可听、可歌、可讲、可记的言语。要读书不须口译,演说不须笔译;要施诸讲坛舞台而皆可,诵之村妪妇孺皆可懂。不如此者,非活的言语也,决不能成为吾国之国语也,决不能产生第一流的文学也。[1]

关键的内容是"诵之村妪妇孺皆可懂"的"活的言语",像民间文学口头语言那样,才能使新的时代"产生第一流的文学"。二十年后,胡适执着地论述采用民间口语白话建设新文学的话题,格外看重其"最伟大最根本"的价值与意义。正如胡适在这里所总结的:"我们纵观这二十年的新诗,不能不感觉他们的技术上,音节上,甚至于在语言上,都显出很大的缺陷。"[2] 其中的"缺陷"在于许多新诗人太偏重作为新诗来源之一的外国文学,而太忽略了"我们自己的民间歌唱"这另一种新诗资源,所以形成"大部分作新诗的人至多只能说是全凭一点天才,在黑暗中自己摸索一点道路,差不多没有什么伟大的作品可以供他们的参考取法"。[3] 其原因是"在这个时候,能读外国诗的人实在太少了,翻译外国诗的工作只算得刚开始",[4] 这从另一方面表明胡适的"全盘西化"是很冷静的理性主张,是对中国现代社会文化发展包括新诗发展实际的准确把握。在《复刊词》(实际上是《歌谣论》)中,胡适举例广西漓江、湖北汉川、安徽绩溪等地的几首歌谣,论述了"民歌不但在语言技术上可以给我们文人做范本,就是在感情的真实,思想的大胆两点上,也都可以叫我们低头佩服","廖廖几十个字里,语言的漂亮,意思的忠厚,风趣的诙谐,都可以叫我们自命文人的人们诚心佩服。这样的诗,才是地道的白话诗,才是刮刮叫的大众语的诗"。[5] 针对有人所讲"民歌的语言技术都太简

---

[1] 胡适:《逼上梁山:文学革命的开始》,《东方杂志》,1934 年第 31 卷第 1 号。
[2] 胡适:《复刊词》,《歌谣周刊》,1936 年 4 月 4 日第 2 卷第 1 期。
[3] 胡适:《复刊词》,《歌谣周刊》,1936 年 4 月 4 日第 2 卷第 1 期。
[4] 胡适:《复刊词》,《歌谣周刊》,1936 年 4 月 4 日第 2 卷第 1 期。
[5] 胡适:《复刊词》,《歌谣周刊》,1936 年 4 月 4 日第 2 卷第 1 期。

单了,只可以用来描写那幼稚社会生活的简单儿女情绪"而"不配做这个新时代的诗歌的范本",[1] 胡适说:"诗的艺术正在能用简单纯净的语言来表现繁复深刻的思想情绪。"[2] 即"深入浅出"的艺术效果。然后,他以《豆棚闲话》中那首诅咒苍天的"明末流寇时代民间的革命歌谣"为例,由衷地感叹道:"现在高喊'大众语'的新诗人若想做出这样有力的革命歌,必须投在民众歌谣的学堂里,细心静气的研究民歌作者怎样用漂亮朴素的语言来发表他们的革命情绪!"[3] 在他看来,"这种整理流传歌谣的事业,为的是要给中国新文学开辟一块新的园地","这园地里,地面上到处是玲珑圆润的小宝石,地底下还蕴藏着无穷尽的宝矿",所以,"勤劳的园丁"们在这里"越掘的深时,他的发现越多,他的报酬也越大"。[4] 应该说,如此深入细致地论述新诗与民间歌谣的关系,即歌谣对于新诗发展的重要意义,比简单地述说民间歌谣的思想深刻以强调其"革命性"要深刻得多。受胡适的影响,梁实秋也强调新诗应该向民间歌谣学习,他以英国歌谣和英国浪漫主义运动为例,论述"歌谣的影响",即"打破了十八世纪对于'诗的文字'的迷信","使得一部份英国诗人脱下贵族气的人工的炫丽的衣裳,以平民气的朴素活泼的面目而出现",但在中国新诗方面,这种影响"至今还不曾充分的显露出来",因而他希望人们"特别留意这一点"。同时,他提出两点建议,一是"须有一个文学的标准","俚俗不算短处,最要紧的是内容(思想与情感)是否充实,形式(节奏与结构)是否完美";二是"我们的新诗与其模仿外国的'无韵诗''十四行诗'之类,还不如回过头来就教于民间的歌谣","要解决新诗的音节问题,必须在我们本国文字范围之内求解决",而"歌谣的音节正是新诗作者所应参考的一个榜样","必定可以产生

---

[1] 胡适:《复刊词》,《歌谣周刊》,1936年4月4日第2卷第1期。
[2] 胡适:《复刊词》,《歌谣周刊》,1936年4月4日第2卷第1期。
[3] 胡适:《复刊词》,《歌谣周刊》,1936年4月4日第2卷第1期。
[4] 胡适:《复刊词》,《歌谣周刊》,1936年4月4日第2卷第1期。

'文学的歌谣'"。[1] 由此,我们联想起田间等人的街头诗运动,以及延安解放区文学运动中的李季对民歌的成功化用,张光年等人对陕北民歌的搜集等,不能确定他们是否受到胡适等人的影响,但可以肯定的是,延安解放区文艺运动的发展是五四歌谣学运动的延伸;胡适的《复刊词》是五四歌谣学运动之后歌谣学研究的重要总结,代表了新的历史阶段现代歌谣学的发展趋势。

不久,胡适又发表了《全国歌谣调查的建议》,提出"全国歌谣调查的目的是要知道全国的各省各县流行的是些什么样子的歌谣","全国共总有多少种类的歌谣","多少种类的歌谣分布在各省各县的情形",然后根据这些材料"做一个初步的'全国歌谣分布区域图'","经过二三十年的时间","可以做成更大规模的,更精密的'全国歌谣分布流传区域图'"。[2] 他详细描述自己的歌谣蓝图道:

> 我在这里说的"调查",不仅是零星的收集,乃是像"地质调查""生物调查""土壤调查""方音调查"那样的有计划有统系的调查。全国歌谣调查的目的是要知道全国的各省各县流行的是些什么样子的歌谣。我们要知道全国共总有多少种类的歌谣;我们更要知道这多少种类的歌谣分布在各省各县的情形,——正如同我们要知道各种植物或各种矿物如何分布在各省各县一样;正如同我们要知道"黄土区域"或"吴语区域"起于何省何地迄于何省何地一样。
>
> 试举例子来说明。我们知道唐朝以来的七言绝句体最初是从民间的歌谣来的。从现在已收集的歌谣看来,我们可以知道这个七言绝句体(四句,每句七字,第一第二第四句押韵)至今还是西南各省民歌的最普遍体裁。西南各省之外,如武夷山的采茶歌,如吴歌,也都保存这个七言绝句

---

[1] 梁实秋:《歌谣与新诗》,《歌谣周刊》,1936年5月30日第2卷第9期。
[2] 胡适:《全国歌谣调查的建议》,《歌谣周刊》,1937年4月3日第3卷第1期。

体裁。吴歌虽然已有自由添字的倾向,有时一句可以拉长到十六七个字,然而山歌的组织和节奏都还是用七言绝句体做基本的。所以我们可以说:四川,云南,贵州,广西,广东,福建的武夷山,苏州的歌谣的最普遍形式是七言四句的"山歌"体裁。这个七言四句的"山歌"体就是中国歌谣的一个大"种类"(Species),就像植物里的稻,麦,或矿物里的煤,铁,或方言里的"吴语","客话"一样。因为没有一个总调查,所以我们现在还不能知道究竟这一个大种类——"山歌体"——分布流行的区域有多么大;究竟北边到什么地方,西边到什么地方;究竟湖南江西的若干地方在这山歌区域之内;究竟福建除武夷山的采茶歌之外还有多少地方也在这山歌区域之内;究竟浙江有几县在这区域内;究竟这个山歌区域是否可以说是"从四川沿西南东南各省到苏州而始变成自由添字的吴歌"。歌谣调查的一个结果是要帮助我们用精确的统计图表来解答这些问题。

再举一个例子。三百年前,冯梦龙印行了一部《山歌》(有顾颉刚、朱瑞轩两先生的校点排印本),后面附了一卷《桐城时兴歌》。这种"桐城时兴歌"的特别色彩是他们的七言五句体,第一、二、四、五句押韵,例如:

新生月儿似银钩,
钩住嫦娥在里头。
嫦娥也被勾住了,
不愁冤家不上钩:"＿＿＿＿"
团圆日子在后头。

很明显的,这是七言四句的山歌体的变体,加上一句押韵的第五句,往往这最后一句是全首里最精彩的部分。这个变体,在歌谣里就好像生物学上的"变种",我们可以叫他做"桐城歌体"。奇怪的很,如果我们检查北京大学所藏的各地歌谣,我们就可以知道台静农先生所收集的几百首

"淮南民歌",通行在安徽的西北部,完全是中七言五句体;曾广西先生所收集的几百首"豫南民歌"——从豫南带到南京的句容县的,——也完全是这种七言五句体。于是,我们才知道这种"桐城歌体",在三百年中,已经流传很广了,北边到豫南,南边到句容县。最近储皖峰先生到皖南的休宁县,在一个安庆工人的嘴里记录出了四百二十首歌谣,也都是这种"桐城歌体"!于是我们又知道这种三百年前"时兴"的变体已被劳农的移动带到徽州山中去了。如果我们有歌谣调查,我们就可以精确的知道这种七言句的"桐城歌体"的区域究竟有多么大了。[1]

以此我们可以联想起20世纪80年代中期开展的全国范围内的中国民间文学"三套大集成"工作,以及现在我们刚刚开始的全国范围内的民间文化遗产抢救与保护运动[2],我们不由得感叹胡适的远见。

同时,检索《歌谣周刊》复刊后的各期,从一些《纪事》中,我们可以感受到胡适坚持不懈的学术热情。诸如1936年5月23日第2卷第8期的《纪事》,记述歌谣研究会同人发起组织风物学会,胡适和顾颉刚、钱玄同、朱光潜、沈从文等人茞会,胡适发表热情洋溢的讲话,并与人一起修改《风谣学会组织大纲》。1937年6月5日第3卷第10期的《纪事》,记述风谣学会第一次年会举行,胡适和顾颉刚、沈从文、陶希圣、杨堃、罗常培等人参加的情形。其中我们还注意到胡适多次与沈从文这位以乡土小说闻名的作家共同参加这种民俗学、民间文艺学活动,这和他们的文学创作所形成的联系应该引起我们更深刻的思索和研究。也就是说,当我们考察一位作家的民间文学观时,不仅要注意到他个人的理论表述,还要看到他的文化实践。胡适是一位杰出的新诗人,他的《尝试集》所进行的白话实验其中也包含着他对民

---

[1] 胡适:《全国歌谣调查的建议》,《歌谣周刊》,1937年4月3日第3卷第1期。
[2] 冯骥才:《守望民间》,西苑出版社2002年8月版。又见高有鹏、叶春生《中国民间文化抢救与保护笔谈》,《河南大学学报》,2003年第3期。

间歌谣的理解与运用；他不但是一位伟大的新文化先行者，而且在实践中形成了自己系统的歌谣学思想，即他独具特色的民间文化诗学观念。他对中国现代歌谣学理论和方法都做出了突出的贡献，与周作人、朱自清等人一起筑成现代学术史上的一道风景线。胡适的现代歌谣学理论观念的形成，尤其是比较歌谣学方法的形成，是中国现代民间文艺学学术体系建立过程中的里程碑。

第二节　关于民间传说故事的研究

胡适对民间传说故事的研究主要是置之于历史文化背景下具体展开的。他最突出的贡献在于两方面，一是他提出的民间传说故事主人公典型形象生成的"箭垛式"原理，一是他对民间传说故事的考证与辨析。

"箭垛式"原理是胡适对历史传说人物产生过程形象的总结。这是故事学研究中一个相当重要的问题，它的任务是准确地揭示传说故事及其主人公性格具体生成的过程。胡适不是专门的故事研究家，他是通过"疑古"展开对这一问题的探索的。在他看来，"屈原是谁？"这是一个引人怀疑的问题。他说，他"不但要问屈原是什么人，并且要问屈原这个人究竟有没有"，其疑点在于"《史记》本来不很可靠"和"《屈原传》叙事不明"，从而提出"传说的屈原，若真有其人，必不会生在秦汉以前"。[1] 他的基本理由是屈原作为"一个理想的忠臣"在战国时代不会出现，而应该是汉代学者"儒教化"对《楚辞》解释时所生成的传说人物。[2] 他嘲讽"只有那笨陋的汉朝学究能干这件笨事"，是"后来汉朝的老学究把那时代的'君臣大义'读到《楚辞》里去，就把屈原用作忠臣的代表"，所以"从此屈原就又成了一个伦理的箭垛了"，即"屈原是一种复合物"，"与黄帝、周公同类，与希腊的荷马同类"的

---

[1] 胡适：《读〈楚辞〉》，《努力周报》增刊《读书杂志》，1922年9月3日第18号第1期。
[2] 胡适：《读〈楚辞〉》，《努力周报》增刊《读书杂志》，1922年9月3日第18号第1期。

"箭垛式的人物"。他举例说,"譬如诸葛亮借箭时用的草人,可以收到无数箭"[1]。其称:

> 古代有许多东西是一班无名的小百姓发明的,但后人感恩图报,或是为便利起见,往往把许多发明都记到一两个有名的人物的功德簿上去。最古的,都说是黄帝发明的。中古的,都说是周公发明的。怪不得周公要一饭三吐哺,一沐三握发了!那一小部分的南方文学,也就归到屈原,宋玉(宋玉也是一个假名)几个人身上去。(佛教的无数"佛说"的经也是这样的,不过印度人是有意造假的,与这些例略有不同。)[2]

> 大概楚怀王入秦不返,是南方民族的一件伤心的事,故当时有"楚虽三户,亡秦必楚"的歌谣。后来亡秦的义兵终起于南方,而项氏起兵时竟用楚怀王的招牌来号召人心。当时必有楚怀王的故事或神话流传民间,屈原大概也是这种故事的一部分。在那个故事里,楚怀王是正角,屈原大概还是配角——郑袖唱花旦,靳尚唱小丑,——但秦亡之后,楚怀王的神话渐渐失其作用了,渐渐消灭了;于是那个原来做配角的屈原反变成正角了。后来这一部分的故事流传久了,竟仿佛真有其事,故刘向《说苑》也载此事,而补《史记》的人也七拼八凑的把这个故事塞进《史记》去。[3]

胡适对屈原作为传说人物的考释正确与否并不重要,重要的是他正确地揭示了传说人物典型形象的生成规律,及其与社会历史文化背景的有机联系。同样,他所论述的"《九歌》与屈原的传说绝无关系","是当时湘江民

---

[1] 胡适:《读〈楚辞〉》,《努力周报》增刊《读书杂志》,1922年9月3日第18号第1期。
[2] 胡适:《读〈楚辞〉》,《努力周报》增刊《读书杂志》,1922年9月3日第18号第1期。
[3] 胡适:《读〈楚辞〉》,《努力周报》增刊《读书杂志》,1922年9月3日第18号第1期。

族的宗教舞歌"[1]也并不重要,通过民间传说的历史背景去分析传说人物,启发人去更全面地思索民间文学发生和发展的规律有着独特的价值和意义的,才是他提醒大家应该重视的内容。

后来,胡适又多次阐述"箭垛式"的文化构成意义,把历史上的黄帝、周公、包龙图都称为"有福之人","就同小说上说的诸葛亮借箭时用的草人一样,本来只是一扎干草,身上刺猬也似的插着许多箭,不但不伤皮肉,反可以立大功,得大名"。[2]他说,"包龙图 —— 包拯 —— 也是一个箭垛式的人物"。他把《宋史》卷三所载"人以包拯笑比黄河清","立朝刚毅","吏不敢欺","京师为之语曰'关节不到,有阎罗包老'"而"童稚妇女亦知其名"为"包拯故事的根源"。[3]他说,因为包拯"爱民善政很多"而"深得民心","遂把他提出来代表民众理想中的清官",又因为"他大概颇有断狱的侦探手段",民间传说"注重他的刚毅峭直处","埋没了他的敦厚处","愈传愈神奇,不但把许多奇案都送给他,并且造出'日断阳事,夜断阴事'的神话",甚至"后世佛道混合的宗教遂请他做了第五殿的阎王"。[4]他总结传说人物身上因所寄寓的民众理想与选择而生成这一民间传说典型的规律,归纳为"传说的生长,就同滚雪球一样,越滚越大,最初只有一个简单的故事作个中心的母题(motif),你添一枝,他添一叶,便像个样子了";[5]包拯形象的"箭垛式"内涵,即"古来有许多精巧的折狱故事,或载在史书,或流传民间,一般人不知道他们的来历,这些故事遂容易堆在一两个人的身上。在这些侦探式的清官之中,民间的传说不知怎样选出了宋朝的包拯来做一个箭垛,把许多折狱的奇案都射在他身上。包龙图遂成了中国的歇洛克·福尔摩斯了"。[6]在历史

---

[1] 胡适:《读〈楚辞〉》,《努力周报》增刊《读书杂志》,1922年9月3日第18号第1期。
[2] 胡适:《〈三侠五义〉序》,《三侠五义》,亚东图书馆1925年版。
[3] 胡适:《〈三侠五义〉序》,《三侠五义》,亚东图书馆1925年版。
[4] 胡适:《〈三侠五义〉序》,《三侠五义》,亚东图书馆1925年版。
[5] 胡适:《〈三侠五义〉序》,《三侠五义》,亚东图书馆1925年版。
[6] 胡适:《〈三侠五义〉序》,《三侠五义》,亚东图书馆1925年版。

上,这是相当普遍的规律,不仅包拯是这样,"尧、舜、禹的故事,黄帝、神农、庖羲的故事,汤的故事周公的故事","古史上的故事没有一件不曾经过这样的演进"。[1] 他在总结《李宸妃的故事》时更详细地分析了民间文化心理对传说人物形象不断丰富的影响和作用,即"民间对于刘后的不满意,对于被她冤屈的人的不平","这种心理的反感便是李宸妃故事一类的传说所以流行而传播久远的原因"。[2] 这样一个故事"在九百年中变迁沿革的历史"告诉世人"箭垛式的人物"生成的普遍规律:

（李宸妃故事）后来经过众口的传说,经过平话家的敷演,经过戏曲家的剪裁结构,经过小说家的修饰,这个故事便一天一天的改变面目:内容更丰富了,情节更精细圆满了,曲折更多了,人物更有生气了。《宋史》后妃传的六百个字在八九百年内竟演成了一部大书,竟演成了几十本的连台长戏。这件事的本身本不值得多大的研究。但这个故事的生长变迁,来历分明,最容易研究,最容易使我们了解一个传说怎样变迁沿革的步骤。这个故事不过是传说生长史的一个有趣味的实例。此事虽小,可以喻大。包公身上堆着许多有主名或无主名的奇案,正如黄帝、周公身上堆着许多大发明大制作一样。李宸妃故事的变迁沿革也就同尧、舜、桀、纣等等古史传说的变迁沿革一样,也就同井田、禅让等等古史传说的变迁沿革一样。就拿井田来说吧,孟子只说了几句不明不白的井田论;后来的汉儒,你加一点,他加一点,三四百年后便成了一种详密的井田制度,就像古代真有过这样的一种制度了(看《胡适文存》初排本卷二,页二六四——二八一)。尧、舜、桀、纣的传说也是如此的。古人说的好,"爱人若将加诸膝,恶人若将坠诸渊"。人情大抵如此。古人又说,"纣之不善,不如是之甚也。是以君子恶居下流,天下之恶皆归之。"古人把一切罪恶都堆到桀

---

[1] 胡适:《胡适文存》(二集)卷1,第153—157页。转引自《胡适文集》卷6《古典文学研究(下)》人民文学出版社1998年版,第213页。

[2] 胡适:《〈三侠五义〉序》,《三侠五义》,亚东图书馆1925年版。

纣身上,就同古人把一切美德都堆到尧舜身上一样。这多是一点一点地加添起来的,同李宸妃的故事的生长一样。尧舜就是李宸妃,桀纣就是刘皇后。稷、契、皋陶就是寇珠、陈琳、余忠、张园子;飞廉、恶来、妲己、妺喜就是郭槐、尤氏。许由、巢父、伯夷、叔齐也不过像玉钗金弹、红光紫雾,随人的心理随时添的枝叶罢了。[1]

应该说,胡适更关注民间传说中道德评判的因素,才如此不厌其烦地细说价值立场中的二元对立现象在民间文学传播中的具体表现。但我们还应该更清醒地看到,"箭垛式的人物"的生长与发展,除有相当普遍的审美体验中的道德情感因素外,还有相当特殊的其他因素,诸如图腾因素、信仰因素等。更多的学者越来越追求文化的多元生成与表现,把民间文学的传播与不断产生变异的情况看作文化生活的整体性内容的一个有机组成部分。故此,我们更应该充分理解与认识胡适关于"箭垛式"原理的开拓性贡献。在某种意义上讲,它不但超越了以芬兰学者为代表的地理历史学派对故事人物生成的解释,而且有力地影响了新的学术格局的转变,最明显的表现在于对顾颉刚等新一代史学家的疑古释古及其学术品格与学术风度上。顾颉刚等人所主张的"层累地造成的中国古史观"等理论,[2]分明闪烁着胡适"箭垛式"原理的理论光辉,更不用说胡适怀疑屈原"究竟有没有"对顾颉刚假定禹是条虫(尽管他早已放弃[3])的影响。[4]古史辨神话学派是新史学在中国现代学术史上的成功实践,影响这个学派的生长点是胡适和他的一系列论断。尤其是他的比较歌谣学理论和"箭垛式"原理,直接影响到董作宾关于《看

---

[1] 胡适:《〈三侠五义〉序》,《三侠五义》,亚东图书馆1925年版。
[2] 顾颉刚:《与钱玄同先生论古史书》,《读书杂志》,1923年5月6日第9期。
[3] 顾颉刚:《自序》,《古史辨》,上海古籍出版社1982年版。
[4] 1923年5月,胡适在致顾颉刚的信中曾提醒他"关于古史,最重要的是重提《尚书》的公案",指出《今文尚书》的不可深信。1920年7月,胡适所做《〈水浒传〉考证》由亚东图书馆出版,嘱顾颉刚点校《古今伪书考》,这些都深刻影响着顾。

于《看见她》的研究,也影响到顾颉刚关于孟姜女故事的研究,所以我们说,胡适不但是比较歌谣学的创制者,而且是现代故事学的开创者,尽管他有"但开风气不为师"之称。

胡适的民间传说故事研究在"小心的求证"上使"大胆的假设"具有卓越的学术品格,这与他当年提倡"整理国故"有着密切联系。换句话说,他在中国现代民间文学理论体系的建立中,一方面以诗人的想象和热情敏锐地捕捉学术创新的精灵,一方面以哲学家的理性思索和严谨将学术的精灵置于深邃的哲思,同时,他把传统的考据、义理、辞章与现代学术方法融为一体,使现代学术获得深邃和严谨,避免了轻浮和松散。其中,他关于《水浒传》的考证,大胆地以一个历史学家的目光去洞察《水浒传》由故事形成、流传演变到最后成熟的大轮廓,既丰富了民间传说故事的理论,又拓展了古典文学研究的新途径。关于《水浒传》的研究,金圣叹的点评在学术史上有着相当重要的意义,尤其是他将《水浒传》与《史记》相比,与杜甫诗相比,是"古人中狠不可多得"的"文学眼光",[1]但是他又常陷入"作史笔法"。[2]胡适称自己"最恨中国史家说的什么'作史笔法'","最恨人家咬文啮字的评文",同时也承认自己的"历史癖""考据癖",他要"替将来的'《水浒》专门家'开辟一个新方向,打开一条新道路"。[3]这条"新道路"就是辨识出这部"在中国文学史占的地位比《左传》《史记》还要重大的多"的"奇书","不是青天白日里从半空中掉下来的",而是"从南宋初年"到"明朝中叶"间"这四百年的'梁山泊故事'的结晶"。[4]他首先考证"元朝以前的水浒故事"的演变状况,从《宋史》中搜求史料以证明"宋江等三十六人都是历史的人物,是北宋末年的大盗",使"官军数万无敢抗

---

[1] 胡适:《〈水浒传〉考证》,《水浒传》,亚东图书馆1920年版。

[2] 胡适:《〈水浒传〉考证》,《水浒传》,亚东图书馆1920年版。

[3] 胡适:《〈水浒传〉考证》,《水浒传》,亚东图书馆1920年版。

[4] 胡适:《〈水浒传〉考证》,《水浒传》,亚东图书馆1920年版。

者"而享有"威名",也正是"这种威名传播远近,留传在民间,越传越神奇,遂成一种'梁山泊神话'"。[1] 他从龚圣与为《宋江三十六人赞》所作序中所提"宋江事见于街谈巷语,不足采著",发现"南宋民间有一种'宋江故事'流行于'街谈巷语'之中","宋元之际已有高如、李嵩一班文人'传写'这种故事","那种故事一定是一种'英雄传奇'",所以,"这种故事的发生与流传久远,决非无因"。[2] 其原因在胡适看来就是:

> (1)宋江等确有可以流传民间的事迹与威名;(2)南宋偏安,中原失陷在异族手里,故当时人有想望英雄的心理;(3)南宋政治腐败,奸臣暴政使百姓怨恨,北方在异族统治之下受的痛苦更深,故南北民间都养成一种痛恨恶政治恶官吏的心理,由这种心理上生出崇拜草泽英雄的心理。[3]

他将"这种流传民间的'宋江故事'"看作《水浒传》的远祖",以及"《水浒》故事的发达与传播也许是汉族光复的一个重要原因",从而断定"元朝的《水浒》故事决不是现在的《水浒传》",并且"那时代(元代)决不能产生现在的《水浒传》"。[4] 在这里,胡适对《元曲选》《录鬼簿》等文献中保存的元代戏曲与《水浒传》做对比,发现李逵、燕青、杨雄等人物形象的"不相同",他得出"元朝的梁山泊好汉戏都有一种很通行的'梁山泊故事'作共同的底本"和"当时还没有固定的本子"的结论。[5] 他指出,在《水浒传》成书过程中,一个"大变化"就是"把'替天行道救生民'的招牌送给梁山泊",这样,"既可表示元朝民间的心理,又暗中规定了后来的《水浒传》的性

---

[1] 胡适:《〈水浒传〉考证》,《水浒传》,亚东图书馆1920年版。
[2] 胡适:《〈水浒传〉考证》,《水浒传》,亚东图书馆1920年版。
[3] 胡适:《〈水浒传〉考证》,《水浒传》,亚东图书馆1920年版。
[4] 胡适:《〈水浒传〉考证》,《水浒传》,亚东图书馆1920年版。
[5] 胡适:《〈水浒传〉考证》,《水浒传》,亚东图书馆1920年版。

质"。[1] 他以为,"七十回的《水浒传》不但是集四百年水浒故事的大成,并且是中国白话文学完全成立的一个大纪元"。[2] 胡适是一个历史进化论者,他强调"这种种不同的时代发生种种不同的文学见解,也发生种种不同的文学作物",[3] 要"懂得"历史,更要懂得社会现实,所以他屡屡提及民间文化心理问题,这正是他学术"假设"的独特价值,也是他超越了同时代学者皓首穷经而限于"死文字"典籍之中的卓越处。[4]

在考证《三国演义》时,胡适也是这样格外强调民间传说故事的演进历程。他强调《三国演义》"不是一个人做的","是五百年的演义家的共同作品"。他从段成式《酉阳杂俎》中提及的"有市人小说,呼扁鹊作褊鹊字",和李商隐《骄儿》中提及的"或谑张飞胡,或笑邓艾吃",证明"唐朝已有说三国故事的了"。[5] 在宋代,孟元老的《东京梦华录》和苏轼的《志林》都提到关于《三国》的"说话""古话",胡适以此与元明杂剧中的《三国》故事相对比,"推知宋至明初的三国故事大概与现行的《三国演义》里的故事相差不远"。[6] 他还注意到元朝三国故事至少已有吕布故事、诸葛亮故事、周瑜故事、刘关张故事、关羽故事和曹植、管宁等小故事,尤其是"曹操在宋朝已成了一个被人痛恨的人物","诸葛亮在元朝已成了一个足计多谋的军师,而关羽已成了一个神人","散文的《三国演义》自然是从宋以来'说三分'的'话本'变化演进出来的"。[7] 他还将《三国演义》与《水浒传》的艺术成就相比

---

[1] 胡适:《〈水浒传〉考证》,《水浒传》,亚东图书馆1920年版。
[2] 胡适:《〈水浒传〉考证》,《水浒传》,亚东图书馆1920年版。又见《〈水浒传〉新考》,《小说月报》,1929年9月第20卷9期。
[3] 胡适:《〈水浒传〉考证》,《水浒传》,亚东图书馆1920年版。又见《〈水浒传〉新考》,《小说月报》,1929年9月第20卷9期。
[4] 胡适:《〈三国演义〉序》,《三国演义》,亚东图书馆1922年版。
[5] 胡适:《〈三国演义〉序》,《三国演义》,亚东图书馆1922年版。
[6] 胡适:《〈三国演义〉序》,《三国演义》,亚东图书馆1922年版。
[7] 胡适:《〈三国演义〉序》,《三国演义》,亚东图书馆1922年版。

较,对"风流儒雅的周郎"被写成"一个妒忌阴险的小人"提出批评,意仍在推崇民间传说"不受历史的拘束"。[1]而他更看重的是《三国演义》是"一部绝好的通俗历史","在几千年的通俗教育史上,没有一部书比得上他的魔力"。[2]他看到,"五百年来,无数的失学国民从这部书里得着了无数的常识与智慧,从这部书里学会了看书写信作文的技能,从这部书里学得了做人与应世的本领",[3]而这些都是"四书""五经"和二十四史、《古文辞类纂》所达不到的。其实,胡适所表达的真正意思是,民间传说是《三国演义》的基础,《三国演义》又因其"通俗化"即"民间性"更深入更持久地影响到民间社会的"失学国民"。这就是我们今天常讲的民间文化与人文之间的互动,而这种互动,胡适在历史的"钩沉"与"求证"中一次次揭示了这条文化发展规律,当然,这也是民间文学的发展规律。

《西游记》是一部家喻户晓的神怪小说。胡适指出它与玄奘的《大唐西域记》产生的联系。玄奘的生活故事以取经为中心,在《大唐西域记》中有所反映,被胡适称为"中国佛教史上一件极伟大的故事"[4]。这个故事的传播与民间文学中的"神话化"产生了复杂的联系,从而形成具有宗教色彩的民间传说,胡适说,"和一切大故事的传播一样",它"渐渐的把详细节目都丢开了","都'神话化'过了"。[5]他解释这种"神话化"的原因在于玄奘作为一位"伟大的宗教家",其游记中的"沙漠幻景及鬼火之类",都成为人眼中的"灵异"和"神迹",是"后来佛教徒与民间随时逐渐加添一点枝叶,用奇异动人的神话来代换平常的事实"之后,"不久就完全神话化了"。[6]他将唐代僧人慧立的《慈恩寺三藏法师传》中的故事材料与宋

---

[1] 胡适:《〈三国演义〉序》,《三国演义》,亚东图书馆1922年版。
[2] 胡适:《〈三国演义〉序》,《三国演义》,亚东图书馆1922年版。
[3] 胡适:《〈三国演义〉序》,《三国演义》,亚东图书馆1922年版。
[4] 胡适:《〈西游记〉考证》,《西游记》,亚东图书馆1923年版。
[5] 胡适:《〈西游记〉考证》,《西游记》,亚东图书馆1923年版。
[6] 胡适:《〈西游记〉考证》,《西游记》,亚东图书馆1923年版。

人《太平广记》中相关内容进行对比,发现"取经故事'神话化'之速"。同时,他还将日本人收藏的《大唐三藏取经诗话》与之相对比,提出"在南宋时,民间已有一种《唐三藏取经》的小说,完全是神话的,完全脱离玄奘取经的真故事了"。其中的"猴行者的加入""深沙神为沙和尚的影子"和"途中的妖魔灾难"等内容,成为《西游记》的原型"祖宗"。胡适从《大唐三藏取经诗话》"明白南宋或元朝已有了这种完全神话化了的取经故事","明白《西游记》小说——同《水浒》《三国》一样——也有了五六百年的演化的历史"。他更认真地从中考证"玄奘'生前两回取经,中路遭难'的神话""猴行者现白衣秀才相""花果山是后来小说有的,紫云洞后来改为水帘洞了""八万四千铜头铁额猕猴王"和唐僧"三次要行者偷桃"[1]等故事在《西游记》中的具体运用,管窥小说与民间传说之间的"渊源"关系,让人清晰地看到故事的嬗变。

胡适对《西游记》中孙悟空故事原型的研究,在我国现代民间文艺学史上有着更为独特的意义。这里,胡适仍是把"假设"作为一个重要前提条件,不失审慎地提出"疑心这个神通广大的猴子不是国货,乃是一件从印度进口的",甚至"也许连无支祁的神话也是受了印度影响而仿造的"。[2]在他看来,对孙悟空故事原型形成具有重要意义的《古岳渎经》其"本身便不是一部可信的古书",而至于"宋元的僧伽神话"便"更不消说了"。[3]

在胡适之前,曾有学者提出《西游记》与民间传说的联系。如清代王韬曾讲其"所述神仙鬼怪,变幻奇诡,光怪陆离,殊出于见见闻闻之外,伯益所不能穷,《夷坚》所不能志,能于《山经》《海录》中别述一帜,一若宇宙间自有此种异事。俗语不实,流为丹青,至今脍炙人口。演说者又为之推波助

---

[1] 胡适:《〈西游记〉考证》,《西游记》,亚东图书馆1923年版。这里他多处表示是受到鲁迅的启发。他对鲁迅的《中国小说史略》非常推崇,在论述民间文学的嬗变上,他俩有许多相同的地方,另述。
[2] 胡适:《〈西游记〉考证》,《西游记》,亚东图书馆1923年版。
[3] 胡适:《〈西游记〉考证》,《西游记》,亚东图书馆1923年版。

澜,于是人人心中皆有孙悟空在,世俗无知至有为之立庙者"。[1]更多的学者提到孙悟空与无支祁有着密切联系[如胡适在《〈西游记〉考证》中就提到周豫才(鲁迅)所指出的《纳书楹曲谱》"补遗"卷一涉及"巫枚衹""无支祁"]。胡适从《太平广记》所引《古岳渎经》中的"禹理水,三至桐柏山","获淮涡水神,名无支祁","形若猿猴","力逾九象,搏击腾踔,疾奔轻利"等材料,以及朱熹《楚辞辨证》中《天问》篇所录"如今世俗僧伽降无支祈(析)"为"本无稽据,而好事者遂假托撰造以实之",考证得出结论,即"宋代民间"已经有"僧伽降无支祈"传说,而僧伽"为唐代名僧","住泗州最久",因为"淮、泗一带产生过许多关于他的神话",所以"降无支祈大概也是淮、泗流域的僧伽神话之一,到南宋时还流行民间"。[2]胡适提醒人注意到几点内容,即一、作为龟山所锁这个无支祁,"无论是古的今的,男性女性,始终不曾脱离淮、泗流域";二、《宋高僧传》中曾提到僧伽为"观音菩萨化身"的对话,以及"慧俨侍十一面观音菩萨傍";三、"无支祁被禹锁在龟山足下,后来出来作怪,又有被僧伽(观音菩萨化身)降伏的传说",这和《大唐三藏取经诗话》与《西游记》中的猴王"都有点像"。[3]同时,胡适又梳理出宋代之后"取经故事的演化史",将元曲中的一些折子,诸如"殷夫人把儿子抛入江中""玄奘到江州衙内认母""紧箍咒收伏心猿""女国王要嫁玄奘""火焰山借扇"和"借一个乡下胖姑娘的口气描写唐三藏在一个国里受参拜顶礼临行时的热闹状况",证明"元代已有一个很丰富的《西游记》故事","然而这个故事还不曾有相当的散文的写定"。[4]他还提到钱曾《也是园书目》所记元明时期无名氏《二郎神锁齐天大圣》等作品,称"编戏的人可以运用想像力,敷演民间传说,造为种种戏曲"。最后,他集中考察了吴玉《山阳志遗》卷四所载吴

---

[1] 王韬:《新说西游记图像·序》,清光绪上海味潜斋石印本。
[2] 胡适:《〈西游记〉考证》,《西游记》,亚东图书馆1923年版。
[3] 胡适:《〈西游记〉考证》,《西游记》,亚东图书馆1923年版。
[4] 胡适:《〈西游记〉考证》,《西游记》,亚东图书馆1923年版。

承恩史料，尤其是其中的《二郎搜山图歌》，以诠释自己"最后的大结集还须等待一百多年后的另一位姓吴的作者"的论断。[1]

胡适猜想"这个神通广大的猴子不是国货，乃是一件从印度进口的"，其理由主要在于印度古诗《拉摩传》中的"哈奴曼"，以此寻觅"齐天大圣的背影"。[2]哈奴曼故事在印度有着广泛流传，称哈奴曼是"猴子国"的大将，"天风的儿子"，传说他"有绝大神通，能在空中飞行，他一跳就可从印度跳到锡兰（楞伽）。他能把希玛拉耶山（喜马拉雅山）拔起背着走。他的身体大如大山，高如高塔，脸放金光，尾长无比"，[3]因为他保护拉摩王子有功，被赐"长生不老的幸福"而成"正果"。哈奴曼的故事在相当于我国唐末宋初的10世纪至11世纪之间以戏剧形式出现，"风行民间"。[4]从胡适所举的这些材料来看，在许多方面哈奴曼确实同《西游记》中的孙悟空性格有相似的一面，在某种程度上，这也应和了国际上流行的神话传说故事"印度起源说"。关于"印度起源说"，早在19世纪英国，就有一位叫该莱的神话学家进行过系统论述。该莱把西方神话学中关于神话在主题、形象、情节和结构上的相似问题的解释，归结为六种学说，即"偶然说、借用说、印度起源说、历史说、阿利安种说和心理说"。[5]同时代的法国学者卢阿则辽尔在《印度寓言及其传入欧洲之研究》中，也提到寓言故事是从印度传入欧洲的[6]；坚持"借用说"的德国学者宾菲则提出"大量的童话故事和其他民间

---

[1]　胡适：《〈西游记〉考证》，《西游记》，亚东图书馆1923年版。另见季羡林、刘安武编《印度两大史诗评论汇编》，中国社会科学出版社1984年版。
[2]　胡适：《〈西游记〉考证》，《西游记》，亚东图书馆1923年版。另见季羡林、刘安武编《印度两大史诗评论汇编》，中国社会科学出版社1984年版。
[3]　胡适：《〈西游记〉考证》，《西游记》，亚东图书馆1923年版。另见季羡林、刘安武编《印度两大史诗评论汇编》，中国社会科学出版社1984年版。
[4]　胡适：《〈西游记〉考证》，《西游记》，亚东图书馆1923年版。另见季羡林、刘安武编《印度两大史诗评论汇编》，中国社会科学出版社1984年版。
[5]　[英]该莱：《关于相同神话解释的学说》，杨成志译，中山大学《民间文艺周刊》1927年第3期。
[6]　连树声：《俄国民间文艺学中的重要流派》，北京师范大学出版社1982年版。

故事是从印度传到全世界的",而且"这种传播是从十世纪开始的","从一世纪起就传入中国内地"。[1] "借用说"认为印度民间故事从不同的道路传向世界各地,这种学说引起两种结果,一派学者以为应该扩大自己的文化视野,正视和深入研究文化交流问题;另一派学者则以为这种学说贬低了一定的民族性,以为相似并不完全意味着外借而应该注意"平均心理"即"同一心理基础"问题。胡适既不是狭隘的民族主义,也不是盲目的民族虚无主义,而是坚持独立思索,去寻求文化发展的多元规律。他说:"中国同印度有了一千多年的文化上的密切交通,印度人来中国的不计其数,这样一桩伟大的哈奴曼故事是不会不传进中国来的。所以我假定哈奴曼是猴行者的根本。"[2] 同时他也看到,"这个神猴的故事,虽是从印度传来的",但"齐天大圣的传"大部分是"著者创造出来的"。[3] 而且他将此看作"世间最有价值的一篇神话文学",将"大闹天宫"看作"简直是革命的檄文"。[4] 他也指出,《西游记》"有了几百年逐渐演化的历史","这部书起于民间的传说和神话,并无'微言大义'可说"。这是一个迄今为止学术界仍在争论的问题,见仁见智,胡适总是强调"《西游记》被这三四百年来的无数道士、和尚、秀才弄坏了",[5] 应该是有他的道理。从这里我们可以看到,胡适与同时代人比有着更开阔的视野,尤其是关于哈奴曼与孙悟空形象相似成分的比较分析上,与西方学者"借用说""印度起源说"似曾相识,而当时这些学说还并未被系统完整地介绍到我国。我国古代学者对域外历史文化和地理的关注从很早就开始了,不用说二十四史中的部分。诸如释法显的《佛国记》(又名《法显传》)记述了魏晋时期僧人法显自长安至印度学习梵书

---

[1] 连树声:《俄国民间文艺学中的重要流派》,北京师范大学出版社1982年版。
[2] 胡适:《〈西游记〉考证》,《西游记》,亚东图书馆1923年版。
[3] 胡适:《〈西游记〉考证》,《西游记》,亚东图书馆1923年版。
[4] 胡适:《〈西游记〉考证》,《西游记》,亚东图书馆1923年版。
[5] 胡适:《〈西游记〉考证》,《西游记》,亚东图书馆1923年版。

梵语,历时十三载,经三十余国的经历,尤其是其中所载印度文化历史内容,成为我们研究中外文化交流的重要资料。前面我们提到的《大唐西域记》,也记述了玄奘到印度等国学习佛学的经历,对于我们研究伊朗、印度、阿富汗等国家的文化有相当重要的意义。后来,南宋时赵汝适著的《诸蕃志》,元代汪大渊著的《岛夷志略》,明代马欢著的《瀛涯胜览》和巩珍著的《西洋番国志》,清代陈伦炯的《海国闻见录》等典籍,都表现出我们民族对域外世界的寻求交流的愿望。胡适曾有过相当长的留学经历,曾翻译过法国作家都德的《割地》(即《最后一课》)。无论他的结论是否正确,他将目光投向域外文献,这本身就是一种学术创新。后来,他论及《魔合罗》时,也涉及印度文学的影响问题。"魔合罗"在宋元时期的民间文艺生活中是一个值得人重视的泥塑偶像,供奉于民间节日七夕乞巧时,曾引发不少风流故事。孟元老《东京梦华录》的卷八《七夕》中,详细记述"磨喝乐"被叫卖和用于"谷板""花瓜""种生"等民俗生活的情景,孟元老还自注为"磨喝乐本佛经摩诃罗,今通俗而书之"。《醉翁谈录》中也记述"京师之摩罗"之"南人目为巧儿"。《元曲选·辛集(下)》保存有《魔合罗》,以泥塑魔合罗为全案的线索,说明"元朝民间小儿女于七月七日供'魔合罗',为乞巧之用,其神为美女像","似观音像仪"。胡适说,"这当然是那旧七夕故事的'天孙'、'织女'的转变",他推想"这女像的魔合罗是印度的'大黑天'演变出来的,与观音的演变成女像是同一个道理"。义净《南海寄归内法传》曾记述"莫诃歌罗"即"大黑神";胡适称,大黑神"来源早于大黑天",二者由于时代的变化从"同出于一个来源"而成为两个不同的神,在中国渐变成司福禄的大黑天,又逐渐变成女像,"替代那施与小儿女技巧的天孙"。胡适"疑心"是"鬼子母"和"大黑神"所"并作"的,说"在一个时期,那两个神各有原来名字,后来混合的神像变成了女相,而名字仍叫魔合罗",因为中国民众不懂梵文原意,不知"魔合罗、大黑,就继续叫那个美人像做魔合罗","在元朝,这个女神是施巧之神","但我们可以猜想那个送子观音也是从鬼子母演变出来的"。[1]在《元史·释老传》中,记述有元朝盛行"玛哈噶拉神";念常《佛祖历代通载》中也记述元兵得黑神相助,"民罔知故,实乃摩诃葛剌神也"。胡适说,"这可见喇嘛教带来的大黑天,在十三世纪的晚期,还是初次进入中国,民间还不知道","魔合罗是从那早就流行中国的食厨大黑神演变出来的"。[2]元杂剧《魔合罗》中有因为人"不应塑魔合罗"而"打上八十"的内容,胡适说,"这也许是因为那个施巧的女魔合罗的名字,和那战斗神摩诃葛剌相同,而引起了喇嘛教的注意",于是,"久而久之,那个女魔合罗好像就变成了送子观音,而北方的小儿女就只知道八月中秋的兔儿爷,而不知道七月七的美丽的魔合罗了"。[3]

胡适的目光盯着古代典籍,也盯向现实民俗生活,还将目光投向域外。不但进行历史、地理的纵横比较研究,而且大胆尝试文化心理分析,进行多学科的探索,努力发掘新材料,发现新问题,这种学术勇气是极其可贵的。由此,也使我联想起陈寅恪在胡适之后所进行的中国与印度文学比较的几篇论文。诸如陈寅恪在《〈三国志〉曹冲华佗与印度故事》中提出,曹冲称象的故事与《杂宝藏经》中的故事相似,华佗故事与《因缘经》中耆域为迦罗越治病相似,明确提出华佗就是天竺语中 agada 即"药"的论断;[4]他在《〈西游记〉玄奘弟子故事之演变》中,也提出孙悟空大闹天宫是《罗摩衍那》神猴哈奴曼故事影响的产物,同时与《贤愚经》中的故事相融合,并将玄奘弟子故事总结为三种基本类型。[5]这里陈寅恪是否受到胡适的影响还不能得出明确结论,但胡适早在陈寅恪七年之前就提出孙悟空形象与印度

---

[1] 胡适:《魔合罗》,《益世报》《读书周报》,1935年6月6日第1期。

[2] 胡适:《魔合罗》,《益世报》《读书周报》,1935年6月6日第1期。10年后,胡适出席哈佛大学三百周年庆祝大会,并做关于印度与中国文化借贷问题的讲演,仍然对印度文学与中国文学的关系表现出浓郁的学术热情。

[3] 胡适:《魔合罗》,《益世报》《读书周报》,1935年6月6日第1期。

[4] 陈寅恪:《〈三国志〉曹冲华佗与印度故事》,《清华学报》,1930年第6卷第1期。

[5] 陈寅恪:《〈西游记〉玄奘弟子故事之演变》,《历史语言研究所集刊》,1930年第2本。

文学中的神猴哈奴曼的联系则是事实。钟敬文的《中国印欧民间故事之相似》[1]也提到类似的问题。胡适敢为天下先,睁开眼睛看世界的学术风度,至今都仍然应该为我们所发扬。

《三侠五义》是我国文学史上产生了广泛影响的通俗小说,形容它家喻户晓并不为过。胡适对其中的故事原型及其嬗变形态进行以个案分析为主要形式的研究。他着重考察了包拯和李宸妃两个重要的传说人物,首先理清了包公断狱的种种故事"起于北宋,传于南宋;初盛于元人的杂剧,再盛于明清人的小说"[2]这一历程。他考察了《元曲选》中包拯断狱故事所占比重,"一百种之中"的"十种"之中"保存至今的"和"不传的杂剧"中的四种,"可以知道宋元之间包公的传说不但很盛行,并且已有了一个大同小异的中心",包括"《宋史》只说他是庐州合肥人,而传说捏造出'金斗郡四望乡老儿村'来"和"后来'赐御铡三刀'的传说的来源"等内容。[3]同时,胡适还比较分析了"坊间"所传的《包公案》(即《龙图公案》)这部"大概是明清的恶劣文人杂凑成的"书,发现其中的《乌盆子》"即是元曲《盆儿鬼》的故事,但人物姓名不同罢了",《桑林镇》"记包公断太后的事,与元朝杂剧《抱妆盒》虽不同,却可见民间的传说已将李宸妃一案也堆到包拯身上去了"。《玉面猫》更为复杂,其中的"五鼠闹东京的神话","大概是受了《西游记》里六耳猕猴故事的影响","五鼠后来成为五个义士,玉猫后来成为'御猫'展昭,这又可见传说的变迁与神话的人化了"。[4]至于"宋仁宗生母李宸妃的故事",胡适考察其演变具体过程,指出其"在当日是一件大案,在后世遂成为一大传说,元人演为杂剧,明人演为小说,至《三侠五义》而这个故事变得更完备了"。《宋史》卷二四二详细记述了这出"狸猫换太子"故事最直接的历

---

[1] 钟敬文:《中国印欧民间故事之相似》,《民俗》,1928年第11、12期合刊。
[2] 胡适:《〈三侠五义〉序》,《三侠五义》,亚东图书馆1925年版。
[3] 胡适:《〈三侠五义〉序》,《三侠五义》,亚东图书馆1925年版。
[4] 胡适:《〈三侠五义〉序》,《三侠五义》,亚东图书馆1925年版。

史背景,胡适指出刘皇后与李宸妃之间的纠葛,及"当时仁宗下哀痛之诏自责,又开棺改葬,追谥陪葬"对全国舆论的影响,"种种传说也就纷纷发生,历八九百年而不衰"。[1]同时,他还考察了王铚作的《默记》中记述的"张茂实的历史"和"冷青之狱"两个传说,即"民人繁用迎着张茂实的马首喊叫"和"民间传说诛冷青时京师昏雾四塞"所表现的"民间对于刘后的不满意",其"心理的反感"正是"李宸妃故事一类的传说所以流行而传播久远的原因"。他更进一步比较了《宋史》所记"宸妃有娠时玉钗的卜卦"这样"已采有神话化的材料",与元代无名氏《李美人制御苑拾弹丸金 水桥陈琳抱妆盒》之间的故事差异:

一、玉钗之卜已变成金弹之卜,神话的意味更重了。

二、"红光紫雾"的神话。

三、写刘皇后要害死太子,与《宋史》说刘后养为己子大不同。这可见民间传说不知不觉地已加重了刘后的罪过,与古史上随时加重桀纣的罪过一样。

四、造出了一个寇承御和一个陈琳,但此时还没有郭槐。

五、李美人生子,由陈琳送八大王抚养,后来入继大统;这也可见民间传说不愿意让刘后有爱护仁宗之功,所以不知不觉地把这件功劳让与八大王了。

六、仁宗问出这案始末时,刘后与李妃都还不曾死。这也可见民间心理希望李妃享点后福,故把一件悲剧改成一件喜剧了。

七、没有狸猫换太子的话,只说"诈传万岁爷要看,诓出宫来"。

八、没有包公的事。

这时期里,这个故事还很简单,用不着郭槐,也用不着包龙图的侦

---

[1] 胡适:《〈三侠五义〉序》,《三侠五义》,亚东图书馆1925年版。

探求。[1]

在这里，胡适发现了在故事嬗变中具体形成的"差异"，他不仅是在做一般技术上的考证，而且力图通过更为新颖的视角，诸如从"民间心理"出发，认真总结与寻找李宸妃故事的生成与发展规律。同时，胡适又将宋元明三个历史时期李宸妃故事的内容具体划分为"主文""坏人""好人""破案人"和"结局"几个部分，做成清晰的图表，考证出一种是"宋元之间民间演变的传说"，一种是"一个不懂得历史掌故的人编造出来的"，"凭空造出一条包公断后的故事"两种"独立的传说"，它们"一种靠戏本的流传"，"一种靠小说的风行"，所以《三侠五义》中的李宸妃故事"把元明两朝不同的传说的重要分子都容纳在里面了"。

胡适对民间传说故事的考证与辨析，还体现在他对《宋人话本八种》等典籍的研究中。他自始至终贯穿着他独立思索、勇于开拓的学术方式和学术理想，更重要的是他坚持历史的和现实结合的社会批判，在许多方面表现出同时代人少有的深刻。如他对《宋人话本八种》中的"讲史"类作品《拗相公》的分析，指出其中"有许多毁谤王荆公的故事"，这些故事"都是南宋初年的元祐后辈捏造出来的"，包括苏洵的《辨奸论》"全是后人的伪作"，"代表元祐党人的后辈的见解"。他指出，"王荆公在几年之中施行了许多新法，用意也许都很好，但奉行的人未必都是好人"，"在一个中古时代，想用干涉主义来治理一个大帝国，其中必不免有许多小百姓受很大的苦痛"，"干涉的精神也许很好，但国家用的人未必都配干涉。不配干涉而偏要干涉，百姓自然吃苦了"，他赞扬"王安石的敢做敢为"，也不否认变法中的失误，[2]从另一个方面揭示出民间传说人物生成的条件。他在考证《醒世姻缘传》时，也

[1] 胡适：《〈三侠五义〉序》，《三侠五义》，亚东图书馆1925年版。
[2] 胡适：《〈宋人话本八种〉序》，《宋人话本八种》，亚东图书馆1928年版。

是这样,先做"我的假设",将《醒世姻缘传》和《江城》中"两个故事太相同"处列举出对照表,再"设法证实他,或者否证他",然后经过"第一次证实",借用"孙楷第先生的证据",通过《聊斋》的白话韵文的发现","从《聊斋》的白话曲词里证明《醒世姻缘》的作者",以此断定《醒世姻缘》"是蒲松龄的著作",由此预言"将来研究十七世纪中国社会风俗史的学者,必定要研究这部书"。[1] 尤为值得注意的是1926年7月24日他与顾颉刚关于《封神演义》的一封通信。在这封信中,他提出"最好应该从'神的演变'一个观念下手"。他列举出许多传说事例,诸如"托塔天王本是印度的毗沙门天王,不知怎样与李药师合为一人,此书又把他派作纣王驾下的一个总兵","哪吒剔骨还父,割肉还母"见于宋代慧洪的《禅林僧宝传》,却不知什么时候"变为李靖的儿子","二郎神本是李冰之子,李氏父子治水有功,至今血食灌口"而后来"二郎神却真成了杨戬了",以及"何时又发生梅山弟兄的故事","此故事在《封神》里与《西游》里何以不同?""《西游》里说他是玉帝的外甥,此说又从何来"?包括照妖镜"此宝又从何时起的"等。他说,"若如此做去,可成一部'神话演变史'"。[2] 胡适的考证,博古通今,以"假设"为问题的提出,在论述、求证的材料上尽力追求充足而翔实,不拘一格,为中国现代民间文艺学的发展做出了坚实的努力,自然也形成他别具特色的学术风格。而今天,我们更多的是在追求以所谓"学术规范"为背景的学科建设,常自觉不自觉地拒绝了不同形式的争鸣,从而缺少了必要的宽松和自由,因此也影响到学科发展;更重要的是,我们有许多学者更热衷于搬弄和炫耀所谓学科前沿的新名词,缺少基本的考证功夫,即传统学术方式中的典籍材料使用与辨析,显得空泛和肤浅。胡适在考证与辨析民间传说故事的过程中,广征博引,给

---

[1] 胡适:《〈醒世姻缘传〉考证》,《醒世姻缘传》,亚东图书馆1932年版。
[2] 胡适:《关于〈封神传〉的通信》,《胡适遗稿及秘藏书信》第10册,黄山书社1994年版。胡适在后来《致刘修业》的信(1946.3.7)中,也提到这些内容,提到"宋时祀二郎神,必须撮土一块,此犹是灌口筑堤有功的神迹的遗痕"的"假设"。

我们做出了榜样,也给我们以广泛而深刻的启发——要了解世界,必须弄清自己的家底。

第三节 民间文学与作家文学问题

关于民间文学与作家文学之间的关系,从现代学术体系的建立到现在,许多学者都在各说东西。一部分学者强调民间文学是文学的最初形式,哺育了后世文学,包括作家为主体的书面文学。像五四歌谣学运动中,周作人等学者就提出"搜集歌谣的目的共有两种,一是学术的,一是文艺的"。其"文艺的"目的就是"从这学术的资料之中,再由文艺批评的眼光加以选择,编成一部国民心声的选集"。他举例意大利卫太尔曾说"根据在这些歌谣之上,根据在人民的真感情之上,一种新的'民族的诗'也许能产生出来",进一步说,"所以这种工作不仅是在表彰现在隐藏着的光辉,还在引起当来的民族的诗的发展"。[1] 十多年后,胡适在《歌谣周刊》的《复刊词》中,着力强调"歌谣的收集与保存,最大的目的是要替中国文学扩大范围,增添范本"。[2] 再往后,向林冰等学者把民间文学甚至看作文学的正宗、主流。[3] 另一部分人更为复杂,他们或者反对运用民间形式,或者把民间文学仅看作是"萌芽状态"的文学,甚至称为什么"亚文化"。胡适和鲁迅一样,更看重民间文学对文学包括作家文学的整体的"激活",即充注进新鲜的血液,使作家文学获取语言和情感上的盎然生机。他首先把文学分为"模仿的,沿袭的,没有生气的古文文学"和"自然的,活泼泼的,表现人生的白话文学",提出"二千年的文学史上,所以能有一点生气,所以能有一点人味,全靠有那无数小百姓和那无数小百

---

[1] 《发刊词》,《歌谣周刊》,1922年12月17日第1号。

[2] 胡适:《复刊词》,《歌谣周刊》,1936年4月4日第2卷第1期。

[3] 向林冰:《论"民族形式"的中心源泉》,重庆《大公报》,1940年3月24日。另参见洛蚀文编《抗战文艺论集》,文缘出版社1939年版。

姓的代表的平民文学在那里打一点底子"。[1] 所以,他把民间百姓看作文学发生和发展的主体,提出"一切新文学的来源都在民间"的著名论断。他说:

  一切新文学的来源都在民间。民间的小儿女,村夫农妇,痴男怨女,歌童舞妓,弹唱的,说书的,都是文学上的新形式与新风格的创造者。这是文学史的通例,古今中外都逃不出这条通例。
  《国风》来自民间,《楚辞》里的《九歌》来自民间。汉魏六朝的乐府歌辞也来自民间。以后的词是起于歌妓舞女的,元曲也是起于歌妓舞女的。弹词起于街上的唱鼓词的,小说起于街上说书讲史的。——中国三千年的文学史上,哪一样新文学不是从民间来的?[2]

  这是一种创见。将民间文学置之于几千年的文学史上考察,把民间文学与作家文学看作文学的两个方面,能够全面理解它们之间的互相影响的关系——主要是民间文学对"新文学"即簇新的艺术形式的创建,并没有将二者完全对立起来,这在今天也是十分难得的公允。最典型的是他以"乐府"为例,剖析民间文学与文人创作之间的联系。他一再强调民歌是"文学的渊泉",[3] 从史籍中考察"俗乐民歌的势力之大",因为乐府制度而形成三种关系,即:一、"民间歌曲因此得了写定的机会";二、"民间的文学因此有机会同文人接触,文人从此不能不受民歌的影响";三、"文人感觉民歌的可爱,有时因为音乐的关系不能不把民歌更改添减,使他协律;有时因为文学上的冲动,文人忍不住要模仿民歌,因此他们的作品便也往往带着'平民化'的趋势,因此便添了不少的白话或近于白话的诗歌"。[4] 所以,"自汉至唐,继续存

---

[1] 胡适:《白话文学史》第二章《白话文学的背景》,新月书店1928年版。
[2] 胡适:《白话文学史》第三章《汉朝的民歌》,新月书店1928年版。
[3] 胡适:《白话文学史》第三章《汉朝的民歌》,新月书店1928年版。
[4] 胡适:《白话文学史》第三章《汉朝的民歌》,新月书店1928年版。

在"的这"三种关系",形成了文学史上的两道景观,一种是收在乐府中的民间乐歌,一种是为"文人模仿民歌做的乐歌"和"后来文人模仿古乐府作的不能入乐的诗歌"。[1]他把"从汉到唐的白话韵文"叫作"乐府时期",称"乐府"是"平民文学的征集所,保存馆","平民歌曲"的"层出不穷"的"无数新花样,新形式,新体裁"引起当世文人的"新兴趣",使他们"不能不佩服,不能不模仿"。[2]在他看来,"汉朝的韵文有两条来路",一条是"死的,僵化了的,无可救药的"路,即"模仿古人的辞赋",而另一条路,则是"自然流露的民歌",其"魔力"是"无法抵抗的",其"影响"是"无法躲避的",所以,"这无数的民歌在几百年的时期内竟规定了中古诗歌的形式体裁","无论是五言诗,七言诗,或长短不定的诗,都可以说是从那些民间歌辞里出来的"。[3]他把"文人仿作民歌"概括为"两种结果",即"一方面是文学的民众化","一方面是民歌的文人化"。[4]意思还是如前所述,民间文学与作家文学相互影响,相互作用,在文化发展的长河中共同提高。在文学发展的实践中,我们可以具体地感受到胡适这些论述的中肯。另外,胡适没有把民间文学与作家文学做简单的对立,而是在历史发展中认真考察它们之间的区别。他在论述"故事诗"时,清楚地看到作家阶层即绅士阶级的文人的局限,即他们因为"受了长久的抒情诗的训练,终于跳不出传统的势力",所以"只能做有断制、有剪裁的叙事诗";"虽然也叙述故事,而主旨在于议论或抒情,并不在于敷说故事的本身",其"注意之点不在于说故事",到底还是"不能产生故事诗"。他以为,"故事诗的精神全在于说故事:只要怎样把故事说的津津有味,娓娓动听,不管故事的内容与教训",而"这种条件是当日的文人阶级所不能承认的","所以纯粹故事诗的产生不在于文人阶级而在于爱听故

---

[1] 胡适:《白话文学史》第三章《汉朝的民歌》,新月书店1928年版。
[2] 胡适:《白话文学史》第三章《汉朝的民歌》,新月书店1928年版。
[3] 胡适:《白话文学史》第五章《汉末魏晋的文学》,新月书店1928年版。
[4] 胡适:《白话文学史》第五章《汉末魏晋的文学》,新月书店1928年版。

事又爱说故事的民间"。[1]

《孔雀东南飞》是我国古代民间流传脍炙人口的叙事诗。胡适把它称为"古代民间最伟大的故事诗"。[2]这首诗最初保存在徐陵的《玉台新咏》中。胡适认为它大约是在"三世纪的中叶"创作形成的,他"深信这篇故事诗流传在民间,经过三百多年之久(230—550)方才收在《玉台新咏》里",其间"经过了无数民众的减增修削,添上了不少的'本地风光'(如'青庐''龙子幡'之类),吸收了不少的无名诗人的天才与风格",最后"终于变成一篇不朽的杰作"。[3]但是,就是这样一篇"古代民间最伟大的故事诗",在同时代的《典论》《文选》《诗品》和《文心雕龙》中都不曾提起,原因何在?胡适说,这篇"白话的长篇民歌"因为它"太质朴了","质朴之中,夹着不少土气",有太多的"鄙俚字句"而"不容易得当时文人的欣赏"。同时,胡适在曹丕的"飞来双白鹄,乃从西北来""五里一返顾,六里一徘徊"等诗句中发现了"删改民间歌辞"的内容。他指出,因为"民间歌辞靠口唱相传","字句的讹错是免不了的,但'母题'(motif)依旧保留不变",所以"从乐府到郭茂倩,这歌辞虽有许多改动,而'母题'始终不变",又因为这个母题与焦仲卿夫妇故事相合,编就这首诗的"民间诗人"也就"用这一只歌作引子","久而久之,这只古歌虽然还存在乐府里,而在民间却被那篇更伟大的长故事诗吞没了"。[4]这里胡适实际上是提出了一个具有普遍意义的命题。《木兰辞》也是这样。胡适称它是"北方的平民文学的最大杰作"。[5]它开头的数句与《折杨柳枝歌》中相重复,如《木兰辞》中的"唧唧复唧唧,木兰当户织",在《折杨柳枝歌》中变成"敕敕何力力,女子临窗织";另外数句亦与"不闻机杼声,惟闻女

---

[1] 胡适:《白话文学史》第六章《故事诗的起来》,新月书店1928年版。
[2] 胡适:《白话文学史》第六章《故事诗的起来》,新月书店1928年版。
[3] 胡适:《白话文学史》第六章《故事诗的起来》,新月书店1928年版。
[4] 胡适:《白话文学史》第六章《故事诗的起来》,新月书店1928年版。
[5] 胡适:《白话文学史》第七章《南北新民族的文学》,新月书店1928年版。

叹息。问女何所思,问女何所忆"相同。胡适说,这两首诗创作的年代"相去不远",其"流传在民间,经过多少演变,后来引起了文人的注意,不免有改削润色的地方";他举例"朔气传金柝,寒光照铁衣"句,称这"便不像民间的作风,大概是文人改作的",并推测"也许原文的中间有描写木兰的战功的一长段或几长段","文人嫌他拖沓"而"删去",是"文人手痒,忍不住又夹入这一联的词藻"的结果。[1]

文人借用民间文学的现象,即在前面胡适所提到的"文学的民众化"和"民歌的文人化",在文学发展中其常常会形成两种传统:一种使文学不断获得生机,一种使文学日益狭隘。前一种道路,胡适相当推崇鲍照,称"鲍照受乐府民歌的影响最大",能够达到"巧似"的效果,却被当时的文人称为"险俗","直到三百年后,乐府民歌的影响已充分地感觉到了,才有李白、杜甫一班人出来发扬光大鲍照开辟的风气"。但是,自沈约、王融的声律论出现,便使文学"成了极端的机械化","在文学史上发生了不少恶影响"。胡适称之为"譬如缠小脚本是一件最丑恶又最不人道的事,然而居然有人模仿,有人提倡,到一千年之久。骈文与律诗正是同等的怪现状"。鲍照的路无疑是使文学获得生机的道路,而沈约的路则是"文学的生机被他压死了"的路,在胡适看来,其"逃死之法"便是"充分地向白话民歌的路上走"。但是,这条"革命的路"是"只有极少数人敢走的",胡适指出一种可悲的文学存在实际,即"大多数的文人只能低头下心受那时代风尚的拘禁,吞声忍气地迁就那些拘束自由的枷锁镣铐"。[2] 所以,"唐朝的文学的真价值,真生命",不在模仿,而是在于"继续这五六百年的白话文学的趋势","充分承认乐府民歌的文学真价值,极力效法这五六百年的平民歌唱和这些平民歌唱所直接间接产生的活文学"。[3] 在论述白居易的《长恨歌》、元稹的《连昌宫词》、韦庄的《秦妇

---

[1] 胡适:《白话文学史》第七章《南北新民族的文学》,新月书店1928年版。

[2] 胡适:《白话文学史》第八章《唐以前三百年中的文学趋势》,新月书店1928年版。

[3] 胡适:《白话文学史》第八章《唐以前三百年中的文学趋势》,新月书店1928年版。

吟》,这些"都很接近民间的故事诗"时,胡适借白居易所述"其体顺而肆,可以播于乐章歌曲",提出这种诗歌审美理想实现的途径,其"最自然的来源便是当时民间风行的民歌与佛曲"。[1] 同时,他也十分冷静地看到,民间文学有着天然的美,以民间竹枝词为例,说"白居易、刘禹锡极力摹仿这种民歌,但终做不到这样的天然优美"。[2]

在论及词这一文学形式时,胡适一再强调"起于民间","起乐工歌妓"。[3] 他把词的历史分为三个时期,即自晚唐到元初"为词的自然演变时期",自元到明清之际为"曲子时期",自清初至今日为"模仿填词的时期",而第一个时期是词的"本身"的历史,其后分别是"投胎再世"和"鬼"的历史。[4] 最能体现词的艺术特性实质的,也正是"自然演变"这一时期的内容。胡适在这里详细论述道:"词起于民间,流传于娼女歌伶之口,后来才渐渐被文人学士采用,体裁渐渐加多,内容渐渐变丰富。但这样一来,词的文学就渐渐和平民离远了。……词到了宋末,早已死了。"但是,"民间的女娼歌伶仍旧继续变化他们的歌曲"(即词)。胡适将这些"变化"细分为"小令""双调""套数""杂剧"和"明代的剧曲",都是因为文人的掺入,"带来的古典,搬来的书袋",他们"传染来的酸腐气味"又使得新的文学形式"渐渐和平民离远,渐渐失去生气,渐渐死下去了"。[5] 这就是文学在民间与文人两种文化群落中间运行的兴衰规律。胡适把这种规律概括为"文学史上有一个逃不了的公式":

> 文学的新方式都是出于民间的。久而久之,文人学士受了民间文学的影响,采用这种新体裁来做他们的文艺作品。文人的参加自有他的好

---

[1] 胡适:《白话文学史》第十六章《元稹白居易》,新月书店1928年版。
[2] 胡适:《词的起源》,《清华学报》,1925年12月第2卷第1期。
[3] 胡适:《词的起源》,《清华学报》,1925年12月第2卷第1期。
[4] 胡适:《〈词选〉序》,《小说月报》,1927年1月第18卷第1号。
[5] 胡适:《〈词选〉序》,《小说月报》,1927年1月第18卷第1号。

处：浅薄的内容变丰富了，幼稚的技术变高明了，平凡的意境变高超了。但文人把这种新体裁学到手之后，劣等的文人便来模仿；模仿的结果，往往学得了形式上的技术，而丢掉了创作的精神。天才堕落而为匠手，创作堕落而为机械。生气剥丧完了，只剩下一点小技巧，一堆烂书袋，一套烂调子。于是这种文学方式的命运便完结了，文学的生命又须另向民间去寻新方向发展了。[1]

这事实上是胡适提出一个问题的两个方面，即民间文学影响了作家文学的发生，作家文学也促进了民间文学的发展，但是，作家群体因为自身的局限，只在"模仿"的层面上做玩弄"一点小技巧"的动作，使这种文化的生机停滞。胡适更注重于"模仿"后的"天才堕落而为匠手"和"创作堕落而为机械"，这和鲁迅所说的民间文学"一沾着他们的手"，"就跟着他们灭亡"，[2] 在道理上是一致的。

作家文学为什么会形成如此的伤害呢？关键在于文人学士只是"模仿"，而没有真正坚持面向生活这民间文学的实质内容。胡适对这种文化关系的概括，用了"活"和"死"两个字，既形象，又准确。他与许多有识之士一样，从文学的生活背景与生活意义出发，全面揭示了文学发展中民间文学与作家文学的互动规律。

在论述宋元话本、元杂剧和明清小说等内容时，胡适也多次强调作家对民间文学的具体运用，使文学的"新形式"具有独特的审美魅力。与许多学者不同的是，胡适是在文学包括民间文学的具体发展中具体阐述民间文学与作家文学之间的关系的，即通过细致的文献钩沉来看待作家对民间文学的运用效果，这就避免了时人所容易招致的空泛。如他对《水浒传》的成书

---

[1] 胡适：《〈词选〉序》，《小说月报》，1927年1月第18卷第1号。
[2] 鲁迅：《略论梅兰芳及其他（上）》，《鲁迅全集》第6卷，人民文学出版社1981年版。

过程中,不同时代的作家同民间文学的复杂联系的考察。如他所言,"《水浒传》不是青天白日里从半空中掉下来的","是从南宋初年(西历十二世纪初年)到明朝中叶(十五世纪末年)这四百年的'梁山泊故事'的结晶",他从中发现了"奸人政客不如强盗""希望草泽英雄出来重扶宋室(江山社稷)"的文人理想和"四百年文学进化的产儿"[1]之间的具体联系。从历史到传说,这中间饱含着一个民族的深刻的文化记忆,自然,作家作为民族的一员,也是这种文化记忆的承受者,是民族情绪的具体表述者,但是,作为作家,他与民间百姓又扮演着不同的文化角色,那么这种文化记忆的表述效果也就必然不同了。胡适所关注的也正是这种"效果"的具体形成过程。他所看到的是,在更多的情况下,民间文学是被动的,同时他也并不否认优秀的作家对民间文学成功运用的积极意义。如他在《〈水浒传〉考证》中所讲,"我们拿宋元时代那些幼稚的梁山泊故事,来比较这部《水浒传》,我们不能不佩服'施耐庵'的大匠精神与大匠本领","我们不能不承认这四百年中白话文学的进步很可惊异"。他举例说,"当元人的杂剧盛行时,许多戏曲家从各方面搜集编曲的材料,于是有高文秀等人采用民间盛行的梁山泊故事,各人随自己的眼光才力,发挥水浒的一方面,或创造一种人物","但这些都是一个故事的自然演化,又都是散漫的,片面的,没有计划的,没有组织的发展","后来这类的材料越积越多了,不能不有一种贯通综合的总编,于是元末明初有《水浒传》百回之作",尽管这"百回之作"作为"草创"是"很浅陋幼稚的",但它"居然把三百年来的水浒故事贯通起来,用宋元以来的梁山泊故事做一个大纲,把民间和戏台上的'三十六大伙,七十二小伙'的种种故事作一些子目,造成一部草创的大小说","总算是很难得的了"。他接着说,"到了明朝中叶,'施耐庵'又用这个原百回本作底本,加上高超的新见解,加上四百年来逐渐成熟的文学技术,加上他自己的伟大创造力,把那草创的山寨

---

[1] 胡适:《〈水浒传〉考证》,《水浒传》,亚东图书馆1920年版。

推翻,把那些僵硬无生气的水浒人物一齐毁去;于是重兴水浒,再造梁山,画出十来个永不会磨灭的英雄人物,造成一部永不会磨灭的奇书",因而,他由衷地赞叹"这部七十回的《水浒传》不但是集四百年水浒故事的大成,并且是中国白话文学完全成立的一个大纪元"。[1] 对于《三国演义》的成书,胡适也强调它"不是一个人做的",说它"是五百年的演义家的共同作品"。他简单考察了唐宋时期"说三国"的情况,"南方的平话,北方的院本"和元明时期"演三国故事"。他指出"散文的《三国演义》自然是从宋以来'说三分'的'话本'变化演进出来的",同时也指出所谓"古本"和"俗本"的差别,尤其是《三国演义》"拘守历史的故事太严","想像力太少,创造力太薄弱"的"平凡"缺陷。[2] 在考证《西游记》时,胡适比较了小说《西游记》和《慈恩寺三藏法师传》《大唐西域记》等文献和"玄奘取经的故事"及其"神话化"的具体联系。与《水浒传》和《三国演义》的成书一样,《西游记》"起于民间的传说和神话",同样"有了几百年逐渐演化的历史",这里,胡适极力称赞"著者的想像力真不小",并从中发现"如果著者没有一肚子牢骚,他为什么把玉帝写成那样一个大饭桶?为什么把天上写成那样黑暗、腐败、无人?为什么教一个猴子去把天宫闹的那样稀糟"?包括"袁天罡的神算""秦叔宝、尉迟敬德做门神""泾河龙王犯罪的故事""李靖代龙王行雨,误下了二十尺雨,致龙王母子都受天遣""唐太宗游地府的故事""魏征斩龙及作介绍书与崔判官的故事""殷小姐忍辱复仇"和"唐太宗征求取经人"等"许多小故事"[3] 在作品中的化用。胡适更为看重的是《西游记》的"滑稽意味",他说:"《西游记》所以能成世界的一部绝大神话小说,正因为《西游记》里种种神话都带着一点诙谐意味,能使人开口一笑,这一笑就把那神话'人化'过了。"他

---

[1] 胡适:《〈水浒传〉考证》,《水浒传》,亚东图书馆1920年版。
[2] 胡适:《〈三国志演义〉序》,《三国志演义》,亚东图书馆1922年版。他在《注》中提到,"作此序时曾参用周豫才先生(鲁迅)的《小说史讲义》稿本"。
[3] 胡适:《〈西游记〉考证》,《西游记》,亚东图书馆1923年版。

称《西游记》中的神话"是有'人的意味'的神话","诙谐的里面含有一种尖刻的玩世主义"。[1] 在述及《三侠五义》时,胡适着重考察了包公和李宸妃的传说生成过程。关于"箭垛式"原理,前面已经讲过;胡适在对"起于北宋,传于南宋,初盛于元人的悲剧,再盛于明清人的小说"的"包公断狱的种种故事"进行逐层分析,即解剖化验箭镞的"文化构成",[2] 通过不同时代的作家对民间文学的运用来考察文本的构成意义——这是胡适对现代民间文艺学理论的一大贡献。民间文学与作家文学之间的关系问题,至今也并没有完全得到合理的解决,更多的学者强调民间文学的"俗",强调作家文学的"雅",相对忽略了文学的整体性即雅俗共融于文本问题。胡适将文学的基本差异用文言的"死"与白话的"活"来概括,强调白话是历史发展的必然,这与他当年提倡"文学改良八事"[3] 是相一致的。"八事"的关键性内容在于"不避俗字俗语"。其实,所谓"雅"与"俗"的基本差异,也就是一个语言问题。"俗字俗语"的具体运用,归于一点,就是白话文,而民间文学的语言从来都是不加任何修饰的白话,那么强调作家就"俗",运用俗语俗字,运用民间传说故事做创作题材,就是胡适所倡导的"活"即"逃死之路"。也就是说,民间文学与作家群体共同面对着活生生的生活语言和生活事项,不同的文化理念影响着不同的文学表现方式,民间文学顺应生活的发展实际,因而"活"了起来;作家文学更注重文字的雕琢,用相对狭隘的有限生命体验,去丈量生活的无限,所以常常陷入"死"路。胡适说"一切新文学的来源都在民间",强调下层民众对"文学上的新形式与新风格"的创造,正是强调文学对生活本色的遵从与表现。当然,他在"八事"中也已经提出,要"言之有物",说明他并不仅仅看到白话的作用。他的学术理念归结点还是新文化的建设,如他在《新思潮的意义》中所讲,新文化要"研究问题,输入学理,整

---

[1] 胡适:《〈西游记〉考证》,《西游记》,亚东图书馆1923年版。

[2] 胡适:《〈三侠五义〉序》,《三侠五义》,亚东图书馆1925年版。

[3] 胡适:《文学改良刍议》,《新青年》,1917年1月第2卷第5号。

国故,再造文明"。[1] 所以,他从文化包括文学的历史发展中看待民间文学与作家文学的联系。1944年,已是54岁的胡适开始撰写《全校〈水经注〉辨伪》,尽管他后来又宣布自己的观点不能成立,而他尊重民间传说在文化发展中的特殊地位则显而易见。从实证去研究问题的学风,在今天仍值得我们重视。我们尤其应该注意的是,我们论及民间文学与作家文学的关系时,常常把民间文学仅仅作为其创作的话语资源,而自觉或不自觉地以历史证明未来;胡适非常清晰地看到,历史毕竟是历史,白话的使命就在于"新",即创造与时代相适宜的新形式。他曾在《信心与反省》中提到,"我们的民族信心必须站在'反省'的惟一基础之上","望在我们的将来",而不要一味陶醉在"光辉万丈"的五千年文明中而停滞不前。[2] 当然,现代民间文学理论建设要面向"将来",更要面向社会现实和大众。

第四节 《白话文学史》对现代民间文学理论发展的贡献

胡适的《白话文学史》是1928年由新月书店出版的。从他的《自序》中可以看出,该书始作于1921年,缘于他为"教育部办第三届国语讲习所"讲"国语文学史"而作。如他所说,他"八星期之内编了十五篇讲义",因为"禅宗白话文"和"宋'京本小说'"的发现等原因做了多次修改。他曾经拟定一个"大计划",做出《国语文学史》的新纲目。"纲目"共分十个部分,除《引论》外,第一部分主要研究《国风》,他把《国风》称作"二千五百年前的白话文学";依次为"春秋战国时代"和"汉魏六朝",再次为"唐""两宋""金元""明""清"和"国语文学的运动"。其中,他又提出"春秋战国时代的文学是白话的吗?"的问题,把"汉魏六朝的民间文学"分为"古文学

---

[1] 胡适:《新思潮的意义》,《新青年》,1919年12月1日第7卷第1号。
[2] 胡适:《信心与反省》,《独立评论》,1934年6月第103期。

的死期""汉代的民间文学"和"三国六朝的平民文学"三个部分。他说,这个计划可以代表他"当时对于白话文学史的见解",但是,这个庞大的计划并没有全部实现。从初稿到北京文化学社的排印,再到新月书店出版,"六年之中,国内国外添了不少的文学史料",尤其是那些"俗文学的史料"。他着重提到了"敦煌石室的唐五代写本的俗文学",在日本发现的"唐人小说《游仙窟》"和《唐三藏取经诗话》与《全相平话》,郑振铎编的《白雪遗音选》和董康翻刻的杂剧与小说。他把"《京本通俗小说》的出现"看作是"文学史上的一件大事"。他最看重的是鲁迅的《中国小说史略》,称它是"最大的成绩","是一部开山的创作,搜集甚勤,取材甚精,断制也甚谨严"。而直接影响到他做后来修改的,还是"近十年内,自从北京大学歌谣研究会发起搜集歌谣以来,出版的歌谣至少在一万首以上",因为"这些歌谣的出现使我们知道真正平民文学是个什么样子"。这些新材料的发现改变了他的许多观念,所以,他索性把原稿"全部推翻了"。他设想着"把上卷写到唐末五代","留待十年后再续下去",整个著作完成时"大概有七十万字至一百万字"。[1]令人遗憾的是,迄今为止,我们见到的还是这部著作的"上卷"。当然,即使是这样,它也已经全面体现了胡适前半期的民间文学观。

  胡适写作《白话文学史》,首先把"白话文学"的范围置于广阔的背景。他的"白话"概念有三种含义,一是"戏台上说白的'白',就是说得出,听得懂的话",一是"不加粉饰的话",一是"明白晓畅的话"。依照这样的标准,他"认定《史记》《汉书》里有许多白话,古乐府歌辞大部分是白话的,佛书译本的文字也是当时的白话或很近于白话,唐人的诗歌——尤其是乐府绝句——也有很多的白话作品"。[2]他在《自序》中集中表述了许多"个人的见地",称"虽然是辛苦得来的居多,却也难保没有错误",诸如"一切新文学

---

[1]　胡适:《白话文学史》之《自序》,新月书店1928年版。
[2]　胡适:《白话文学史》之《自序》,新月书店1928年版。

的来源都在民间""建安文学的主要事业在于制作乐府歌辞""故事诗起来的时代""佛教文学发生影响之晚与'唱导''梵呗'的方法的重要""白话诗的四种来源""王梵志与寒山的考证""李杜的优劣论""天宝大乱后的文学的特别色彩说"和"卢仝、张籍的特别注重"等。[1]也正是他的这些"个人的见地",构成了他对中国现代民间文学理论发展的重要贡献,与他在其他地方关于民间文学的研究共同形成他自成系统的民间文学理论体系。

如胡适所言,白话文学史是"创造的文学史""活文学的历史",而"古文传统史"是"模仿的文学史""死文学的历史","这一千多年中国文学史是古文文学的末路史,是白话文学的发达史"。[2]其通篇都是为了证明他关于"一切新文学的来源都在民间"的论断。事实上,他自始至终也都是在将白话文学的研究纳入"文学革命"。他曾多次提到白话文学是"历史进化"的产物,而"历史进化"又分为两种,"一种是完全自然的进化","一种是顺着自然的趋势,加上人力的督促",即前者为"演进",后者为"革命"——"认清了这个自然的趋势,……加上人工的促进,使这个自然进化的趋势赶快实现","是人力在那自然演进的缓步徐行的历程上,有意的加上了一鞭"。但是,事物的发展常常是曲折的,胡适举例,说"元曲出来了,又渐渐的退回去,变成贵族的昆曲",当《水浒传》《西游记》《红楼梦》出现时,人们"仍旧做他们的骈文古文";在漫长的文学发展中,"只有自然的演进,没有有意的革命"。胡适说,"这几年来的'文学革命',所以当得起'革命'二字,正因为这是一种有意的主张,是一种人力的促进","《新青年》的贡献只在他在那缓步徐行的文学演进的历程上,猛力加上了一鞭","因为是有意的人力促进,故白话文学的运动能在这十年之中收获一千多年收不到的成绩"。[3]胡适强调白话文学的"活",提倡用民间文学拓展新文学的范式,把"民间"看作"一切新文学

---

[1] 胡适:《白话文学史》之《自序》,新月书店1928年版。
[2] 胡适:《白话文学史》之《引子》,新月书店1928年版。
[3] 胡适:《白话文学史》之《引子》,新月书店1928年版。

的来源",正是与"文学革命"相一致的。当然,胡适更多的是从语言形式上强调使文学"活起来",有一些学者批评他不注重文学的内容,但我们应该看到,民间文学的实质特征还是以"口头性"为标志区别于其他文学形式的,离开了"口头性"即白话表现的口头形式,一切都是枉然。如刘半农在《初期白话诗稿》中所言,当年"提倡白话文"是"非圣无法,罪大恶极",需要莫大的勇气。[1]关于这一点,茅盾就曾误解过胡适,说"戴着红顶子说洋话"的胡适"从'建设国语文学'这个口号里'发现'了一个新东西:替白话文学编家谱,证明它也是旧家子而不是暴发户",称胡适"认错了祖宗","把'文白之争'的阵线搅浑了"。[2]茅盾误读胡适:《白话文学史》的背景是"方言文学和废汉字的主张在目前是'太高'的要求",[3]但他和许多人一样,确实是忽略了民间文学的口头性这一实质性内容。在更广泛的意义上讲,不懂得白话文学的历史,又如何更清醒更全面地理解白话包括民间文学的发展规律呢?更何况胡适是在用历史的事实去更有力地证明"文言传统"的"死",去阐述"逃脱死路"就在于融入白话的"生"!如拉法格所言,"口头诗歌是没有文化的各族人民所知道和所采用的唯一方法"。[4]弗朗西斯·李·厄特利在《民间文学:一个实用定义》中讲道:"民间文学无论在哪儿被发现,与世隔绝的原始社会也好,接近文明边缘的社会也好,都市社会或村落社会也好,上层统治者与下层阶级也好,它都是一种口头传承的文学,'口头传承'这个关键词的应用价值是很大的。"[5]

  在相当长一个时期内,我们过于强调民间文学最直接的人民性,却不

---

[1] 茅盾:《十年前的教训》,《文学》,1935年4月1日第4卷第4号。

[2] 茅盾:《对于所谓"文言复兴运动"的估价》,《文学》,1934年8月1日第3卷第2号。

[3] 茅盾:《对于所谓"文言复兴运动"的估价》,《文学》,1934年8月1日第3卷第2号。

[4] 拉法格:《关于婚姻的民间歌谣和礼俗》,《拉法格文论集》,罗大冈译,人民文学出版社1979年版,第8页。

[5] [美]阿兰·邓迪斯编:《世界民俗学》,《美国民俗学杂志》,1961年第74卷,陈建宪、彭海斌译,上海文艺出版社1990年版。

同程度地忽略了其口头性这一民间文学作为文学形式具体标志的重要内容。与此相联系的还有民间文学的范围问题,我们由"劳动人民"这一概念出发,基本上只认定那些下层社会中的体力劳动者。胡适所指的民间文学创造者是用"无数小百姓"来概括的,即"民间小儿女,村夫农妇,痴男怨女,歌童舞妓,弹唱的,说书的"。他特别强调了"歌妓舞女"对词和曲的创造,他曾举"李延年兄妹都是歌舞伎的一流",说"他们的歌曲正是民间的文学";同时,他又论述道,《江南可采莲》"这种民歌只取音节和美好听,不必有什么深远的意义",和那些"很有价值的民歌"《战城南》一样,都是"真正民间文学"。[1] 也就是说,"人民性"的内容极丰富,他们有与统治者相对立的一面,也有更为丰富的情感,包括他们欢乐情绪的表达。相比而言,胡适看到了普通劳动者作为民间文学的创造主体,也看到了失意文人(如柳永)、歌妓舞女,包括僧人阶层对民间文学口头传播所起的重要作用。六十多年后,我们从大洋彼岸的美国听到相似的声音,这就是阿兰·邓迪斯所讲的"民间(Folk)的概念已不再局限于农民或无产者","所有的人群——无论其民族、宗教、职业如何,都可以构成一个独特的民间"。[2]

再者是民间文学的发生问题,胡适在《白话文学史》中做了精妙的论述。他以汉代民歌为例,主要从民歌的具体内容中来看待"活的问题,真的哀怨,真的情感",管窥"这些活的文学"的产生过程。他这样描述道:

> 小孩睡在睡篮里哭,母亲要编只儿歌哄他睡着;大孩子在地上吵,母亲要说个故事哄他不吵;小儿女要唱山歌,农夫要唱曲子;痴男怨女要歌唱他们的恋爱,孤儿弃妇要叙述他们的痛苦;征夫离妇要声诉他们的离情别恨;舞女要舞曲,歌伎要新歌——这些人大都是不识字的平民,他们不

---

[1] 胡适:《白话文学史》第三章《汉朝的民歌》,新月书店1928年版。
[2] [美]阿兰·邓迪斯编:《世界民俗学》之《中文版序》,陈建宪、彭海斌译,上海文艺出版社1990年版。

能等候二十年先去学了古文再来唱歌说故事。所以他们只真率地唱了他们的歌；真率地说了他们的故事。这是一切平民文学的起点。[1]

民间文学的产生，许多学者都强调与劳动生产的联系。如鲁迅曾提出文艺起源于劳动，"文学在人民间萌芽"[2]。胡适更关注社会生活和民间文学的具体联系，尤其是情感表现的实际需要。这里他强调的是"哄"和"真率地唱""真率地说"。他尤其强调民间文学内容上的独特性，如他对《陌上桑》的分析。在《陌上桑》中，罗敷采桑，其美貌吸引了"行者""少年""耕者"和"锄者"，胡适称"这种天真烂漫的写法，真是民歌的独到之处"[3]；《陌上桑》的结尾写罗敷挚爱着自己的丈夫，"坐中数千人，皆言夫婿殊"，胡适称这种写法"决不是主持名教的道学先生们想得出的"。[4] 正是因为这些歌谣真实自然地表达了民间百姓的情爱，流露出最真诚的欢乐和怨恨，所以能够更广泛更深切地引起最广大人群的共鸣，"你改一句，他改一句；你添一个花头，他翻一个花样，越传越有趣了，越传越好听了"。[5] 这其实就是我们常讲的民间文学的口头性和集体性特征问题。目前，学者们基本上形成了这样一个共识，即民间文学的口头创作过程，就是它的传播过程，而其口头传播过程，也就是它的创作实现完成过程。

在论述"故事诗"（Epic）时，胡适论及了另一个重要的理论问题，即这种民间文学形式"在中国起来的很迟"，他说"这是世界文学史上一个很少见的现象"。[6] Epic 被胡适称作"故事诗"，其实译作"史诗、叙事诗"更合适。从他在文中论述的内容来看，应是"史诗"。史诗的流传与保存，在世界许多

---

[1] 胡适：《白话文学史》第三章《汉朝的民歌》，新月书店1928年版。
[2] 鲁迅：《门外文谈》，《鲁迅全集》第6卷，人民文学出版社1981年版。
[3] 胡适：《白话文学史》第三章《汉朝的民歌》，新月书店1928年版。
[4] 胡适：《白话文学史》第三章《汉朝的民歌》，新月书店1928年版。
[5] 胡适：《白话文学史》第三章《汉朝的民歌》，新月书店1928年版。
[6] 胡适：《白话文学史》第六章《故事诗的起来》，新月书店1928年版。

国家都有明确的详细记述。在我国少数民族中也存在着史诗,如闻名于世的三大史诗《格萨尔》《玛纳斯》和《江格尔》,[1]并不逊色于《伊利亚特》《奥德赛》的规模。但是,由于多种原因,胡适并不了解这些,他仅仅把更为狭隘的"古代中国"做考察对象。他甚至还推测说,"也许是中国古代民族的文学确是仅有风谣与祀神歌,而没有长篇的故事诗","也许是古代本有故事诗,而因为文字的困难,不曾有记录,故不得流传于后代;所流传的仅有短篇的抒情诗"[2]。在《诗经》中,《生民》《公刘》《绵》《玄鸟》《长发》等篇都具有史诗色彩。按照西方学者的解释,所谓史诗(Epic)是指"在大范围内描述武士和英雄们的功绩的长篇叙事诗,是多方面加以表现的英雄故事,包括神话、传说、民间故事与历史"[3]。史诗的重要职能之一就是"联结后代的人,由第一代传给第二代的诗歌和故事中,子孙可以认识他们祖宗的声音",[4]即民族情感的传承与维系的纽带。在胡适之前,郭绍虞也曾经论及《诗经》中的一篇作品,称"'雅'似近于史诗,'风'可以当抒情诗,而'颂'字训容,又相当于剧诗"。[5]但相当多的学者都没有更深入地论述"《三百篇》里竟没有神话的遗迹"问题。胡适说,之所以出现这种现象,主要是地域因素,"他们生在温带与寒带之间,天然的供给远没有南方民族的丰厚,他们须要时时对天然奋斗,不能像热带民族那样懒洋洋地睡在棕榈树下白日见鬼,白昼做梦",依此断定"古代的中国民族是一种朴实而不富于想像力的民族",所以,"中国古代民族没有故事诗,仅有简单的祀神歌与风谣而已"。[6]他把"想像力"与一定的地域联系起来,论及南北文学的文化差别问题,"看出疆域越往南,

---

[1] 参见杨恩洪:《中国少数民族英雄史诗〈格萨尔〉》,朗樱:《中国少数民族英雄史诗〈玛纳斯〉》,仁钦道尔吉:《中国少数民族英雄史诗〈江格尔〉》,浙江教育出版社 1990 年 8 月第 1 版。

[2] 胡适:《白话文学史》第六章《故事诗的起来》,新月书店 1928 年版。

[3] [英]卡顿:《文学术语词典》"史诗",伦敦出版社 1979 年版。

[4] [德]格罗塞:《艺术的起源》,蔡慕晖译,商务印书馆 1984 年版。

[5] 郭绍虞:《中国文学演化概述》,中州大学(河南大学)《文艺》,1926 年第 1 卷第 2 期。

[6] 胡适:《白话文学史》第六章《故事诗的起来》,新月书店 1928 年版。

文学越带有神话的分子与想像的能力",包括"汝汉之间的文学和湘沅之间的文学大不相同",[1]虽然不免有一些偏颇,却给我们以启发。后来的田野作业结果也表明,正如胡适所讲的那样,在南方的一些少数民族中,尤其是大西南地区,史诗的蕴含量明显密集于中原地区和北方。[2]一定的自然因素确实影响到民间文学的地域风格。如胡适在论述《南北新民族的文学》时所讲,南北朝"这个割据分裂时代的民间文学,自然是南北新民族的文学","江南新民族本有的吴语文学,到此时代,方才渐渐出现。南方民族的文学的特别色彩是恋爱,是缠绵宛转的恋爱","北方的新民族多带着尚武好勇的性质,故北方的民间文学自然也带着这种气概","北方的平民文学的特别色彩是英雄,是慷慨洒落的英雄"。[3]

在《佛教的翻译文学》上、下两章中,胡适集中论述了佛教与文学发展包括民间文学的问题,事实上也包含了中外文化交流中的民间文学的发展问题。这里,胡适主要是针对两晋南北朝文学的变化来谈论佛教的翻译与民间文学的联系的。他把这一时"骈俪化了的文体"看作一个相对稳定的结构,把"佛教的经典"看作"一些捣乱分子",也看作"伟大富丽的宗教",同时,将"伟大的翻译工作"与那些"少数滥调文人"及其"含糊不正确的骈偶文体"相对比,论述佛教的翻译文学"给中国文学史上开(辟)了无穷新意境,创(造)了不少新文体,添了无数新材料"。[4]接着,他考察了"翻译事业"的历史,从"汉明求法"这种"无根据的神话"——数到2至5世纪的高僧们,看到鸠摩罗什及其译作《大品般若》《金刚》《法华》《维摩诘》诸经对"唱文""最大的故事诗"和"弹词"等文学形式的具体影响。他说,"印度文学自古以来多靠口说相传",这种"可以帮助记忆力"的"偈"传入中国之后,

---

[1] 胡适:《白话文学史》第六章《故事诗的起来》,新月书店1928年版。
[2] 刘亚虎:《中华民族文学关系史(南方卷)》,人民文学出版社1997年版。
[3] 胡适:《白话文学史》第七章《南北新民族的文学》,新月书店1928年版。
[4] 胡适:《白话文学史》第九章《佛教的翻译文学(上)》,新月书店1928年版。

"发生了不少的意外影响",如"弹词里的说白与唱文夹杂并用","便是从这种印度文学形式得来的"。[1] 同样,胡适也清醒地看到,佛教的翻译文学成为独立的文体并得以在中国文学的世界里迅速发展时,也受到中国民间文学的影响。如,有人曾提到《佛本行经》《佛所行赞》这类翻译文学是《孔雀东南飞》的"范本",但胡适不以为然,他以为"从汉到南北朝,这五六百年中,中国民间自有无数民歌发生","其中有短的抒情诗和讽刺诗","也有很长的故事诗",即"因为民间先已有了《孔雀东南飞》一类的长篇故事诗,所以才有翻译这种长篇外国诗的可能"。[2] 同时,胡适指出"中国固有的文学很少是富于幻想力的","印度人的幻想文学之输入确有绝大的解放力";[3] 他以"中古时代的神仙文学"《列仙传》《神仙传》为例,看到其"简单"和"拘谨",并与《西游记》《封神传》做比较,看"印度的幻想文学的大影响"。[4] 他还指出,"佛教文学在中国文学上发生影响是在六世纪以后",其影响表现在三个方面,一是白话文体,使"佛寺禅门遂成为白话文与白话诗的重要发源地";一是"最富于想像力",对"最缺乏想像力的中国古文学"有"很大的解放作用",甚至说"中国的浪漫主义的文学是印度文学影响的产儿";一是"悬空结构的文学体裁"与后世的弹词、平话、小说、戏剧的发达"有直接或间接的关系"[5]。尤其是"五世纪以下",佛教徒宣传教旨,采用"经文的'转读'""'梵呗'的歌唱""'唱导'的制度",胡适说,"这三种宣传法门便是把佛教文学传到民间去的路子",这"便是产生民间佛教文学的来源"。"宣传法门"的目的在于"宣传教义",转读、梵呗、唱导因为"捐钱化缘"而"有通俗的必要","随机应变,出口成章",直接影响了"莲花落"等民间艺术。胡适说"今日

---

[1] 胡适:《白话文学史》第九章《佛教的翻译文学(上)》,新月书店 1928 年版。
[2] 胡适:《白话文学史》第十章《佛教的翻译文学(下)》,新月书店 1928 年版。
[3] 胡适:《白话文学史》第十章《佛教的翻译文学(下)》,新月书店 1928 年版。
[4] 胡适:《白话文学史》第十章《佛教的翻译文学(下)》,新月书店 1928 年版。
[5] 胡适:《白话文学史》第十章《佛教的翻译文学(下)》,新月书店 1928 年版。

说大鼓书的,唱'滩簧的',唱'小热昏'的,都有点像这种'落花'导师",其(《续高僧传》)中"声无暂停,语无重述,结构皆合韵"的形式,"也正像后世的鼓词与滩簧"。胡适从"佛教的宣传决不是单靠译经"来看"支昙龠等输入唱呗之法"及其"分化成'转读'与'梵呗'两项",看到"转读"到"宣读"及其和"俗文"与"变文"之间的联系;看到"梵呗"到"呗赞"对"开佛教俗歌的风气"的影响;看到"唱导之法借设斋拜忏做说法布道的事"对"莲花落"式的"导文","和那通俗唱经的同走上鼓词弹词的路子"的影响。[1]印度文学作为域外新声,它传入中国,影响到中国文学,并不仅仅是通过佛教典籍的翻译,但佛教译入确实是一条十分重要的途径。后世学者季羡林曾提到,印度文学传入中国,早在远古时代已经发生,其寓言和神话在屈原的《天问》中有迹可循,就是"顾菟在腹"。汉代学者说"顾菟"即"兔子",恰好印度古代典籍《佛本生经》和《梨俱吠陀》中也有月中有兔子的故事。季羡林还曾提到"把阴间想像得那样具体,那样生动,那样组织严密",和"阎王爷",包括"斗法"等内容,都是印度传入的。[2]胡适从佛经的世俗化即融入民间文化入手,考察民间文学受佛教、受印度文学的影响,这与他考证《西游记》中的孙悟空与哈奴曼的联系一样,是自觉拓展学术视野,睁开眼睛看世界。

在《唐初的白话诗》中,胡适确信初唐是"一个白话诗的时期"。他提出白话诗有四种来源,即"第一个来源是民歌","第二个来源是打油诗","第三个(来源)是歌妓","第四是宗教与哲理"。如他所说,向来讲初唐文学的人,"只晓得十八学士、上官体、初唐四杰等等",许多人忽略了这四个重要方面。他这里所说的还是强调白话的作用,是在重复着自己关于"一切新文学的来源都在民间"的论断。如他论述"第一个来源是民歌"时,强调"一切儿歌,民歌,都是白话的";在论述"第二个来源是打油诗"时说,打油诗"就是文

---

[1] 胡适:《白话文学史》第十章《佛教的翻译文学(下)》,新月书店1928年版。
[2] 季羡林:《印度文学在中国》,《文学遗产》,1980年第1期。

人用诙谐的口吻互相嘲戏的诗",这一类"嘲戏"之作"总是脱口而出,最自然,最没有做作的","都是极自然的白话诗","有训练作白话诗的大功用","凡嘲戏别人,或嘲讽社会,或自己嘲戏,或为自己解嘲,都属于这一类";在论述"第三个(来源)是歌妓"时,他强调"'好妓好歌喉'的环境"使"唐人作歌诗,晚唐五代两宋人作词,元明人作曲"都受到其"引诱",所以都"自然走到白话的路上去";在论述"宗教与哲理"的影响时,他强调"都不能不靠白话",他又一次提到"佛教来自印度,本身就有许多韵文的偈颂",这一风气被人"效仿",便出现"偈体的中国化",即"有韵脚的白话偈"。他总结道:"这四项——民歌,嘲戏,歌妓的引诱,传教与说理——是一切白话诗的来源。"他又说,各个时期又"自有不同的来源"。[1] 他在论述王梵志、寒山、李白、杜甫等人的诗作时,都非常重视在不同时期"自有不同的来源"。如他把卢照邻的《长安古意》看作"俗歌的声口",以为这种体裁"从民歌里出来",卢照邻的长歌是"这种歌行体中兴的先声",影响了李白、杜甫、白居易等人。他以当时的"唱导文"为例,推断"可见六七世纪之间,民间定有不少的长歌,或三言为句,或五言,或七言","当日唱导师取法于此,唐朝的长篇歌行也出于此","唐以前的导文虽不传了,但我们看《证道歌》《季布歌》等,可以断言七言歌行体是从民间来的"。[2] 他说,王梵志的白话诗也是如此,"他的白话诗流传四方",寒山子是"当时的学梵志的一个南方诗人"。[3] 古典诗歌从民歌那里汲取营养是事实,他不厌其烦地证明这些。如他在论述"新乐府"时,也提到这种"来源",他说,因为"敦煌石室发现了无数唐人写本的俗文学","其中有《明妃曲》《孝子董永》《季布歌》《维摩变文》"等,"我们看了这些俗文学的作品,才知道元(稹)白(居易)的著名诗歌,尤其是七言的歌行,都是有意仿效民间风行的俗文学的",所以他们的诗作"都很接近

---

[1] 胡适:《白话文学史》第十一章《唐初的白话诗》,新月书店1928年版。
[2] 胡适:《白话文学史》第十一章《唐初的白话诗》,新月书店1928年版。
[3] 胡适:《白话文学史》第十一章《唐初的白话诗》,新月书店1928年版。

民间的故事诗"。[1]而这种诗体的来源,还是"民间"。宋诗也是如此,胡适说,"宋诗的特别性质全在他的白话化"。[2]当宋诗走入"用典和韵"这些"魔道"上去时,正是"不幸走错了路道"。[3]胡适给人描绘出一幅不容人置疑的文学理想国,即什么时候文学走进民间,文学便获得了新生,若偏离民间,便走进"死路",而同时,他更着重强调的是:"民歌是永远不绝的;然而若没有人提倡,社会下层的民歌未必就能影响文士阶级的诗歌。"[4]这意思就是任何时候都需要人"有意的主张"和"人力的促进",像《新青年》那样"在那缓步徐行的文学演变的历程上"去"猛力加上了一鞭"。[5]所谓加上"一鞭",就是他当年所做的"文学改良八事"。[6]由此我想起他 1916 年 4 月所做的《沁园春·誓诗》,他高唱道:"文学革命何疑!且准备搴旗作健儿。要前空千古,下开百世,收他臭腐,还我神奇,为大中华,造新文学。此业吾曹欲让谁?"[7]他在《建设的文学革命论》中提出"国语的文学"和"文学的国语",将"文学改良八事"概括为四个方面,即要有要说的话,有什么说什么,说自己的话,是什么时代的人就去说什么时代的话。[8]他本人是这样说的,也正是这样做的。在《白话文学史》中,我们看到胡适鲜明的主张,在他的《尝试集》等作品中,我们看到的是这种以白话为诗的实践,从而使我们更信服于他这部以白话文学为中心的文学史著作。

《白话文学史》不是民间文学史的专门著作,但它系统而完整地体现了胡适在 20 世纪 30 年代之前这一时期对民间文学的理解。从中我们可以

---

[1] 胡适:《白话文学史》第十六章《元稹白居易》,新月书店 1928 年版。

[2] 胡适:《白话文学史》第三编第二章《北宋诗》,新月书店 1928 年版。

[3] 胡适:《白话文学史》第三编第三章《南宋的白话诗》,新月书店 1928 年版。

[4] 胡适:《白话文学史》第十一章《唐初的白话诗》,新月书店 1928 年版。

[5] 胡适:《白话文学史》之《引子》,新月书店 1928 年版。

[6] 胡适:《文学改良刍议》,《新青年》,1917 年 1 月第 2 卷第 5 号。

[7] 胡适:《胡适简明年谱》,《胡适文集(上)》,人民文学出版社 1998 年版。

[8] 胡适:《建设的文学革命论》,《新青年》,1918 年 4 月 15 日第 4 卷第 4 号。

感受到38岁的胡适对中国文化的殷切希望。这一年的9月,即《白话文学史》出版后的第三个月份,他发表了《治学的方法与材料》,他说,"现在一班少年人跟着我们向故纸堆去钻,这是最可悲叹的现状",他希望他们"及早回头",称"多学一点自然科学的知识与技术"是"活路",而"这条故纸的路是条死路"。[1] 12年后的1940年3月,胡适在给儿子胡思杜的信中还提到,"学社会科学的人,应该到内地去看看人民的生活实况"。[2] 而给我印象更深刻的是1942年2月17日他在给赵元任的一封信中所提的一件事,缘起于他在20年前翻译波斯诗人Omar的诗,使他想起了《豆棚闲话》中的一首明代"地道的民歌""地道的老百姓的革命歌",即那首"老天爷你不会做天,你塌了吧!"胡适抄给赵元任,并"盼望"他"作个曲谱"。[3] 由此我们可以看到胡适对民间文学的热爱与崇敬,以及他尊重民间的学术理念。他是希望文学常变常新的人,他始终把"故纸堆"看作"死路",把"看看人民的生活状况"看作研究社会科学的重要途径,其实这正与我们提倡田野作业,即深入民间的科学考察相一致。无论是《白话文学史》,还是胡适的其他论述之中,都贯穿着"一切新文学的来源都在民间"的理念,也都洋溢着他尊重民间的价值立场。

胡适是中国现代民间文艺学理论建设中的伟大先驱者,虽然他不像钟敬文那样把毕生都献给了民间文艺学事业,但他作为承前启后的诗人、哲学家、文学史家,从学术思想到研究方法上都成为我们的楷模,深刻地影响了我们的视野、胸襟和品格。在中国现代学术体系的建设和发展中,胡适是一位卓越的民间文艺学家;他的"一切新文学的来源都在民间"和"大胆的假设,小心的求证",以及他"比较研究的方法""箭垛式"原理、"印度起源说"等理论贡献,是现代民间文艺学理论发展中一块重要的基石。他的学术

---

[1] 胡适:《治学的方法与材料》,《新月》,1928年11月第1卷第9号。
[2] 耿云志编:《胡适遗稿及秘藏书信》第21册,黄山书社1994年版。
[3] 《近代学人手迹(3)》,台北文星书店1962年版。

目的如他在为《中国新文学大系·建设理论集》所写的《导言》中所讲：

> 中国白话文学的运动当然不完全是我们几个人闹出来的，因为这里的因子是很复杂的。我们至少可以指出这些最重要的因子：第一是我们有了一千多年的白话文学作品：禅门语录、理学语录、白话诗调曲子、白话小说。……第二是我们的老祖宗在两千年之中，渐渐的把一种大同小异的"官话"推行到了全国的绝大部分……第三是我们的海禁开了，和世界文化接触了，有了参考比较的资料，尤其是欧洲近代国家的国语文学次第产生的历史，使我们明了我们自己的国语文学的历史，使我们放胆主张建立我们自己的文学革命。[1]

他指出，"我们的中心理论只有两个"：一个是"我们要建立一种'活的文学'"，一个是"我们要建立一种'人的文学'"。他把前一种理论看作"文字工具的革新"，把后一种理论看作"文学内容的革新"，而且进一步强调"中国新文学运动的一切理论都可以包括在这两个中心思想的里面"，即"要用活的语言来创作新中国的文学"，"来创作活的文学，人的文学"，包括"唤起那最大多数的民众来共同担负这个救国的责任"。[2] 这是一种极其珍贵的学术精神——当我们埋怨社会忽视、冷落民间文艺学时，是否应该反思我们自身的责任和勇气呢？更不用说崇高的境界！

---

[1] 胡适：《中国新文学大系·建设理想集·导言》，上海良友图书印制公司 1935 年版。
[2] 胡适：《中国新文学大系·建设理想集·导言》，上海良友图书印制公司 1935 年版。

第二章
鲁迅的民间文艺学思想理论

鲁迅是新文学的旗手,也是中国现代民间文艺学的重要开拓者,在这一理论体系的建立和发展中,和胡适他们一样做出了突出贡献。他不仅有集中的论述自己的民间文学观,而且观点还散见于一些社会批评、文化批评和书信、日记中,表现出他在不同的历史时期对民间文学的具体认识,体现出与他人相异的思想特色。尤其是他在小说、散文和诗歌创作中,自觉运用民间歌谣和神话传说故事为素材,与他的民间文学观交相辉映,显示出他对民间文学及其创造者的尊重。特别是他将国民性的批判、改造与建设的主题同民间文学研究结合在一起,使我国现代学术体系在整体发展上产生了巨大的飞跃,直接影响到我们今天的民间文学理论研究学术品格的形成与发展。

第一节　尊重民间与正视现实的文化立场和价值观念

民间文学是人民大众口头创作的成果,是在漫长的历史传承中形成和发展的集体创作活动,在不同的时代和地区又体现出鲜明的文化个性。更为重要的是,它作为人民大众的"百科全书",融入岁时风俗与礼仪等文化生活,具有相当复杂的功能和丰富的价值。说到底,它是一种特殊的语言艺术,即口头的、集体的艺术,它由民间社会共同创造、共同传播与传承。又由于我国专制政治有着漫长的历史并深刻影响着全民族的精神生活,在文化发展中形成了"礼不下庶人"[1]的主流意识,即"上智下愚""官贵民轻"的基本立场,由此产生了相应的价值观念。鲁迅所生活的时代也正是中国社会从传统向现代发生转折的重要关头,自晚明到清初所形成的思想启蒙,与晚清社会的思想解放、救亡图存等思潮聚汇,从而有力地冲击着既有的思想文化秩序;"诗界革命""小说界革命""时务文学"和"新民体"等文学思潮深刻影响着鲁迅。关于这些,我们可以从鲁迅早期的著述,诸如《人之历史》《科学史教篇》《摩罗诗力说》和《破恶声论》等论文中,管窥他文化思想的形成。但这一时期的鲁迅,其文化思想的核心又是与尼采的"超人"即反对庸众有着十分密切的联系。如他的《摩罗诗力说》,极力赞颂撒旦的反叛精神:

> 英人弥耳敦(即弥尔顿 J.Milton)尝取其(即撒旦之神)事作《失乐园》(The Paradise loet),有天神与撒旦战事,以喻光明与黑暗之争。撒旦为状,复至狞厉。是诗而后,人之恶撒旦遂益深。然使震旦人士异其信仰者观之,则亚当之居伊甸,盖不殊于笼禽,不识不知,惟帝是悦,使无天魔之诱,人类将无由生。故世间人,当蔑弗秉有魔血,惠之及人世者,撒旦其首矣。然为基督徒,则身彼此名,正如中国所谓叛道,人群共弃,艰于置身,非强怒善战豁达能思之士,不任受也。[2]

鲁迅在这里所强调的是以撒旦精神做"强怒善战豁达能思之士"。撒旦是古希伯来人神话传说中的一只长了翅膀的蛇,因为引诱亚当和夏娃吃食禁果而成为受人诅咒的罪恶之魔。民间信仰中接受的观念,正是这一传说所影响的"禁欲"主题。17世纪的英国诗人弥尔顿以此传说故事为题材,热

---

[1] 《礼记·曲礼》。
[2] 令飞(鲁迅):《摩罗诗力说》,《河南》,1907年第2—3号。

情讴歌撒旦的叛逆和战斗精神,但他又将撒旦作为人类理性软弱的对立给予批判,借以呼吁人类应坚守理性。鲁迅看到的是撒旦敢于同上帝做最坚决的斗争的无畏精神,把撒旦看作破除上帝以伊甸美名在精神上禁锢人类的"惠之及人世者",以为若不是撒旦的诱惑,"人类将无由生",换言之,撒旦的行为是对禁欲主义和愚民政治的卫道者的勇敢的宣战。同时,他看到的是"正如中国所谓叛道,人群共弃,艰于置身",只有做一个"强怒善战豁达能思之士",才能冲破旧的精神牢笼。如他在这里所说"该隐"和"普罗米修斯"故事的意义,把上帝作为真正的罪恶之源。他说:

> 伊甸,神所保也。而魔毁之,神安得云全能?况自创恶物,又从而惩之,且更瓜蔓以惩人,其慈又安在?故凯因(即该隐)曰,神为不幸之因。神亦自不幸,乎造破灭之不幸者,何幸福之可言?[1]

鲁迅在这里还借以论述了尼采"不恶野人,谓中有新力,言亦确凿不移"[2]。尼采是鲁迅这一时期心目中的文化英雄。尼采曾在《权力意志》中强调世间"有上等人,也有下等人",而"一个个人是可以使千万年的历史生色的",他称"一个充实的、雄厚的、伟大的、完全的人","要胜过无数残缺不全、鸡毛蒜皮的人",其"目标并不是人类,而是超人"。[3]鲁迅受尼采思想影响的最主要的原因,是中国社会包括世俗在内的黑暗、专制、腐朽、庸俗、麻木和一切罪恶,充斥在这个摇摇欲坠的古老封建王国,他和许多睁开眼睛看世界的有识之士一样,要冲破这自我陶醉、自欺欺人的"伊甸"世界。所以,他向往的是成为"一个充实的、雄厚的、伟大的、完全的人",他所努力争取的目标也正是这样理想基础上的"立人"。而这种思想的形成和发展,又正如鲁

---

[1] 令飞(鲁迅):《摩罗诗力说》,《河南》,1907年第2—3号。
[2] 令飞(鲁迅):《摩罗诗力说》,《河南》,1907年第2—3号。
[3] 尼采:《权力意志》。

迅所说,"欲扬宗邦之真大,首在审己,亦必知人,比较既周,爰生自觉,自觉之声发,每响必中于人心,精晰昭明,不同凡响",[1]以求民族崛起。这与鲁迅所向往的"五洲同室,交贻文明,以成今日之世界"[2]是一致的。"摩罗"是梵语中的恶魔一词的音译,鲁迅名义上是借之考察在西方形成的这样一个浪漫诗派,论述雪莱、拜伦以及他们所影响下的俄罗斯诗人普希金、莱蒙托夫,包括波兰诗人密茨凯维支等人的诗歌发展,而着眼点还是在于呼唤那些"强怒善战豁达能思之士"。这与传统的士大夫蔑视人民大众,鄙视下层民众的腐朽意识是不同的。也就是说,鲁迅所希冀的是唤起民众的觉醒,使用包括对种种国民劣根性的解剖、反思与批判,意在"立人",使整个中华民族走出"笼禽"的"伊甸",人人都成为尼采所说的"充实的、雄厚的、伟大的、完全的人"。他的文学理想也正是建立在这种思想基础之上的批判,解剖并展示给世人,让世人看到真正的现实,以引起疗救者的注意。

所以,鲁迅反对的是庸众,而不是大众,相反,在更普遍的情况下,他更注重维护劳动者的尊严,特别是下层民众的智慧聪明与他们的创造和艰辛。如他在一篇序文中所说自己对民间社会的感受:

> 我生长于都市的大家庭里,从小就受着古书和师傅的教训,所以也看得劳苦大众和花鸟一样。有时感到所谓上流社会的虚伪和腐败时,我还羡慕他们的安乐。但我母亲的母家是农村,使我能够间或和许多农民相亲近,逐渐知道他们是毕生受着压迫,很多苦痛,和花鸟并不一样了。[3]

感受常常成为理解和认识的基础。鲁迅在对待民间社会的态度上所表现的尊重,是与他感受到所谓上流社会的"虚伪和腐败"有着直接的联系的。

---

[1] 令飞(鲁迅):《摩罗诗力说》,《河南》,1907年第2—3号。

[2] 鲁迅:《〈月界旅行〉辨言》,《月界旅行》,中国教育普及社1903年版。

[3] 鲁迅:《英译本〈短篇小说选集〉自序》。

他批判的矛头在更多的时候直指这些"虚伪和腐败",其文化理想一是对"充实的、雄厚的、伟大的、完全的人"的呼唤;一是对下层民众的同情、理解与尊重。尤其是他所表现的对民间社会的尊重,这种情感的真诚,至今仍应引起我们的思索。我们有太多的人动辄指斥民间"愚昧"。

鲁迅对劳动者的尊重,对民间社会的尊重,通常是在与他对上流社会包括知识者的面目的揭示做比较中显示出来的。如他论及"中国自有中国的圣贤和学者",以"劳心者治人,劳力者治于人;治于人者食人,治人者食于人"为例,指出"出于圣贤"的"智识"的虚假。这里,他举法国寓言诗人拉·封丹《寓言诗》中的《知了和蚂蚁》,赞扬"火一般的太阳的夏天,蚂蚁在地面上辛辛苦苦地做工",批判此时"知了却在枝头高吟,一面还笑蚂蚁俗",而当"秋风来了"时,"知了无衣无食,变成小瘪三"。他是在说明"两个世界"的不同,即"窗外流着油汗,整天在挣扎过活的人们的地方"与有闲者将"连火和草药的发明应用,也和民众无缘"做以对比,[1] 显现出他对有闲者"空谈"的指斥。在《"题未定"草》"第九"节,他引用了"魏忠贤使缇骑捕周顺昌,被苏州人民击散"的历史故事,将"无耻的士大夫,早投降到魏党的旗帜底下"与之相对比,说"老百姓虽然不读诗书,不明史法,不解在瑜中求瑕,屎里觅道",但是他们"能从大概上看,明黑白,辨是非","往往有决非清高通达的士大夫所可几及之处的"。他接着举北平居民为"一二·九"运动中的学生送食物一例说,"谁说中国的老百姓是庸愚的呢,被愚弄诳骗压迫到现在,还明白如此",从而赞叹"石在,火种是不会绝的"。[2] 在《在现代中国的孔夫子》中,鲁迅就日本东京汤岛孔庙落成,何健寄赠孔子像一事,举"二十世纪的开始以来"袁世凯、孙传芳、张宗昌"都把孔夫子当砖头用",揭示"中国的一般的民众,尤其是所谓愚民,虽称孔子为圣人,却不觉得他是

---

[1] 鲁迅:《知了世界》,《申报》副刊《自由谈》,1934 年 7 月 12 日。
[2] 鲁迅:《"题未定"草》"第九",《海燕》,1936 年 2 月第 2 期。

圣人",和"孔夫子曾经计划过出色的治国的方法,但那都是为了治民众者,即权势者设想的方法,为民众本身的,却一点也没有"[1]之间的联系。在《田军作〈八月的乡村〉序》中,鲁迅举日本史学家箭内亘著作中所记述的"宋代的人民怎样为蒙古人所淫杀,俘获,践踏和奴使","然而南宋的小朝廷却仍旧向残山剩水间的黎民施威,在残山剩水间行乐",他们"逃到那里","气焰和奢化就跟到那里,颓废和贪婪也跟到那里",所以便有"若要官,杀人放火受招安;若要富,跟着行在卖酒醋"的歌谣。进而他又讲,"人民在欺骗和压制之下,失了力量,哑了声音,至多也不过有几句民谣",并且以此揭示对于"大事件","我们没有一部像样的历史的著作,更不必说文学作品了"这样一种冷漠,赞美《八月的乡村》中"作者的心血和失去的天空,土地,受难的人民,以至失去的茂草,高粱,蝈蝈,蚊子,搅成一团",及其"鲜红的在读者眼前展开,显示着中国的一份和全部,现在和未来,死路与活路",驳斥"要征服中国民族,必须征服中国民族的心",高呼"一方面是庄严的工作,另一方面却是荒淫和无耻"。[2]在《随便翻翻》中,对于"消闲的看书",鲁迅举出"帮闲文士"所做的书,"譬如我们看一家的陈年帐簿,每天写着'豆腐三文,青菜十文,鱼五十文,酱油一文',就知先前这几个钱就可买一天的小菜,吃够一家","看一本旧历本,写着'不宜出行,不宜沐浴,不宜上梁',就知道先前是有这么多的禁忌","看见了宋人笔记里的'食菜事魔(明教)',明人笔记里的'十彪五虎',就知道'哦呵,原来古已有之'",他说,"但看完一部书,都是些那时的名人轶事,某将军每餐要吃三十八碗饭,某先生体重一百七十五斤半;或是奇闻怪事,某村雷劈蜈蚣精,某妇产生人面蛇,毫无益处的也有","这时可得自己有主意了","凡帮闲,他能令人消闲消得最坏,他用的是最坏的方法",[3]以此批评那些专事消遣的无聊文字。同时,这使我们由此联想到

---

[1] 鲁迅:《在现代中国的孔夫子》(日文),《改造》,1936年6月号;中文,《杂志》,1935年7月第2号。
[2] 鲁迅:《田军作〈八月的乡村〉序》,《八月的乡村》,田军著,上海容光书局1935年8月版。
[3] 公汗(鲁迅):《随便翻翻》,《读书生活》,1934年11月第1卷第2期。

"近年的有些期刊,那无聊,无耻与下流"[1]和"在国难当头的现在,白天讲些冠冕堂皇的话,暗夜里进行一些离间挑拨,分裂的勾当的"[2]等,在对现代中国文坛种种黑暗和弊端的揭露中,流露出鲁迅鲜明的爱憎。他对知识阶层的恶行的愤懑,与他对民间文学"刚健,清新"的赞美,构成十分显著的对比,正具体映现出他尊重民间和正视现实的文化立场。诚如他在《关于知识阶级》中对"知识阶级"缺点的批判,他说,俄国社会在"革命"之前对"知识阶级"是欢迎的,因为他们"确能替平民抱不平,把平民的苦痛告诉大众",因为他们"与平民接近","或自身就是平民",但随着"荣誉"的增强和"地位"的"增高",而"同时却把平民忘记了","变成一种特别的阶级","终于与平民远远的离开了","不但不同情于平民或许还要压迫平民,以致变成了平民的敌人"。他又指出,"知识阶级对于别人的行动,往往以为这样也不好,那样也不好","问他怎么才好呢?他们也没办法"。他强调的是"为社会做一点事"。[3]同样,鲁迅对中华民族永远充满着热情,也永远充满着信心。1934年,《大公报》在一篇社评中说"民族的自尊心与自信心"已经"荡焉无存",整个国家早已"濒于精神幻灭之域"。[4]鲁迅针对此,尤其是"一味求神拜佛,怀古伤今"的"事实",指出"中国人现在是在发展着'自欺力'"。他说,"一到求神拜佛,可就玄虚之至了,有益或是有害,一时就找不出分明的结果来,它可以令人更长久的麻醉着自己",而"我们从古以来,就有埋头苦干的人,有拼命硬干的人,有为民请命的人,有舍身求法的人",这些人与尼采所讲的"充实的、雄厚的、伟大的、完全的人"相比,更具体,也更实在,所以,鲁迅称他们是"中国的脊梁"。[5]这与他当年讴歌撒旦的叛逆相比,思想上显然

---

[1] 鲁迅:《"题未定"草》"第八",《海燕》,1936年2月第2期。

[2] 鲁迅:《答徐懋庸并关于抗日统一战线问题》,《作家》,1936年8月第1卷第5期。

[3] 鲁迅:《关于知识阶级》,《上海劳动大学周刊》,1927年11月第5期。

[4] 《孔子诞辰纪念》,《大公报》,1934年8月27日。

[5] 公汗(鲁迅):《中国人失掉自信力了吗?》,《太白》半月刊,1934年10月20日第1卷第3期。

有了大的飞跃。这些被称为"中国的脊梁"的人,与鲁迅"立人"的目的是一致的,如鲁迅所说,"他们有确信,不自欺","他们在前仆后继的战斗",尽管他们"总在被摧残,被抹杀,消灭于黑暗中"。[1] 也就是说,鲁迅从未避讳过国民劣根性在大众中的存在,也从未对民间百姓完全失去信心,而是极力高扬民众智慧和聪明的光辉。如他在《二丑艺术》中,对"浙东的有一处的戏班中,有一种脚色叫做'二花脸'(即二丑)"性情的描述,这类人"有点上等人模样","但倚靠的是权门,凌蔑的是百姓",而他"没有义仆的愚笨,也没有恶仆的简单","他是智识阶级"。这是鲁迅对中国知识分子文化性格上的软弱、卑劣又残忍的最典型的概括。鲁迅借此赞扬"小百姓"的洞察力,他说,"二丑们编出来的戏本上,当然没有这一种脚色的",但是,"这二花脸,乃是小百姓看透了这一种人,提出精华来,制定了的脚色","早已使他的类型在戏台上出现了"。[2] 鲁迅指出,"世间只要有权门,一定有恶势力,有恶势力,就一定有二花脸,而且有二花脸艺术",[3] 其深刻揭示出无耻、腐朽文人的思想实质。同时,鲁迅总是维护民间百姓这一弱势群体的尊严和利益。在《电影的教训》中,鲁迅引出自己"在家乡的村子里看中国旧戏的时候"的话题,忆及"爱看的是翻筋头,跳老虎,一把烟焰,现出一个妖精来";"大面和老生的争城夺地,小生和正旦的离合悲欢",他说,"捏锄头柄人家的孩,自己知道是决不会登坛拜将,或上京赶考的"。同时,他将之联系到《瑶山艳史》的"开化瑶民"。[4] 这是一部侮辱少数民族的影片,甚至得到国民党中央的嘉奖。鲁迅对这种主题提出批评。他强调的不仅是对弱势群体的尊重,而且要发扬他们的精神,用他的刚健清新变革社会,当然,要认识这些人,须"要自己去看地底下"。[5]

---

[1] 公汗(鲁迅):《中国人失掉自信力了吗?》,《太白》半月刊,1934年10月20日第1卷第3期。

[2] 鲁迅:《二丑艺术》,《申报》副刊《自由谈》,1933年6月18日。

[3] 鲁迅:《二丑艺术》,《申报》副刊《自由谈》,1933年6月18日。

[4] 孺牛(鲁迅):《电影的教训》,《申报》副刊《自由谈》,1933年9月11日。

[5] 公汗(鲁迅):《中国人失掉自信力了吗?》,《太白》半月刊,1934年10月20日第1卷第3期。

第二章 鲁迅的民间文艺学思想理论

鲁迅尤其重视作为"大众语""大众文"的民间文学,如他多次讲过"无名氏文学如《子夜歌》之流,会给旧文学一种新力量",称一些农闲时演出的民间文学是"毫无逊色"于"希腊的伊索、俄国的梭罗古勃的寓言"的。他说,"如果到全国的各处去收集,这一类的作品恐怕还很多"。[1]"收集"即深入民间进行实地考察,早在 1913 年,鲁迅就提出这种研究方法。如他在《拟播布美术意见书》中提到所谓"美术"有"三要素",即"天物""思理"与"美化"。这里的"美术"与现代美术是两个概念,是指包括绘画、雕刻在内的艺术。鲁迅说,"美术为词,中国古所不道",其原义为英语"art or fine art",即艺术,"是有九神,先民所祈,以冀工巧之具足,亦犹华土工师,无不有崇祀拜祷矣"。他将艺术分为雕塑、绘画、文章、建筑和音乐等类别,又提到柏拉图所分"静态艺术"与"动态艺术",黑格尔等人所分"视觉艺术""听觉艺术"和"感觉艺术"。他强调"美术之目的"其"要以与人享乐为臬极",在于"发扬真美,以娱人情",及其"表见文化""辅翼道德""救援经济"等功能。在论述"播布美术之方"时,鲁迅提到"建设事业""保存事业"和"研究事业"。他将"建设事业"分为"美术馆""美术展览会""剧场""奏乐堂"和"文艺会",将"保存事业"分为"著名之建筑""碑碣""壁画及造像"和"林野(即公园)"。对于民间文学研究最重要的是他所提的"研究事业"。他将其分为"古乐"和"国民文术"——"国民文术"就相当于我们现在所讲的"民间文学"。鲁迅说:"当立国民文术研究会,以理各地歌谣、俚谚、传说、童话等;详其意谊,辨其特性,又发挥而光大之,并以辅翼教育。"[2]前半句事实上就是我们现在所讲的对民间文学包括歌谣、谚语、传说和故事等内容的搜集与整理,后半句就是理论研究和应用研究。这篇文章发表 5 年之后,我们看了《北京大学日刊》每天登载一首民间歌谣,即刘半农主编的《歌谣选》(栏目

---

[1] 华圉(鲁迅):《门外文谈》,《申报》副刊《自由谈》,1934 年 8 月 24 日—9 月 10 日。
[2] 周树人(鲁迅):《拟播布美术意见书》,《教育部编纂处月刊》,1913 年 2 月第 1 卷第 1 册。

开始时间为1918年5月)。从1918年2月刘半农、沈尹默、周作人等人在蔡元培支持下组成北京大学歌谣征集处,后发布《征集全国近世歌谣简章》,再到1920年12月北京大学成立歌谣研究会,1922年12月出版《歌谣周刊》,我们看到的与鲁迅所述"国民文术"的研究,无论是在学术目的还是在学术方法上,都是一致的。检索《歌谣周刊》,不知是何原因,鲁迅没有在这里发表过研究歌谣的文章,也没有在这里发表搜集整理的歌谣(鲁迅是曾经搜集整理过北方歌谣的[1]),但我们看到他在庆祝北大建校"二十五周年"时,为"研究所国学门歌谣研究会"所出版的《歌谣纪念增刊》设计了封面。封面上一弯上弦月与几颗闪烁的星斗相映,封面的左上角空白处写着一首"打开城门洗衣裳"的歌谣,整个画面布局中星、云、月交织在一起,舒缓流畅的线条,给人以丰富的遐想。这里应该是寄寓着鲁迅对歌谣研究的热切的希冀,即让民间文学为新文学带来亮光。

搜集整理民间文学,作为自觉的人文研究方式,这在我国现代学术体系的构建中有着很重要的意义。如当年《歌谣周刊》的编者在其《发刊词》中所说,有两种目的,一是"为文艺的",即为新诗发展寻求语言范式,一是"为学术的",[2]这里既有民俗学、歌谣学的目的,又有语言学的目的。后来,胡适在《歌谣周刊》的《复刊词》中则具体规定为"最大的目的是要替中国文学扩大范围,增添范本"。[3]无论从哪一种角度讲,这是把历史上以"下里巴人""引车卖浆之流"之名倍受文人士大夫鄙视的人所创作的口头文学作为学术研究对象,这本身就是对"以圣贤为中心"学术格局的挑战。鲁迅是这种"挑战"的先驱。他把"国民文术"即民间文学的搜集整理与研究提到现代学术的范畴之内,并亲身进行实践,我们看到这不仅是一种学术勇气,而且是新的文化价值观念的树立。鲁迅不仅是"新文化的方向",在某种意义

---

[1] 周遐寿(周作人):《鲁迅与歌谣》,《民间文学》,1956年第10号。
[2] 《发刊词》,《歌谣周刊》,1922年12月17日第1号。
[3] 胡适:《复刊词》,《歌谣周刊》,1936年4月4日第2卷第1期。

上讲,他也是现代民间文艺学的方向。从他的一些信件中,我们亲身感受到他献身于民族振兴事业的热忱。如,他曾在信中对人讲:

> 武松打虎之类的目连戏,曾查刊本《目连救母记》,完全不同。这种戏文,好像只有绍兴有,是用目连巡行为线索,来描写世故人情,用语极奇警,翻成普通话,就减色。似乎没有底本,除了夏天到戏台下自己去速记之外,没有别的方法。我想只要连看几台,也就记下来了,倒并不难的。
>
> ……我想在夏天回去抄录已有多年,但因蒙恩通缉在案,未敢妄动,别的也没有适当的人可托。倘若另有好事之徒那就好了。[1]

我国古代版画,诸如汉代石刻画像、明代版画等,素有立像以言意的文化传统,以图案形式保存了丰富的民间文学内容。鲁迅对此相当重视。如1923年1月8日他给蔡元培的信中提到"汉石刻中之人首蛇身像",及"有一人抱之左右,有朱鸟玄武","似二人在树下以尾相缭"等内容。[2]1934年2月给姚克的信、1934年6月给台静农的信等信中,都提到他四处延请人帮助搜集汉代石刻画像。在1935年5月14日致台静农的信中,他还详细开列了拓片中的"骑马人画像(有树木)"和"一人及一蛇画像"等神话传说材料。在1935年12月21日致王冶秋的信中,鲁迅记道:

> 今日已收到杨君寄来之南阳画像拓片一包,计六十五张,此后当尚有续寄,款如不足,望告知,当续汇也。这些也还是古之阔人的冢墓中物,有神话,有变戏法的,有音乐队,也有车马行列,恐非"土财主"所能办,其比别的汉画稍粗者,因无石壁画像故也。石室之中,本该有瓦器铜镜之类,

---

[1] 鲁迅研究室编:《鲁迅研究资料2》,天津人民出版社1980年版,第71页。
[2] 鲁迅:《致蔡元培》,《鲁迅研究资料》第2辑,天津人民出版社1977年11月版,第52—53页。

大约早被人捡去了。[1]

后来,鲁迅在致郑振铎、许寿裳、增田涉等人的信中,又多次提到明代版画《十竹斋笺谱》和《北平笺谱》等刻本,并使之"复活"。这与今天我们所提倡的对民间文化遗产的抢救与保护又是何其相似!

1934年3月6日他致姚克的信中记述道:

汉画像模糊的居多,倘是初拓,可比较的清晰,但不易得。我在北平时,曾陆续搜得一大箱,曾拟摘取其关于生活状况者,印以传世,而为时间与财力所限,至今未能。他日倘有机会,还想做一做。汉画像中,有所谓"朱鲔石室画像"者,我看实是晋石,上绘宴会之状,非常生动,与一般汉石不同,但极难得。我有一点而不全,先生倘能遇到,万不可放过也。[2]

后来,他在给姚克的信中又一再提到这些,并说自己"欲择其有关风俗者印成一本"的愿望。[3] 应该说,后来的闻一多是在步鲁迅这一后尘。[4]

民间年画是我国普遍流行的民间文化形式,现在我们把它称为"民间文艺遗产"。它是民间文学传播的重要媒介。如鲁迅曾在《论翻印木刻》中说,"古之雅人,曾谓妇人俗子,看画必问这是什么故事,大可笑。中国雅俗之分就在此。雅人往往说不出他以为好的画的内容来,俗人却非问内容不可"[5]他在《致刘岘》中,提到"河南门神一类的东西,先前我的家乡——绍兴——也有,也贴在厨门上墙壁上,现在都变了样了,大抵是石印的,要为

---

[1] 鲁迅:《致王治秋》,《鲁迅书信集》,人民文学出版社1976年版。
[2] 鲁迅:《致姚克》,《鲁迅书信集》,人民文学出版社1976年版。
[3] 1934年3月24日信,《鲁迅书信集》,人民文学出版社1976年版。
[4] 闻一多:《神话与诗》,上海开明书店1948年版。
[5] 鲁迅:《论翻印木刻》,《南腔北调集》,《鲁迅全集》,人民文学出版社1981年版。

大众所懂得,爱看的木刻,我以为应该尽量采用其方法","不过旧的和此后的新作品,有一点不同,旧的是先知道故事,后看画,新的却要看了画而知道——故事,所以结构更难"。[1] 画的内容无疑多是民间传说故事,其展示过程同样是这图画具体内容即民间传说故事的传播过程。我国古代传媒发展条件决定了这样的民间文学传播规律即叙事传统,它一般由三种条件构成,其一是口头的,占据着最重要的渠道,其二是包括年画在内的各种图案,其三是戏曲演唱活动。鲁迅对民间年画的重视及从中发掘民间传说故事的价值,是他自觉搜集整理民间文学进行深入研究的基础之一。同时,他还注意到这种叙事传统在文化发展中的重要意义。如他在论及王逸所说"屈原放逐,彷徨山泽,见楚有先王之庙及公卿祠堂,图画天地山川神灵琦玮僪佹及古贤圣怪物行事","因书其壁,何而问之"时,说"其流风至汉不绝,今在墟墓间犹见有石刻神祇怪物圣哲士女之图。晋既得汲冢书,郭璞为《穆天子传》作注,又注《山海经》,作图赞,其后江灌亦有图赞,盖神异之说,晋以后尚为人士所爱"。[2] 在《连环图画琐谈》中,他论及"古人'左图右史'"现象时,说"宋元小说,有的是每页上图下说,却至今还有存留,就是所谓'出相';明清以来,有卷头只画书中人物的,称为'绣像'。有画每回故事的,称为'全图'。那目的,大概是在诱引未读者的购读,增加阅读者的兴趣和理解。"[3] 他在《介绍德国作家版画展》中说,"世界上版画出现得最早的是中国,或者刻在石头上,给人模拓,或者刻在木板上,分布人间。后来就推广而为书籍的绣像,单张的花纸,给爱好图画的人更容易看见"。[4] 所以,他分外重视民间年画和汉画像石刻等实物资料。从某种意义上讲,这相当于文物与民间文学研究方法的开创。

---

[1] 见刘岘:《〈阿Q正传〉木刻后记》,未名木刻社1935年6月版。
[2] 鲁迅:《中国小说史略》第二篇《神话与传说》,北新书局1925年版。
[3] 燕客(鲁迅):《连环图画琐谈》,《中华日报》副刊《动向》,1934年5月11日。
[4] 乐贲(鲁迅):《介绍德国作家版画展》,《文艺新闻》,1931年12月7日第39号。

对民间文学的搜集整理,不仅是一个学术方法问题,还是一个学术态度问题,这就是我们在前面所提到的文化立场与价值观念。鲁迅对民间文学所表现的热情,即尊重民间百姓的文化选择,同时又将民间文学的实际存在与解剖国民性的文化透视紧密联系在一起。他的视野和胸襟并没有因为关注这种土著文化而狭隘,当然这和他在日本读书期间热切关注世界文学有关,而更重要的是他自身的文化选择。由此使人想起他"我以我血荐轩辕"的诗句,也就是说,方法固然重要,而境界与品格更重要。鲁迅既注意民间文学的现在时态,曾亲自搜集民歌,又注意到文物包括石刻、木刻,既拓展了民间文学的研究,又启发了史学对民间社会的关注。同时,我们也由此看到他关注现实,"直视血淋淋的人生"与其学术研究等文化实践活动的密切联系。鲁迅不但注意对当世流传的民间文学口头和文物材料的搜集整理,而且十分重视对古代典籍的钩沉。如他在佛经中选取《痴化鬘》(即《百喻经》),1914年施银"六十块大洋"给金陵刻经处,刊印一百本以赠人。《百喻经》全名《百句譬喻经》,为古印度佛教寓言集,两万余字,散存于诸种佛教经典中,内有近百个民间故事,以"喻世"而流传民间甚广;鲁迅对《百喻经》的钩沉、对民间文学保护是他尊重民间的文化理念的具体表现。辑录《古小说钩沉》和《唐宋传奇集》是他这种文化理念的又一体现。唐代以前,小说多残见于各种文献,散佚错落严重,鲁迅从《太平广记》《太平御览》《艺文类聚》和《法苑珠林》等典籍中"披荆斩棘",整理出大量具有神话传说内容的作品,诸如殷芸《小说》中的秦皇鞭石、东方朔智慧超人的故事,托名曹丕的《列异传》中的干将莫邪铸剑故事、宋定伯背鬼故事,刘义庆《幽明录》中的望夫石故事,特别是邯郸淳的《笑林》中大量笑话故事等内容。这成为鲁迅包括他人研究神话传说故事的重要材料,更不用说为我们今天所提供的便利。《古小说钩沉》共"三十六卷",最初发表于《越社丛刊》1912年,至今仍为人所重视。《唐宋传奇集》也是鲁迅

"钩沉"的结果。[1]鲁迅从《文苑英华》《太平广记》和《青琐高议》等文献中辑录了自隋至宋的传奇作品共"八卷,四十五篇",诸如王度《古镜记》、李朝威《柳毅传》、元稹《莺莺传》和杜光庭《虬髯客传》等,包括无名氏的《李师师传》,这对于我们研究神话传说故事的嬗变形态有很重要的价值。此外,鲁迅还辑录过《会稽郡故书杂集》,做过《会稽禹庙窆石考》之类的考证文章,以及校勘《岭表录异》,其中有许多内容涉及民间传说故事。

从这些材料我们也可以看到这样一种独特的现象,即鲁迅与胡适一样保持着面向世界的开阔眼界,也一样具有深厚的古典学术素养,他们都因此超越了同时代许多学者。而鲁迅更具有强烈的批判精神,使他的学术思想具有更深邃的内容。这也启发我们,深邃的思想来自深厚的学养,更与高尚的学术品格联系密切。没有对民间的尊重,就会失去对民间文学的准确把握,失去敢于正视现实的勇气,自然会形成思想的僵化与肤浅;同样,走进民间,面向民间,才能使这一学科保持盎然生机。

第二节 关于民间文学的起源及其与作家文学的关系

关于民间文学的发生即起源问题,鲁迅既看到它与劳动生产的联系,又注意到它与民间信仰的联系。1924年7月,鲁迅在西安讲学时曾谈及这一问题。他引"许多历史家说"的"人类的历史是进化的"这一论点,称"中国当然不会在例外",这种进化"有两种很特别的现象","一种是新的来了好久之后而旧的又回复过来","一种是新的来了好久之后而旧的并不废去",即"反复"和"羼杂"。他举例说"虽至今日,而许多作品里面,唐宋的,甚而至于原始人民的思想手段的糟粕都还在"。接着,他在论述小说和诗歌的起源时,详细阐述了自己的民间文学发生(起源)理论。他首先区分了庄子所述

---

[1] 鲁迅:《唐宋传奇集》,北新书局1927年版。

"饰小说以干县令"、《汉书·艺文志》中所述"小说者,街谈巷语之说也"和现代小说概念的差别,对许多学者所持的"小说起源于神话",他讲道:

> 因为原始民族,穴居野处,见天地万物,变化不常——如风、雨、地震等——有非人力所捉摸抵抗,很为惊怪,以为必有个主宰万物者在,因之拟名为神;并想像神的生活、动作,如中国有盘古氏开天辟地之说,这便成功了"神话"。从神话演进,故事渐近于人性,出现的大抵是"半神",如说古来建大功的英雄,其才能在凡人之上,由于天授的就是。例如简狄吞燕卵而生商,尧时"十日并出",尧使羿射之的话,都是和凡人不同的。这些口传,今人谓之"传说"。由此再演进,则正事归为史,逸史即变为小说了。

接着,在论述诗歌的起源时,他说:

> 在文艺作品发生的次序中,恐怕是诗歌在先,小说在后的。诗歌起于劳动和宗教。其一,因劳动时,一面工作,一面唱歌,可以忘却劳苦,所以从单纯的呼叫发展开去,直到发挥自己的心意和感情,并偕有自然的韵调;其二,是因为原始民族对于神明,渐因畏惧而生敬仰,于是歌颂其威灵,赞叹其功烈,也就成了诗歌的起源。[1]

在比较了小说和诗歌的形式特点后,鲁迅强调"诗歌是韵文,从劳动时发生的",而"小说是散文,从休息时发生的"。其依据便是"人在劳动时,既用歌吟以自娱,借它忘却劳苦了,则到休息时,亦必要寻一种事情以消遣闲暇"。这实际上是在论述故事和歌谣两种文学形式的产生过程。鲁迅又接

---

[1] 鲁迅:《中国小说的历史的变迁》,《国立西北大学、陕西教育厅合办暑期学校讲演集》,西北大学出版部1925年3月印行。

着说,无论是小说还是诗歌,"其要素总离不开神话"。[1] 这体现出鲁迅受德国神话学派的影响。

神话学派的创始人是19世纪德国语言学出身的民间文艺学家格林兄弟。他们兄弟的理论核心在于民间文学起源于"神"的信仰,其理论依据是他们基于印欧民族原始语言研究的比较语言学。他们以为,民间文学源自民族生活,其匿名性、集体性、无个性并不意味着完全没有诗人介入创作,而是集体传播融合了整个民族的幻想与意志。所以,他们认定:对神和神性英雄功绩的歌颂表现了集体思想与憧憬,这种史诗是一切诗歌的最初形式;史诗与神话大部分是等同的;史诗与神话都属于民间文学形式。[2] 但鲁迅又与他们具有明显的不同。鲁迅所注重的是在劳动生产中人们产生的不同的文化与精神需要,并将这种需要的具体存在与作用作为民间文学的故事与歌谣的起源。这就修正了神话学派把一切民间文学都归于"神"的信仰的不足。他重视劳动生产对民间文学的影响,在后来逐渐有了更深入更全面的认识。

1926年,鲁迅在厦门大学讲授中国文学史课程,编撰了《中国文学史略》;1927年,他在中山大学讲授同一课程,将此讲义改为《古代汉文学史纲要》,即我们今天所见到的《汉文学史纲要》。这里,鲁迅继续阐发自己对民间文学起源问题的理解,从中我们可以感受到文化人类学的影响。如他所说:

> 在昔原始之民,其居群中,盖惟以姿态声音,自达其情意而已。声音繁变,寖成言辞,言辞谐美,乃兆歌咏。时属草昧,庶民朴淳,心志郁于内,则任情而歌呼,天地变于外,则祇畏以颂祝,踊跃吟叹,时越侪辈,为众所

---

[1] 鲁迅:《中国小说的历史的变迁》,《国立西北大学、陕西教育厅合办暑假学校讲演集》,西北大学出版部1925年3月印行。
[2] 连树声:《俄国民间文艺学中的重要流派》,北京师范大学出版社1982年版。

赏,默识不忘,口耳相传,或逮后世。复有巫觋,职在通神,盛为歌舞,以祈灵贶,而赞颂之在人群,其用乃愈益广大。试察今之蛮民,虽状极狂猱,未有衣服、宫室、文字,而颂神抒情之什,降灵招鬼之人,大抵有焉。吕不韦云,"昔葛天氏之乐,三人操牛尾,投足以歌八阕"。郑玄则谓"诗之兴也,谅不于上皇之世"。虽荒古无文,并难征信,而证以今日之野人,揆之人间之心理,固当以吕氏所言,为较近于事理者矣。[1]

鲁迅所讲"口耳相传"的背景是"心志郁于内"和"天地变于外",即自然变化与情感意志对民间文学产生的作用,其依据是"察今之蛮民","证以今日之野人",就是茅盾当年所概括的"取今以证古"。[2] 显然,这与他早年受到进化论的影响有着密切联系。

文化人类学以进化论为自己的理论基础,所以有些学者也因此称之为进化学派。孟德斯鸠在《法的精神》中强调习俗对民族精神的作用,他把人类历史分为蒙昧阶段(狩猎)、野蛮阶段(游牧)和文明阶段,对这一学科有着重要影响。

许多早期的民俗学家接受这一理论,认为人类社会是从蒙昧时代向前发展的,而现存的野蛮民族的生活状态,包括他们的民间文学和舞蹈等带有原始艺术的色彩,都相当于人类发展即进化的最初阶段。他们更注重于不同民族中的相似性、同一性和一致性,特别是英国学者泰勒,他在《原始文化》中提出了许多经典性的论断。鲁迅"察今之蛮民",正是这种理论的具体运用。

鲁迅更重视从民间文化生活环境中理解民间文学的发生。如他在《门外文谈》中重复阐述自己"在不识字的大众里,是一向就有作家的"这句

---

[1] 鲁迅:《汉文学史纲要》第一篇《自文字至文章》,《鲁迅全集》第9卷,人民文学出版社1981年版。
[2] 玄珠(茅盾):《人类学派神话起源的解释》,《文学周报》,1928年第6卷第19期。

话时,说:

> 我久不到乡下去了,先前是,农民还有一点余闲,譬如乘凉,就有人讲故事。不过这讲手,大抵是特定的人,他比较的见识多,说话巧,能够使人听下去,懂明白,并且觉得有趣。这就是作家,抄出他的话来,也就是作品。倘有语言无味,偏爱多嘴的人,大家是不要听的,还要送给他许多冷话——讥刺。[1]

也就是说,鲁迅早就关注到"故事家"现象了。故事讲述程式及其讲述者的文化构成,是当代故事学研究中被学者们所重视的一个问题。在鲁迅的同时代学者中,更多的学者只重视故事作为文本的价值,相对忽略了故事讲述者这一民间文学发生主体的存在及其价值和意义。鲁迅把"见识多""说话巧"和"有趣"作为民间文学发生的重要条件,既是对民间文学创作与传播规律的重要理论贡献,也是对"不识字的作家"为代表的民间百姓的文化尊严的维护。应该说,这是鲁迅对民间文学的口头创作与传播规律的发现。

"不识字的大众"通常受到士大夫的鄙视,他们的口头创作既得不到应有的尊重,又时常被人利用"作新的养料"。因而,鲁迅尊重民间就有了更特殊的意义。在探讨民间文学的起源问题时,鲁迅不是空泛地对大众"不识字"的情况表示同情或不平,而是用相当长的篇幅去阐述"字是什么人造的""字是怎么来的""写字就是画画"和"古时候言文一致么"等问题。[2]他强调的是"文字在人民间萌芽,后来却一定为特权者所收揽"。他说,"至于平民,那是不识字的,并非缺少学费,只因为限于资格,他不配。而且连书

---

[1] 鲁迅:《门外文谈》之十《不必恐慌》,上海天马书店1935年9月版。
[2] 鲁迅:《门外文谈》,上海天马书店1935年9月版。

籍也看不见",正因为士大夫们"竭力的要使文字更加难起来"以形成其"特别的尊严",所以形成文字垄断,而民间百姓只好用口头语言来表现自己的思想情感。鲁迅借仓颉造字的神话传说阐述"上古结绳而治,后世圣人易之以书契",着意指出"有史以前的人们,虽然劳动也唱歌,求爱也唱歌","他却并不起草","文字毫无用处",进而论述"中国文字的基础是象形","在社会里,仓颉也不止一个,有的在刀柄上刻一点图,有的在门户上画一些画,心心相应,口口相传,文字就多起来,史官一采集,便可以敷衍记事了",于是,他臆测"中国的言文,一向就并不一致"。他从"文字在人民间萌芽"出发,论述"文学在人民间萌芽"的道理。当然,他的"文学"概念照他自己所言,"不是从'文学子游子夏'上割下来的",而是外来词英文"literature",即"会写写这样的'文'的,现在是写白话也可以了"。他接着说:

  文学的存在条件首先要会写字,那么,不识字的文盲群里,当然不会有文学家的了。然而作家却有的。你们不要太早的笑我,我还有话说。我想,人类是在未有文字之前,就有了创作的,可惜没有人记下,也没有法子记下。
  我们的祖先的原始人,原是连话也不会说的,为了共同劳作,必需发表意见,才渐渐的练出复杂的声音来,假如那时大家抬木头,都觉得吃力了,却想不到发表。其中有一个叫道"杭育杭育",那么,这就是创作;大家也要佩服,应用的,这就等于出版;倘若用什么记号留存了下来,这就是文学;他当然就是作家,也是文学家,是"杭育杭育"派。[1]

这里的"杭育杭育"主要是对林语堂所称"方巾气"而说的。林语堂曾说,"凡非哼哼唧唧文学,或杭育杭育文学,皆在鄙视之列","《人间世》出版,动起杭育杭育派的方巾气,七手八脚,乱吹乱擂,却丝毫没有打动了《人间

---

[1] 鲁迅:《门外文谈》之七《不识字的作家》,上海天马书店1935年9月版。

世》"。[1] 鲁迅抨击林语堂,意在推崇民间文学的价值。他在这里还称"《诗经》的《国风》里的东西,好许多也是不识字的无名氏作品,因为比较的优秀,大家口口相传","希腊人荷马"的"两大史诗","也原是口吟","到现在,到处还有民谣、山歌、渔歌等,这就是不识字的诗人的作品;也传述着童话和故事,这就是不识字的小说家的作品;他们,就都是不识字的作家"。[2] 他要证明的不仅仅是民间文学起源于劳动生产,而且还有民间文学的"刚健,清新","'目不识丁'的文盲""其实也并不如读书人所推想的那么愚蠢"。[3] 这同样是尊重民间的立场。也就是说,鲁迅不再像泰勒他们那样简单地把"不识字"看作"野蛮人"的标志。

爱德华·泰勒(Edward·B. Tylor)是杰出的人类学家,因为他第一次在大学讲坛上系统讲解人类学及其关于原始文化研究的卓越贡献,而被称为"人类学之父"。他曾经在墨西哥和美洲热带地区考察带有原始色彩的部落社会,获取大量珍贵的第一手资料,从而影响了文化人类学和民俗学等学科的发展。他的代表作品是《原始文化》,其开章明义提出人类学的性质是研究文化的科学,即将文化研究纳入自然科学的视野,像自然科学一样对文化进行量化分析,细致地研究其门类、来源、传承、分布和相互间的联系等。给人以深刻印象的是他曾经提出的关于文化是一个"复合的整体"的概念,他说:"文化,就其在民族志中的广义而言,它是复合的整体,即它包含着知识、信仰、艺术、道德、法律和习俗,以及个人作为社会成员所必需的其他能力及习惯。"[4] 他曾经引用统计学的方法,对他所搜集的350个包括原始文明在内的民俗资料进行分类、比较,计算出其中的百分比重,去总结其

---

[1] 林语堂:《方巾气研究》,《申报》副刊《自由谈》,1934年4月28日、5月3日。
[2] 鲁迅:《门外文谈》之七《不识字的作家》,上海天马书店1935年9月版。
[3] 鲁迅:《门外文谈》之十一《大众并不如读书人所想像的愚蠢》,上海天马书店1935年版。
[4] 爱德华·泰勒:《原始文化》(*The Origins of Culture*) Harper and Brothers Publishers New York.1958.P1.

内在联系,诸如回避婚俗、亲子连名制、产翁制、抢婚制等民俗内容对文学的影响,寻找它们依次发生的方向,提出人类文化的同一性与文化进行中的心理一致性。但是,他把各种民俗包括民间文学当作人类野蛮时期和半开化时期的产物,民俗之"民"成为远古之民,成为半开化之民,就难免被人误识为民间文学是野蛮人、半开化者的古代文化"残留物(survivals)"。也就是说,民间文学的"不识字"是文盲是低智的愚人,是现代文明的对立物。这种观念——"不识字就等于不开化(包括半开化)就等于卑贱"的逻辑在事实上还存在于许多人的意识中,他们完全忽略了口头传播的便利性。鲁迅对民间之"民"表现出崇高的敬意,敬重他们"能从大概上看,明黑白,辨是非"是"往往有决非清高通达的士大夫所可几及之处的",[1] 针砭士大夫的虚伪和懦弱,对民间文学的价值给予很高的评价。如他在《门外文谈》中论"不识字的作家"说:

> 因为没有记录作品的东西,又很容易消灭,流布的范围也不能很广大,知道的人们也就很少了。偶有一点为文人所见,往往倒吃惊,吸入自己的作品中,作为新的养料。旧文学衰颓时,因为摄取民间文学或外国文学也起一个新的转变,这例子是常见于文学史上的。不识字的作家虽然不及文人的细腻,但他却刚健,清新。[2]

在这里,他还举了例子说:

> 东晋到齐陈的《子夜歌》和《读曲歌》之类,唐朝的《竹枝词》和《柳枝词》之类,原都是无名氏的创作,经文人的采录和润色之后,留传下来

---

[1] 鲁迅:《"题未定"草》"第九",《海燕》,1936年2月第2期。
[2] 鲁迅:《门外文谈》之七《不识字的作家》,上海天马书店1935年9月版。

的。这一润色,留传固然留传了,但可惜的是一定失去了许多本来面目。到现在,到处还有民谣,山歌,渔歌等,这就是不识字的诗人的作品;也传述着童话和故事,这就是不识字的小说家的作品;他们,就都是不识字的作家。[1]

他这样反复论述"不识字的作家"及其作品即民间文学的"吓得我们只好磕头佩服",都是为了一个目的,如他所说,"要这样的作品为大家所共有,首先也就是要这作家能写字,同时也还要读者们能识字以至能写字,一句话:将文学交给一切人"。[2] 这种目的表达,其实已经超越了民间文学与作家文学关系的话题,实际上是他希望全民族都获得文明发展的权利的理想。这种目的当然远胜过一般学者对民间之"民"的同情和怜悯。事实上,这也是鲁迅对愚民政治的批判,是对几千年间上智下愚观念的批判,更是对漫长的历史发展中教育体制、文化体制的批判。因为文字本来就是全民族共同创造的,"古人传文字给我们,原是一份重大的遗产,应该感谢的",而后来被人维护其"特别的尊严",才使得"文字难,文章难"与"士大夫故意特制的难",与大众"无缘"。说到底,这还是鲁迅"立人"思想的表现,是他对"充实的、雄厚的、伟大的、完全的人"这一文化理想的表达,更是他建设新文化、新文学的目的。他从文学的民间起源论述民间文学应具有的价值,以民间文学拯救作家文学为例批判文人士大夫对文学的垄断和他们对文学肌体的严重摧残和伤害,都是为了使国民的劣根性在整体上为"刚健,清新"所替代。

在《略论梅兰芳及其他(上)》中,鲁迅以"崇拜名伶原是北京的传统"入题,论及"梅兰芳不是生,是旦,不是皇家的供奉,是俗人的宠儿",批评"士大夫敢于下手":

---

[1] 鲁迅:《门外文谈》之七《不识字的作家》,上海天马书店 1935 年 9 月版。
[2] 鲁迅:《门外文谈》之七《不识字的作家》,上海天马书店 1935 年 9 月版。

士大夫是常要夺取民间的东西的,将竹枝词改成文言,将"小家碧玉"作为姨太太,但一沾着他们的手,这东西也就跟着他们灭亡。他们将他(梅兰芳)从俗众中提出,罩上玻璃罩,做起紫檀架子来。教他用多数人听不懂的话,缓缓的《天女散花》,扭扭的《黛玉葬花》,先前是他做戏的,这时却成了戏为他而做。凡有新编的剧本,都只为了梅兰芳,而且是士大夫心目中的梅兰芳。雅是雅了,但多数人看不懂,不要看,还觉得自己不配看了。

　　……他未经士大夫帮忙时候所做的戏,自然是俗的,甚至于猥下,肮脏,但是泼剌,有生气。待到化为"天女",高贵了,然而从此死板板,矜持得可怜。看一位不死不活的天女或林妹妹,我想,大多数人是倒不如看一个漂亮活动的村女的,她和我们相近。[1]

　　鲁迅借此是在总结一种文学发展规律,以梅兰芳被"雅"化,与"俗"的隔绝,阐明民间文学来自生活、来自人民所具有的生机。他以"村女"与大众的"相近",说明"老十三旦"的"七十岁了,一登台,满座还是喝采"。[2] "十三旦"是山西梆子艺人侯俊山,他在十三岁那年演艺成名"以艳名噪燕台",而士大夫们却以其为"鄙秽"。鲁迅将"十三旦"的"俗"即民间艺术的自然,与梅兰芳的扭捏做作相对比,说明文学艺术面向大众的方向。这种文学发展规律具有普遍性。鲁迅在致姚克的一封信中表达了同样的意思,他说,"歌、诗、词、曲,我以为原是民间物,文人取为己有,越做越难懂,弄得变成僵石,他们就又去取一样,又来慢慢的绞死它"[3]。

　　在一个民族的文化发展中,民间文学是一个民族最直接的声音,也是一个民族最丰富的思想与艺术的宝库。所以,许多杰出的作家总是格外重视

---

[1] 鲁迅:《略论梅兰芳及其他(上)》,《中华日报》副刊《动向》,1934年11月5日。
[2] 鲁迅:《略论梅兰芳及其他(上)》,《中华日报》副刊《动向》,1934年11月5日。
[3] 鲁迅:《致姚克》(1934年2月20日),《鲁迅书信集》,人民文学出版社1976年版。

从这里汲取文学的题材与思想,不用说,还有一些作家直接借用民间艺术的形式,使用民间文学语言。但我们应该看到,民间文学与作家文学毕竟是两种不同的艺术形式;民间文学虽然是由"不识字的作家"创造的,但它又有着一般作家所难以企及的感染力。诚如荣格所述的"集体无意识"理论,在民间文学的世界里集中了无数人的聪明智慧。鲁迅在论述瞿秋白所提倡的大众语文问题时,称瞿秋白"本意在于造反",他说:

  大众并无旧文学的修养,比起士大夫文学的细致来,或者会显得所谓"低落"的,但也未染旧文学的痼疾,所以它又刚健,清新。[1]

他举了"无名氏文学"的例子,又举了他自己在《朝花夕拾》中所引的《目连救母》,称颂其中的"无常鬼"敢向"阎罗"挑战时高唱"那怕你铜墙铁壁!那怕你皇亲国戚!"他说,这内容"何等有人情,又何等知过,何等守法,又何等果决,我们的文学家做得出来么?"言外之意,鲁迅是在像赞美撒旦的叛逆精神一样,在这里赞扬"无常鬼"的抗争。他接着说:

  这是真的农民和手业工人的作品,由他们闲中扮演。借目连的巡行来贯串许多故事,除《小尼姑下山》外,和刻本的《目连救母记》是完全不同的。其中有一段《武松打虎》,是甲乙两人,一强一弱,扮着戏玩。先是甲扮武松,乙扮老虎,被甲打得要命,乙埋怨他了,甲道:"你是老虎,不打,不是给你咬死了?"乙只得要求互换,却又被甲咬得要命,乙说怨话,甲便道:"你是武松,不咬,不是给你打死了?"我想:比起希腊的伊索,俄国的梭罗古勃的寓言来,这是毫无逊色的。[2]

---

[1] 鲁迅:《门外文谈》之十《不必恐慌》,上海天马书店1935年9月版。
[2] 鲁迅:《门外文谈》之十《不必恐慌》,上海天马书店1935年9月版。

鲁迅举民间文学作品的例子，通常是采用自己熟知的，这本身便是做田野作业，即用第一手资料，是搜集整理与科学研究的成功范例。当然，鲁迅如此论述《目连救母》中《武松打虎》的精彩，将它比之伊索和梭罗古勃的名著，并不为了做简单的对比，以证明"我们中国也有这样优秀的作品"，而是为了论述新文化的发展需要"提倡大众语、大众文"，将"一向受着难文字、难文章的封锁，和现代思潮隔绝"的这类民间文学解放出来。其目的在于通过"提倡大众语、大众文"，包括"书法更必须拉丁化"，使"中国的文化一同向上"。[1]他借此指出这类民间文学"缺点是有的"，也对"他们（读书人）不是看轻了大众，就是看轻了自己，仍旧犯着古之读书人的老毛病"提出批评。[2]这里值得我们重视的是，鲁迅在论述民间文学的价值，将之与作家文学相比较时，对民间文学的"刚健，清新"予以赞扬，但他也毫不避讳民间文学的缺陷。如他在对"迎合大众""说话作文，越俗，就越好"，容易成为"新国粹""新帮闲"提出批评时，提出"也不能听大众的自然"，因为民间百姓"有些见识，他们究竟还在觉悟的读书人之下"，"如果不给他们随时拣选，也许会误拿了无益的，甚而至于有害的东西"。[3]这就是敢于正视现实。有许多学者在论及民间文学与作家文学的关系时，总是尽力贬损作家文学脱离大众的一面，或者极力赞扬作家文学一旦采用民间文学的内容或形式立即就会化腐朽为神奇。鲁迅是正视现实的人，指出民间百姓即大众的缺陷，并无损于民间文学的"刚健，清新"。

鲁迅对民间文学的价值有着冷静的、理性的理解和把握。他对民间文学的赞扬、对士大夫的贬损，其目的在于调正新文化、新文学的方向。在这种意义上，鲁迅是民间文化包括民间文学的律师。如苏汶曾在《关于"文新"与胡秋原的文艺论辩》中说，对于"左联"所提倡的"文艺大众化"，"他

---

[1] 鲁迅：《门外文谈》之十《不必恐慌》，上海天马书店1935年9月版。
[2] 鲁迅：《门外文谈》之十一《大众并不如读书人所想像的愚蠢》，上海天马书店1935年9月版。
[3] 鲁迅：《门外文谈》之十一《大众并不如读书人所想像的愚蠢》，上海天马书店1935年9月版。

们鉴于现在劳动者没有东西看,在那里看陈旧的充满了封建气味的(这就是说,有害的)连环图画和唱本",于是,"他们便要作家们去写一些有利的连环图画和唱本给劳动者们看","不但胡(适)先生,恐怕每一个死抱住文学不肯放手的人都要反对"。苏汶带着蔑视的语气说:"这样低级的形式还生产得出好的作品吗?"他以为"连环图画里是产生不出托尔斯泰,产生不出弗罗培尔来的"。[1] 苏汶以此为题攻击左翼作家,他关于民间文学是"低级文艺"的观念在当时是具有普遍性的。苏汶即杜衡,自称是独立于文化阵线之外的"第三种人",而此时他实际上是国民党图书检查委会的官员。鲁迅说:

> 左翼作家诚然是不高超的,连环图画、唱本,然而也不到苏汶先生所断定那样的没出息。左翼也要托尔斯泰,弗罗培尔,但不要"努力去创造一些属于将来(因为他们现在是不要的)的东西"的托尔斯泰和弗罗培尔。他们两个,都是为现在而写的,将来是现在的将来,于现在有意义,才于将来会有意义。尤其是托尔斯泰,他写些小故事给农民看,也不自命为"第三种人",当时资产阶级的多少攻击,终于不能使他"搁笔"。左翼虽然诚如苏汶先生所说,不至于蠢到不知道"连环图画是产生不出托尔斯泰,产生不出弗罗培尔来",但却以为可以产出密开朗该罗,达·文希那样伟大的画手,而且我相信,从唱本说书里是可以产生托尔斯泰、弗罗培尔的。现在提起密开朗该罗们的画来,谁也没有诽议了,但实际上,那不是宗教的宣传画,《旧约》的连环图画么?而且是为了那时的"现在"的。[2]

在《致何家骏、陈企霞》的信中,鲁迅同样表达了这种意见。他对他们

---

[1] 苏汶:《关于"文新"与胡秋原的文艺论辩》,《现代》,1932 年 7 月第 1 卷第 3 期。
[2] 鲁迅:《论"第三种人"》,《现代》,1932 年 11 月 1 日第 2 卷第 1 期。

说,"连环图画是极紧要的";对于"材料","要取中国历史上的,人物是大众知道的人物","但事迹却不妨有所更改"。这种"更改"即"加增"和"削弱",鲁迅以家喻户晓的《白蛇传》故事为例,提出要弘扬"百折不回之勇气",要削弱"报私恩及为自己而水满金山"等内容。他告诫他们必须注意"不可堕入知识阶级以为非艺术而大众仍不能懂(因而不要看)的绝路里"。[1] 鲁迅尊重民间,注重现在(正视现实),面向民间大众的文化立场始终贯穿在他的民间文学观之中,在客观上形成了文化的多元存在的理念,即民间文学与作家文学都重要,都是民族文化生活中不可或缺的内容,各自有各自的价值。鲁迅从未盲目地空谈民间文学比作家文学有多么出色,而是在具体的比较中论述民间百姓与他们所创造的民间文学具有的价值。如他曾在《门外文谈》就语言的"专语"还是"普通话"问题论述,"方言土语里,很有些意味深长的话,我们那里叫'炼话',用起来是很有意思的,恰如文言的用古典,听者也觉得趣味津津"。他说,"各就各处的方言,将语法和词汇,更加提炼,使他发达上去的,就是专化","这于文学,是很有益处的,它可以做得比仅用泛泛的话头的文章更加有意思"。但是,他同时又提出了一个类似生态平衡的文学环境问题,相当于我们今天的可持续发展,他说,"大众,是有文学,要文学的,但决不该为文学做牺牲",应该发展"全国的语文的大众化"。[2] 他在《名人和名言》中,就陈望道所举章太炎"叙事欲声口毕肖,须录当地方言","非广采各地方言不可"问题表达了自己的意见,他说,"名人的话并不都是名言","许多名言,倒出自田夫野老之口"。[3] 这里鲁迅所表达的都是对大众的文化包括语言的尊重,提出既要尊重方言,又要注意"大众化"。

同样,鲁迅不仅尊重本国的大众,而且对全世界被压迫民族都充满尊重,包括他们的民间文学。早在1921年,鲁迅就翻译过保加利亚作家伐佐

---

[1] 鲁迅:《致何家骏、陈企霞》,《涛声》周刊,1933年8月第2卷第33期。
[2] 鲁迅:《门外文谈》之九《专化呢,普遍化呢?》,上海天马书店1935年9月版。
[3] 越丁(鲁迅):《名人和名言》,《太白》半月刊,1935年7月20日第2卷第9期。

夫的《战争中的威尔珂》并作《译者附记》，发表在同年10月的《小说月报》第12卷第10号的《被损害民族的文学》专号中。伊凡·伐佐夫（鲁迅译作"伊凡·跋佐夫"）曾参加过民族独立斗争，被迫流亡国外，是一位善于使用民间口语和讲述民间故事的作家。鲁迅翻译了他这篇作品，并在《译者附记》中给予他高度评价，称他"使巴尔干的美丽，朴野，都涌现于读者的眼前"，称他"不但是革命的文人，也是旧文学的轨道破坏者，也是体裁家"，是"鼓吹白话，又善于运用白话的人"。因为保加利亚采用"希腊教会的人造文"，"轻视口语"，"因此口语便很不完全了"。这就更显示出伐佐夫对自己民族语言恢复的重大贡献。鲁迅称他"是体裁家"应该是出于他们有着对民族共同的热爱，包括对民间文学的感情。爱罗先珂是俄国著名盲诗人、童话作家，其童话天然与民间故事的题材、语言的运用有异常密切的联系。鲁迅曾翻译过《爱罗先珂童话集》[1]等作品，这和他译日本作家武者小路实笃的剧作《一个青年的梦》[2]一样，意在"很可以医许多中国旧思想上的痼疾"。[3]

鲁迅对世界文学史上那些运用民间文学获得重要成就的作家总是充满了敬意。如他对日本作家芥川龙之介的作品的评论，他说，芥川龙之介"多用旧材料，用时近于故事的翻译"，"但他的复述故事并不专是好奇，还有他的更深的根据：他想从含在这些材料里的古人的生活当中，寻出与自己的心情能够贴切的触著的或物，因此那些古代的故事经他改作之后，都注进新的生命去，便与现代人生出干系来了"。[4]这之前他曾在《〈鼻子〉译者附记》中说，芥川龙之介的《鼻子》中的"内道场供奉禅智和尚的长鼻子的事"是"日本的旧传说"，"作者只是给他换上了新装"，其"篇中的谐味"，"虽不免有才气太露的地方"，"但和中国的所谓的滑稽小说比较起来，也就十分雅

---

[1] ［俄］爱罗先珂：《爱罗先珂童话集》，鲁迅译，商务印书馆1922年7月版。
[2] ［日］武者小路实笃：《一个青年的梦》，鲁迅译，商务印书馆1922年7月版。
[3] 鲁迅：《〈一个青年的梦〉译者序二》，《新青年》，1920年1月1日第7卷第2号。
[4] 鲁迅：《现代日本小说集·附录·关于作者的说明》，商务印书馆1923年6月版。

淡了"。[1]

鲁迅对外国民间传说和童话故事一直怀有浓厚的兴趣,并且时常拿它们和中国文学做比较。如他曾与齐宗颐合译过荷兰作家望·蔼覃的长篇童话《小约翰》(北京未名社1928年1月版),他在翻译具体词汇时常联想起中国民间传说故事,像"鼠妇"和"臭婆娘""地猪"的比较,"将约翰从自然中拉开"与"中国之所谓'日凿一窍而混沌死'"的比较,包括他对"英国的民间传说里,有叫作Robin good fellow的,是一种喜欢恶作剧的妖怪"同荷兰民间传说的推测性比较;他称赞《小约翰》是"象征写实底童话诗","无韵的诗,成人的童话"。[2] 而他更关注的是通过这种翻译,促使中国新文学事业包括儿童文学的发展。如,他曾经翻译过苏联儿童文学作家班台莱耶夫的童话《表》,他说:

> 译成中文时,自然也想到中国。十来年前,叶绍钧先生的《稻草人》是给中国的童话开了一条自己创作的路的。不料此后不但并无蜕变,而且也没有人追踪,倒是拼命的在向后转。看现在新印出来的儿童书,依然是司马温公敲水缸,依然是岳武穆王脊梁上刺字;甚而至于"仙人下棋","山中方七日,世上已千年";还有《龙文鞭影》里的故事的白话译。这些故事的出世的时候,岂但儿童们的父母还没有出世呢,连高祖父母也没有出世,那么,那"有益"和"有味"之处,也就可想而知了。[3]

不唯如此,在《〈勇敢的约翰〉校后记》中,他表达了同样的意见。《勇敢的约翰》是匈牙利诗人裴多菲的长篇叙事诗,以民间传说为题材,描写一位叫约翰的牧羊人的聪明和勇敢。鲁迅很喜爱裴多菲的作品,当然厚爱这部

---

[1] 鲁迅:《〈鼻子〉译者附记》,《晨报》副刊,1921年5月11日。
[2] 鲁迅:《〈小约翰〉序》,《语丝周刊》,1927年6月26日第137期。
[3] 鲁迅:《〈表〉译者的话》,《译文》,1935年3月第2卷第1期。

《勇敢的约翰》;他说,"这一篇民间故事诗,虽说事迹简朴,却充满着儿童的天真"。[1] 当时,湖南军阀何键横加指斥课本"每每狗说、猪说、鸭子说,以及猫小姐、狗大哥、牛公公之词,充溢行间。禽兽能作人言,尊称加诸兽类,鄙俚怪诞,莫可言状"。[2] 民间故事具有奇特的幻想,并以此构成独特的魅力,吸引着少年儿童强烈的兴趣。何键之流是愚蠢而跋扈的渣滓,对此指斥完全是强词夺理。鲁迅对此给予有力回击。他说:

> 对于童话,近来的连文武官员都有高见了;有的说是猫狗不应该会说话,称作先生,失了人类的体统;有的说是故事不应该讲成王作帝,违背共和的精神。但我以为,这似乎是"杞天之虑",其实倒并没有什么要紧的。孩子的心,和文武官员的不同,它会进化,决不至于永远停留在一点上,到得胡子老长了,还在想骑了巨人到仙人岛去做皇帝。因为他后来就要懂得一点科学了,知道世上并没有所谓巨人和仙人岛。倘还想,那是生来的低能儿,即使终生不读一篇童话,也还是毫无出息的。[3]

所以,鲁迅拿海涅诗中的故事称此"毫不足奇"。由此可以使人联想到这之前鲁迅在《中国小说的历史的变迁》中所谈的一个问题。这就是对于《列仙传》《神仙传》中的神话"可否拿它做儿童的读物"问题,鲁迅说到两种意见,即一种是"在反对一方面的人说,以这种神话教儿童,只能养成迷信,是非常有害的",另一种即"赞成一方面的人说:以这种神话教儿童,正合儿童的天性,很感趣味,没有什么害处的"。鲁迅在此表明自己的立场说:"在我以为这要看社会上教育的状况怎样,如果儿童能继续更受良好的教育,则将来一学科学,自然会明白,不至迷信,所以当然没有害的;但如果儿

---

[1] 鲁迅:《〈勇敢的约翰〉校后记》,《勇敢的约翰》,孙用译,上海湖风书店1931年10月版。
[2] 《何键咨请教部改良学校课程》,《申报》,1931年3月5日。
[3] 鲁迅:《〈勇敢的约翰〉校后记》,《勇敢的约翰》,孙用译,上海湖风书店1931年10月版。

童不能继续受稍深的教育,学识不再进步,则在幼小时所教的神话,将永信以为真,所以也许是有害的。"[1] 这里所讲的"向后转",是鲁迅对儿童文学题材的陈旧表示不满,包含着他对司马光、岳飞和一些神仙传说中所宣扬的愚民思想的不满。他要用"借用"和"盗火"的方式使中国儿童文学在新文化的建设中得到健康发展。如他所言,他在"开译以前"曾怀抱的心愿,即"第一,是要将这样的崭新的童话,介绍一点进中国来,以供孩子们的父母、师长以及教育家、童话作家来参考","第二,想不用什么难字,给十岁上下的孩子们也可以看",但由于疏于"孩子的话"等原因而未能如愿。[2]

高尔基是苏联著名作家,在儿童文学与民间文学的研究上做出了重要贡献,他曾出版以民间传说故事为题材的《俄罗斯的童话》《孩子》等作品,并创办儿童杂志《北极光》。他曾在《北极光》的《发刊词》中提出"艺术的伟大任务"是"使人变得强大和美丽"。鲁迅翻译了高尔基的《俄罗斯的童话》,并在《后记》中引出"文言白话是有历史的"这一话题,他说,"方言土语也有历史","只不过没有人写下来","穷人以至奴隶没有家谱,却不能成为他并无祖宗的证据",借题批评"笔只拿在或一类人的手里,写出来的东西总不免于蹊跷,先前的文人哲士,在记载上就高雅得古怪"。[3]《俄罗斯的童话》并不仅仅是写给孩子看的,它启发了鲁迅关于儿童文学、白话文学、民间文学的一系列问题的思索,他意仍在于"拿来"。

民间文学的创作主体是以"不识字"的劳动者为主的下层民众,但是,历史上的主流文化并不因为他们人数众多而赞颂他们的文化。在文学发展中,我们看到这样一种事实,那就是不仅在古代文学史上是"文不过唐宋",即使在现代文学史上,民间文学在文学发展中的地位也向来都是"缺席判

---

[1] 鲁迅:《中国小说的历史的变迁》第一讲《从神话到神仙传》,《国立西北大学、陕西教育厅合办暑期学校讲演集(二)》,西北大学出版部1925年3月。
[2] 鲁迅:《〈表〉译者的话》,《译文》,1935年3月第2卷第1期。
[3] [俄]高尔基:《俄罗斯的童话》,鲁迅译,上海文化生活出版社1935年8月版。

决"。鲁迅是民间文学的代言人,他让人注意民间文学的"刚健,清新",让人注意到民间文学中可以产生托尔斯泰这样的文学巨匠,他还强调民间文学的传统形式可以为新文学的发展提供有益的内容。如他在《重三感旧》中提到"旧瓶可以装新酒"时,说"'五更调'、'攒十字'的格调,也可以放进新的内容去",[1] 在《论"旧形式的采用"》中,他提到"旧形式是采取,必有所删除,既有删除,必有所增益,这结果是新形式的出现,也就是变革",他将"真正的生产者的艺术"与"高等有闲者的艺术"做比较,阐述文学史上"民歌大抵脱不开七言的范围",在图画上"题材多是士大夫的部事","然而已经加以提炼,成为明快、简捷的东西",即"蜕变"即"俗"的意义。他因此说,"为了大众,力求易懂,也正是前进的艺术家正确的努力"。[2]

鲁迅从来都把自己当作大众中的一员,也从来没有忘却自己建设新文化,改造国民性,使其健康发展的职责与使命,把面向大众作为新文学建设和发展的文化基础和思想基础。所以,他对民间文学这种下层民众创造的艺术给予高度赞扬,并以此作为拯救文学的良药。在论及民间文学的起源及其与作家文学的文化关系时,鲁迅的立场始终是立身于大众而着眼于未来,用民间的视角审视一切的。当然,他更着眼于现实,一切从现实出发。他是这样说的,也是这样做的,这种立场和价值观念始终贯穿在他对民间文学的历史发展的研究及其创作实践之中。

第三节 对民间文学嬗变历史及其价值的文化透视

民间文学作为大众口头创作,它的内容既是历史的,又是现实的。也就是说,它因为传承的特征在不同历史时期内显示出相对稳定性,而因为变异

---

[1] 丰之余(鲁迅):《感旧》,《申报》副刊《自由谈》,1933年10月6日。
[2] 常庚(鲁迅):《论"旧形式的采用"》,《中华日报》副刊《动向》,1934年5月4日。

的特征则表现出鲜明的时代性、地域性和民族性。鲁迅是一位在古典文学研究上有深厚造诣的学问家和思想家,在他的《中国小说史略》和《汉文学史纲要》等著述中,通过对典籍文献的钩沉、考证和论述,系统地体现出他别具一格的民间文学观,同时,我们也可从中体会到其科学的方法论,尤其是他对古典文学研究的拓展意义。

鲁迅对民间文学的价值深信不疑,他的文化透视主要通过三种途径,一是在《故事新编》这类书中运用民间传说故事表达自己的寓意,挖掘、运用、弘扬民间文学中所蕴含的优秀的民族文化精神;二是在行文中常自觉运用民间传说故事或民间歌谣与谚语作为自己的理论依据,相当于一种文化评论;三是通过对古代典籍的系统钩沉和考证,探求民间文学的历史发展脉络,并从中发现其具体价值和意义。这三种途径是一个整体,共同构成了鲁迅的民间文学历史观和价值观。

《故事新编》共有八篇作品,篇篇都可以看到对民间文学题材的化用。《补天》中,鲁迅借女娲神话来申明一种文化主题即女娲发现自己的"异化"。一方面是她创造人类,补缝漏天,但是,在另一方面,她发现自己辛勤劳作所创造的人,却相互伤害。这里,鲁迅以女娲身下出现的那个"古衣冠的小丈夫",作为"无耻的破坏"者,饱含着他对中国文化劣根性的极大愤慨。在《奔月》中,鲁迅赋予了嫦娥神话以新的意义。嫦娥奔月的背后,是后羿的烦恼,尤其是弟子的背叛,使他痛感孤独。这里的逢蒙是否寓意着文化青年的恶劣不得而知。后羿失去了对手,也失去了朋友,从一个英雄变为一个平庸的凡人所产生的苦闷则是显而易见的。在《铸剑》中,干将莫邪故事的复仇主题被淡化,又何尝不寓意着无奈和愤懑!最为典型的是《理水》,借大禹治水的神话故事来评说文化世界。我们看到的是,在大禹的奔忙中,文化山上一群开口闭口都是洋文的小丈夫们极其无聊。这里,我们不能回避的是鲁迅对顾颉刚"大禹是条虫"的文化态度,应该说,鲁迅对于神话更关注的是如何开掘伟大的民族精神,即献身精神、无畏精神和开拓创新精神。两人的神话观和民间文学价值观在许多方面是一致的,若我们看一看顾颉刚在《民俗周刊》的《发刊词》中所高喊的口号,尤其是他在各地的演讲及其文章中表现的对民间文学的巨大热情,许多问题的答案就可知了。如顾颉刚所述"站在民众的立场上来认识民众""探检各种民众的生活,民众的欲求,来认识整个的社会""我们自己就是民众""要把几千年埋没着的民众艺术、民众信仰、民众习惯,一层一层地发掘出来",尤其是"要打破以圣贤为中心的历史,建设全民众的历史",[1] 这与鲁迅在《拟播布美术意见书》中所提出的以"国民文术"作为"研究事业"的方法,[2] 不正是一致的吗?特别是对旧文化鄙夷、蔑视民间文学的批判上,他们的态度和立场是一致的。我想,鲁迅在《理水》中对"大禹是条虫"的批评,即使是有个人的情感因素在内,其更重要的也是他对漠视民族文化精神建设现象的批评。在《采薇》中,我们看到的是伯夷叔齐故事原型化用为对"先王之道"的评说。在《起死》中,我们看到的是庄周故事从化蝶故事原型到俗化为"出丑"。在《非攻》和《出关》中,我们所看到的是公输般即鲁班故事原型同墨子的联系及其与老子传说融入现代哲学思想,即批判精神的表现。鲁迅在《故事新编》中赋予这些传说故事的新意,其实也体现了他的一部分民间文学观。[3]

鲁迅在行文中对民间文学的评说与运用,构成了他鲜明的民间文学价值观。如他在《文床秋梦》中对《伊索寓言》中"像狐狸的遇着高处的葡萄一样,仰着白鼻子看看"的运用,借以批判"文氓""文丐";[4] 在《〈如此广州〉读后感》中,借用财神传说、姜太公传说、泰山石敢当传说等内容评说广州人的"认真";[5] 在《清明时节》借八合思巴盗宋陵的传说和曹操造七十二疑冢

---

[1] 顾颉刚:《发刊辞》,《民俗周刊》"创刊号",1928年3月21日。
[2] 周树人(鲁迅):《拟播布美术意见书》,《教育部编纂处月刊》,1913年2月第1卷第1册。
[3] 其他诸如诗歌、散文中的民间文学题材的运用,事实上也是他民间文学观的一种表现形式。参见拙作《神话之源——〈山海经〉与中国文化》,河南大学出版社2001年版。
[4] 鲁迅:《文床秋梦》,《申报》副刊《自由谈》,1933年9月11日。
[5] 鲁迅:《〈如此广州〉读后感》,《申报》副刊《自由谈》,1934年2月7日。

的传说,讽刺戴季陶他们的扫墓救国[1];在《迎神和咬人》中,借用古代乡间咬死人"皇帝必赦"的传说,对"无教育的农民……依然是旧日的迷信,旧日的讹传,在拼命的救死和逃死中自速其死"的批评;[2]在《关于中国的两三件事》中,鲁迅将古希腊神话中的普罗米修斯盗火与我国的燧人氏取火的内容相比较,他称燧人氏"因为并非偷儿,所以拴在山上,给老雕去啄的灾难是免掉了,然而也没有普洛美修斯那样的被传扬,被崇拜";[3]在《门外文谈》中,鲁迅将《汉书》和《前汉纪》(即《汉纪》)中对"汉民间的《淮南王歌》"做比较,发现"同一地方的同一首歌",两部典籍中所记却不相同,他称"好像后者是本来面目"而前者"只是一个提要",借以说明"中国的文学家,是颇有爱改别人文章的脾气的",[4]等等。应该说,这类带有评论色彩的文章在鲁迅作品中是相当普遍的,它们从不同的方面凸显出鲁迅的民间文学观,成为现代民间文学理论体系的重要内容。

当然,最能系统完整地表现鲁迅民间文学价值观和历史观的,还是他的这一些文学史著作。在鲁迅的《中国小说史略》出版(1923年、1924年由北京大学新潮社以此题分上、下两卷出版)之前,虽然也有英国学者翟理斯(H.Giles)的《中国文学史》(1901年)和德国学者葛鲁贝(W.Grube)的《中国文学史》(1904年),包括中国学者林传甲的《中国文学史》(1904年)、谢无量的《中国大文学史》等著作或多或少涉及小说,但小说一直是处于无"专史"的状态,所以,鲁迅在《序言》中称"中国之小说自来无史"。[5]在这部著作中,他详细考察了庄周、桓谭包括后世的胡应麟、纪昀等众说纷纭的概念,尤其强调"小说家者流,盖出于稗官,街谈巷语,道听途说者之所

---

[1] 鲁迅:《清明时节》,《中华日报》副刊《动向》,1934年5月24日。

[2] 越侨(鲁迅):《迎神和咬人》,《申报》副刊《自由谈》,1934年8月22日。

[3] 鲁迅:《关于中国的两件事》,日本《改造》月刊,1934年3月号。

[4] 鲁迅:《门外文谈》之五《古时候文言一致么?》,上海天马书店1935年9月版。

[5] 鲁迅:《中国小说史略》之《序言》,北新书局1925年版。

造也",[1]即民间百姓口头创作和口头传播的文化背景,同时也指出因为"小说之志怪类中"的"杂入本非依托之史","史部遂不容多含传说之书",以及"宋之评话,元明之演义,自来盛行民间"而"史志皆不录"。[2]这就是说,鲁迅一方面指出了"街谈巷语""道听途说"是小说文体的发生基础,与民间文学的密切联系,而另一方面,他又指出正史对这一"自来盛行民间"所"不录"的文化传统,恰恰是这两方面,准确概括了民间文学在历史上被保存和流传的基本状况。

鲁迅把"神话与传说"作为"小说"文体的"本根"。他说:

> 志怪之作,庄子谓有齐谐,列子则称夷坚,然皆寓言,不足征信。《汉志》乃云出于稗官,然稗官者,职惟采集而非创作,"街谈巷语"自生于民间,固非一谁某之所独造也,探其本根,则亦犹他民族然,在于神话与传说。[3]

以此为出发点,鲁迅把"街谈巷语"看作考察判断小说文体的基本标准,将"《汉书》之叙小说家"其"今皆不存"的原因置于"殊不似有采自民间"[4]的文化背景,以及"现存之所谓汉小说,盖无一真出于汉人"的"伪作",即"文人好逞狡狯,或欲夸示异书,方士则意在自神其教,故往往托古籍以衒人"。而正是这种"托古籍以衒人"的"言荒外之事""大旨不离乎言神仙",[5]意外保存了大量民间传说故事。他以"称东方朔撰者有《神异经》一卷,仿《山海经》"为例,着重考察了"滑稽"与"附会之谈"在民间传说中的催生作用。[6]应当说,这也是我国古代民间传说发生的一条重要规律。

---

[1] 鲁迅:《中国小说史略》第一篇《史家对于小说之著录及论述》,北新书局1925年版。
[2] 鲁迅:《中国小说史略》第一篇《史家对于小说之著录论述》,北新书局1925年版。
[3] 鲁迅:《中国小说史略》第二篇《神话与传说》,北新书局1925年版。
[4] 鲁迅:《中国小说史略》第三篇《〈汉书·艺文志〉所载小说》,北新书局1925年版。
[5] 鲁迅:《中国小说史略》第四篇《今所见汉人小说》,北新书局1925年版。
[6] 鲁迅:《中国小说史略》第四篇《今所见汉人小说》,北新书局1925年版。

鲁迅在考察"六朝之鬼神志怪书"这一文化现象时说：

中国本信巫，秦汉以来，神仙之说盛行，汉末又大畅巫风，而鬼道愈炽；会小乘佛教亦入中土，渐见流传。凡此，皆张皇鬼神，称道灵异，故自晋讫隋，特多鬼神志怪之书。其书有出于文人者，有出于教徒者。文人之作，虽非如释道二家，意在自神其教，然亦非有意为小说，盖当时以为幽明虽殊途，而人鬼乃皆实有，故其叙述异事，与记载人间常事，自视固无诚妄之别矣。[1]

这其实涉及历史上一个具有普遍性的问题，即文人对民间传说故事的采用问题。鲁迅考订了古代典籍中的"南阳宗定伯年少时夜行逢鬼""神仙麻姑降东阳蔡经家""武昌新县北山上有望夫石，状若人立者"等民间传说故事，对《列异传》《搜神记》《搜神后记》《异苑》《齐谐记》《续齐谐记》和《灵鬼志》，以及《冥祥记》《拾遗记》等"释氏辅教之书"的民间传说故事保存状况做了详细分析，指出"晋以后人之造伪书，于记注殊方异物者每云张华，亦如言仙人神境者之好称东方朔"即"捃采天下遗逸，自书契之始，考验神怪，及世间闾里所说"[2]这一文化传统的具体形成。

佛教的传入，深刻影响了中国文化思想的变化和发展。鲁迅非常重视这一现象，对《续齐谐记》中所述"阳羡鹅笼"故事做了认真考证，说明"世界万事万物均发源于心，心无大小，相亦无大小"的思想"盖非中国所故有"。他举唐代段成式《酉阳杂俎》（《续集》）所引"昔梵志作术，吐出一壶"故事，并将之与《观佛三昧海经》中"白毫毛相"故事相比较，指出"魏晋以来，渐译释典，天竺故事亦流传世间，文人喜其颖异，于有意或无意中用之，遂蜕化

---

[1] 鲁迅：《中国小说史略》第五篇《六朝之鬼神志怪书（上）》，北新书局1925年版。
[2] 鲁迅：《中国小说史略》第五篇《六朝之鬼神志怪书（上）》，北新书局1925年版。

为国有"[1]的史实。魏晋南北朝时期是我国民间故事创作相当繁荣的阶段，鲁迅在论述佛教文化的影响时，从中举出许多事例即具体的民间传说故事，细究其理。诸如"汉明帝梦见神人"与"白马寺壁画千乘万骑绕塔三匝之像"等，包括少昊"经历穷桑沧茫之浦""洞庭山浮于水上"等故事，鲁迅从中发现"佛教既渐流播，经论日多，杂说亦日出"与"方士"们"自造伪经，多作异记，以长生久视之道，网罗天下之逃苦空者"，[2]即宗教、义理利用民间文学传播，这一世俗与宗教共融于民间文化生活的文化发展规律。

唐代传奇的形成和发展与民间传说有着更为密切的联系。这种联系的外在形式就是鲁迅所概括的"不离于搜奇记逸"，[3]而唐代文人与其前人相比更多了小说的自觉意识，即如胡应麟所说的"作意好奇，假小说以寄笔端"，鲁迅称"此类文字"之所以称"传奇"为贬称，即其"记叙委曲，时亦近于俳谐，故论者每訾其卑下，贬之曰'传奇'"而"别于韩、柳辈之高文"。[4]"高文"即雅，"卑下"即俗。也正是这种"卑下"的俗，对"元明人多本其事作杂剧或传奇"甚至包括"曲"都产生重要影响。[5]鲁迅以《补江总白猿传》为例，称"不知何人作"，"是知假小说以施诬蔑之风，其由来颇古矣"，[6]即假借民间传说表达作者的寓意。这种寓意包含着愤恨，也包含着失意，鲁迅举"文近骈俪而时杂鄙语"的《游仙窟》和"故事虽不经，尚为当时推重"的《枕中记》等作品，都是其"失意"的代表。也就是说，唐代作家善于化俗为雅，利用充满神奇幻想的民间传说构造一种寄寓自己理想情趣的妙境。这里，鲁迅将其概括为"以华艳之笔，叙恍忽之情，而好言仙鬼复死"。[7]他因之称陈鸿之

---

[1] 鲁迅：《中国小说史略》第五篇《六朝之鬼神志怪书（上）》，北新书局1925年版。

[2] 鲁迅：《中国小说史略》第六篇《六朝之鬼神志怪书（下）》，北新书局1925年版。

[3] 鲁迅：《中国小说史略》第八篇《唐之传奇文（上）》，北新书局1925年版。

[4] 鲁迅：《中国小说史略》第八篇《唐之传奇文（上）》，北新书局1925年版。

[5] 鲁迅：《中国小说史略》第八篇《唐之传奇文（上）》，北新书局1925年版。

[6] 鲁迅：《中国小说史略》第八篇《唐之传奇文（上）》，北新书局1925年版。

[7] 鲁迅：《中国小说史略》第八篇《唐之传奇文（上）》，北新书局1925年版。

为文"辞意慷慨,长于吊古,追怀往事,如不胜情",其《长恨歌传》"追述开元中杨妃入宫以至死蜀本末",与《东城父老传》中的"忆念太平盛事,荣华苓落","其语甚悲"相类。同时,他还将这一民间传说题材与"天宝末,兄国忠盗丞相位,愚弄国柄"相联系,对比对照。鲁迅说:"杨妃故事,唐人本所乐道,然鲜有条贯秩然如此传者,又得白居易作歌,故特为世间所知,清洪昇撰《长生殿传奇》,即本此传及歌意也。"[1] 这是鲁迅从古典文学中透视民间文学原型的通常方式,纵横捭阖间寻找民间文学演变轨迹,体现了鲁迅视野和胸襟异常开阔的学术风范。

在研究"传奇诸作者"中的元稹与李公佐的作品时,鲁迅仍然用这种追寻原型的方式来透视其源流,并从中发现新意。如元稹的《莺莺传》,鲁迅将其内容与杨巨源《崔娘诗》、李绅《莺莺歌》(《东飞伯劳西飞燕歌,为莺莺作》)等唐代作品,以及宋人赵德麟以此为题材的《商调蝶恋花》、金代董解元的《弦索西厢》、元代王实甫的《西厢记》和关汉卿的《续西厢记》、明代李日华的《南西厢记》与陆采的《南西厢记》、清人的《竟西厢》《翻西厢》《后西厢》《续西厢》等相比较,在比较中发现"元稹以张生自寓,述其亲历之境"的意义。他以同样的方法分析了李公佐的《南柯太守传》《谢小娥传》等作品,其中尤值得人重视的是他对无支祁故事的考证。

淮涡水神无支祁因"禹理水,三至桐柏山"所遇而闻名。鲁迅考察了《古岳渎经》的成书及其流传,从"有李汤者,永泰时楚州刺史,闻渔人见龟山下水中有大铁锁,乃以人牛曳出之,风涛陡作",到"后公佐访古东吴,泛洞庭,登包山,入灵洞,探仙书,于石穴间得《古岳渎经》第八卷,乃得其故",探究无支祁故事的生成背景,并以此管窥明代小说《西游记》中孙悟空的原型。

鲁迅在这里论述道:

---

[1] 鲁迅:《中国小说史略》第八篇《唐之传奇文(上)》,北新书局1925年版。

宋朱熹(《楚辞辨证》中)尝斥僧伽降伏无支祁事为俚说,罗泌(《路史》)有《无支祁辩》,元吴昌龄《西游记》杂剧中有"无支祁是他姊妹"语,明宋濂亦隐括其事为文,知宋元以来,此说流传不绝,且广被民间,致劳学者弹纠,而实则仅出于李公佐假设之作而已。惟后来渐误禹为僧伽或泗洲大圣,明吴承恩演《西游记》,又移其神变奋迅之状于孙悟空,于是禹伏无支祁故事遂以堙昧也[1]。

对于这个问题,鲁迅在《中国小说的历史的变迁》关于"唐之传奇文"的论述中讲道,《李汤》这篇影响很大,他以为"《西游记》中的孙悟空正类无支祁",其理由在于:

一、作《西游记》的人,并未看过佛经;

二、中国所译的印度经论中,没有和这相类的话;

三、作者——吴承恩——熟于唐人小说,《西游记》中受唐人小说的影响的地方很不少。[2]

所以,鲁迅以为"孙悟空是袭取无支祁的"。[3]而胡适以为这是受印度文学影响而形成。其实,见仁见智,各自都有道理。鲁迅在这里提到的所谓朱熹"尝斥僧伽降伏无支祁事为俚说",见于《楚辞辨证》的《天问(下)》中提到的"鲧窃帝之息壤以堙洪水,特战国时俚俗相传之语,如今世俗僧伽降无支祁、许逊斩蛟蜃精之类,本无依据,而好事者遂假托撰造以实之,明理之士皆可以一笑而挥之,正不必深与辩也"。后来,鲁迅在考证《纳书楹曲谱》时,又提到《西游记》四出中有两出涉及"巫枝祁"和"无支祁",即《定心》中的

---

[1] 鲁迅:《中国小说史略》第九篇《唐之传奇文(下)》,北新书局1925年版。
[2] 鲁迅:《中国小说的历史的变迁》,《国立西北大学、陕西教育厅合办暑期学校讲演集(二)》,西北大学出版部1925年3月版。
[3] 鲁迅:《中国小说的历史的变迁》,《国立西北大学、陕西教育厅合办暑期学校讲演集(二)》,西北大学出版部1925年3月版。

"是骊山老母亲兄弟,无支祁是他姊妹",和《女国》中的"似摩腾伽把阿难摄在瑶山上,若鬼子母将如来围定在灵山上,巫枝祁把张僧拿在龟山上"。胡适说,他正是受到"周先生(鲁迅)的指点",才"去寻这个故事的来源",即鲁迅指出"作《西游记》的人或受这个巫枝祁故事的影响",启发了胡适"疑心这个神通广大的猴子不是国货"和"也许连无支祁的神话也是受了印度影响而仿造的"等论点。[1]

鲁迅在《〈唐宋传奇集〉稗边小缀》中考证了元代陶宗仪《辍耕录》所引"禹治水,至桐柏山,获淮涡水神,名曰巫支祁",李肇《唐国史补》中"楚州有渔人,忽于淮中钓得古铁锁,挽之不绝"和"后有验《出海经》云,水兽好为害,禹锁于军山之下,其名曰无支祁",以及胡应麟在《笔丛》中所述"六朝人踵《山海经》体而赝作者。或唐人滑稽玩世之文,命名《岳渎》可见。以其说颇诡异,故后世或喜道之。宋太史景濂亦稍隐括集中,总之以文为戏耳"和"罗泌《路史》辩有无支祁,世又讹禹事为泗州大圣,皆可笑",将它们与《太平广记》所存材料比较"异同"。鲁迅还提出王象之在《舆地纪胜》中的"水母洞在龟山寺,俗传泗州僧伽降水母于此"为"复讹巫支祁为水母",指出褚人获《坚瓠续集》"高皇帝过龟山"及"急令羊豕祭之,亦无他患"是"嫁李汤事于明太祖矣"。[2]

段成式的《酉阳杂俎》是我国唐代重要的民间故事集。鲁迅考证"成式家多奇篇秘籍,博学强记,尤深于佛书,而少好畋猎"等内容与《酉阳杂俎》的联系,称其"卷一篇""或录秘书,或叙异事,仙佛人鬼以至动植,弥不毕载,以类相聚,有如类书,虽源或出于张华《博物志》,而在唐时,则犹之独创之作矣"。[3] 鲁迅考证民间传说,常述其流传脉络,然后将具体作品罗列于下,让读者一目了然。他考证《酉阳杂俎》,论述了其"每篇各有题目,亦殊隐

---

[1] 胡适:《〈西游记〉考证》,《西游记》,亚东图书馆1923年版。
[2] 鲁迅:《〈唐宋传奇集〉稗边小缀》,《唐宋传奇集》,上海联华书局1934年5月版。
[3] 鲁迅:《中国小说史略》第十篇《唐之传奇集及杂俎》,北新书局1925年版。

僻,如纪道述者曰《壶史》,钞释典者曰《贝编》,述丧葬者曰《尸窀》,志怪异者曰《诺皋记》,而抉择记叙,亦多古艳颖异,足副其目也",之后便分别列出卷二《玉格》、卷三《贝编》、卷十四《诺皋记》等故事,最后仍以例称之为"所涉既广,遂多珍异,为世爱玩,与传奇并驱争先矣"。[1]

宋代国家扬文抑武,文献材料尤为丰富。鲁迅从中选取志怪、传奇文、话本和拟话本等与民间文学联系相当密切的文体为典型,在具体的考证与论述中表达自己的民间文学观。如他在论述宋代志怪和传奇时,先述《太平广记》"以野史传记小说诸家成书五百卷","不特稗说之渊海"的背景,及其所保存的"唐人传奇文",诸如"神仙""女仙""异僧""报应""征应(休咎也)""定数""梦""神""鬼""妖怪""精怪""再生""龙""虎""狐"等卷。他指出宋代民间文学文献保存格外丰富的原因,称其在于"宋代虽云崇儒,并容释道,而信仰本根,夙在巫鬼",所以"多变怪谶应之谈"。[2]宋代传奇是以民间传说为题材的重要文体,但由于种种原因被"讹"传,鲁迅遍查典籍,详细考证。如《绿珠传》《杨太真外传》,鲁迅曾在《唐宋传奇集》中辑录,被人"讹为唐人作",鲁迅承前人之说,以为是"宋乐史之撰也"。他考证了乐史的身世,称其"长于地理","荟萃稗史成文","又参以舆地志语",指出其"篇末垂诫,亦如唐人"[3]才形成此误会。此类例子还有秦醇的《赵飞燕别传》《骊山记》《温泉记》《谭意歌传》和题为唐代颜师古撰的《大业拾遗记》(《隋遗录》)等,鲁迅总结这些典籍被讹传的规律,说:"帝王纵恣,世人所不欲遭而所乐道,唐人喜言明皇,宋则益以隋炀,明罗贯中复撰集为《隋唐志传》,清褚人获又增改以为《隋唐演义》。"[4]

在鲁迅看来,宋代的志怪"平实而乏文彩",传奇"多托往事而避近闻,

---

[1] 鲁迅:《中国小说史略》第十篇《唐之传奇集及杂俎》,北新书局1925年版。
[2] 鲁迅:《中国小说史略》第十一篇《宋之志怪及传奇文》,北新书局1925年版。
[3] 鲁迅:《中国小说史略》第十一篇《宋之志怪及传奇文》,北新书局1925年版。
[4] 鲁迅:《中国小说史略》第十一篇《宋之志怪及传奇文》,北新书局1925年版。

拟古且远不逮",所以"更无独创之可言矣"。而话本就不同了,他说:"然在市井间,则别有艺文兴起。即以俚语著书,叙述故事,谓之'平话',即今所谓'白话小说'者是也。"同时他又指出,"用白话作书者,实不始于宋"。他以"敦煌千佛洞之藏经始显露"为例,即其中"有俗文体之故事数种",称其"盖唐末五代人钞"。[1]这里,他列举了《唐太宗入冥记》《孝子董永传》《秋胡小说》《伍员入吴故事》《释迦八相成道记》和《目连入地狱故事》等,而这些"俗文"确实是普遍流传于民间的传说故事。鲁迅把这些故事的兴起分为"娱心"和"劝善"两大类,以为它们出于杂剧中的"说话"。他说:

说话者,谓口说古今惊听之事,盖唐时已有之,段成式《酉阳杂俎》(《续集》四《贬误篇》)有云,"予太和末,因弟生日观杂戏,有市人小说,呼扁鹊作'褊鹊'字,上声。"……李商隐《骄儿诗》(集一)亦云,"或谑张飞胡,或笑邓艾吃。"似当时已有说三国故事者,然未详。宋都汴,民物康阜,游乐之事甚多,市井间有杂伎艺,其中有"说话",执此业者曰"说话人"。说话人又有专家,孟元老(《东京梦华录》五)尝举其目,曰小说,曰合生,曰说诨话,曰说三分,曰说《五代史》。南渡以后,此风未改……

说话之事,虽在说话人各运匠心,随时生发,而仍有底本以作凭依,是为"话本"。《梦粱录》(二十)影戏条下云,"其话本与讲史书者颇同,大抵真假相半。"又小说讲经史条下云,"盖小说者,能讲一朝一代故事,顷刻间捏合。"《都城纪胜》所说同,惟"捏合"作"提破"而已。是知讲史之体,在历叙史实而杂以虚辞,小说之体,在说一故事而立知结局,今所存《五代史平话》及《通俗小说》残本,盖即此二科话本之流,其体式正如此。[2]

---

[1] 鲁迅:《中国小说史略》第十二篇《宋之话本》,北新书局1925年版。
[2] 鲁迅:《中国小说史略》第十二篇《宋之话本》,北新书局1925年版。

第二章 鲁迅的民间文艺学思想理论

鲁迅在此详细论述"说话"和"话本"之间的联系,其实是在说明民间说唱文学的历史传承及演变的价值与意义。在文学史上,"说话"作为民间讲唱文学的重要形式,与小说、戏剧都产生了密切的联系。鲁迅不是仅仅把它看作一种形式,而是将其视为一种文化生活。他在历史的变迁中,看到了"南宋亡,杂剧消歇"时,"说话遂不复行",但这种艺术深刻影响着后世的"小说",包括"讲史"。[1] 对于宋元间的《大唐三藏法师取经记》和《大宋宣和遗事》,鲁迅看到"说话"的影子,即"近讲史而非口谈"。[2] 对于元明时代的"讲史"等艺术,鲁迅也是在文化的多元发展及其相互间的联系中,考察它们中的民间传说的存在状态和它们自身的价值意义。

在具体考证《水浒传》《西游记》《封神演义》和"三言二拍"、《聊斋志异》《红楼梦》等小说时,鲁迅总是尽力寻求两种线索,一条是这些作品发生自民间或是与民间传说故事相联系的历史轨迹,另一条则是这些作品对其他作品文化个性的借鉴。如鲁迅在论及《水浒传》时,首先看到的是其故事"为南宋以来流行之传说,宋江亦实有其人","自有奇闻异说,生于民间,辗转繁变,以成故事"及其"复经好事者掇拾粉饰,而文籍以出"。[3] 在论及《西游记》时,鲁迅广泛考察了《八仙出处东游记传》"书中文言俗语间出,事亦往往不相属,盖杂取民间传说作之","《大唐三藏取经诗话》已有猴行者深沙神及诸异境",元杂剧《唐三藏西天取经》"其中收孙悟空,加戒箍,沙僧,猪八戒,红孩儿,铁扇公主等皆已见"等,以此证明"似取经故事,自唐末以至宋元,乃渐渐演成神异,且能有条贯,小说家因亦得取为记传也"。[4]

总之,《中国小说史略》系统地体现了鲁迅的民间文学发展嬗变观,他在

---

[1] 鲁迅:《中国小说史略》第十二篇《宋之话本》,北新书局1925年版。
[2] 鲁迅:《中国小说史略》第十三篇《宋元之拟话本》,北新书局1925年版。
[3] 鲁迅:《中国小说史略》第十四篇《元明传来之讲史(下)》,北新书局1925年版。
[4] 鲁迅:《中国小说史略》第十六篇《明之神魔小说(上)》,北新书局1925年版。

历史的发展与联系中运用文化透视的基本方法去管窥民间文学与其他文化现象之间的复杂关系,从而有机地把握民间文学的发展规律。他的另一部著作《中国小说的历史的变迁》与《中国小说史略》大同小异,有许多地方甚至是相重复的。从某种角度讲,《中国小说的历史的变迁》在论述语言上更简洁,这与鲁迅的"讲学的记录稿"有着直接联系。鲁迅的《汉文学史纲要》也类似,所不同的是读书在论述的范围上不再仅限于小说文体,还涉及诗歌、散文和史传文学等体裁的内容。但是,《汉文学史纲要》在对民间文学的嬗变历史及其价值的论述上明显涉及较少,仅有的也很零散。倒是在《朝花夕拾》《〈唐宋传奇集〉稗边小缀》和一些《序》《跋》等处,常可见到鲁迅充满鲜明爱憎的论点。如他的《关于〈二十四孝图〉》,抨击"郭巨埋儿"对人性的摧残,抨击"曹娥投江觅父"的愚昧,抨击老莱子的"无趣味",[1]都与国民劣根性的解剖批判相联系在一起。他在《阿金》中说他自己"一向不相信昭君出塞会安汉,木兰从军就可以保隋,也不相信妲己亡殷、西施沼吴、杨妃乱唐的那些古老话(即民间传说)",从中透视"向来的男性的作者,大抵将败亡的大罪,推在女性身上"这样"一钱不值的没有出息的"实质。[2]

通过古今历史对比,鲁迅对民间文学嬗变历史及其价值的文化透视,在三种途径中得以集中实现。我们应该清醒地看到,鲁迅对民间文学的历史的梳理,主要是希望从中发现民族文化中所蕴含的文化思想及其发展规律。这种行为我们称之为文化透视。在这种文化透视的过程中,我们随处可以感受到他尊重民间与正视现实的文化立场和价值观念。这种文化立场和价值观念的确立,又具体融汇在鲁迅的批判和改造国民性的思想之中。我们应该学习和坚持、发扬他的学术理念和研究方法,不断壮大自身涵养。

---

[1] 鲁迅:《朝花夕拾·后记》,《鲁迅全集》,人民文学出版社1981年版。
[2] 鲁迅:《阿金》,《海燕》,1936年2月20日第2期。

第四节　鲁迅的神话学观

神话是一个民族古老文明的标志,也是一个民族重要的思想和文化资源。我国古代没有神话这个概念。西方的神话概念是在20世纪初即1903年时由留日学生蒋观云提出的,这一概念的引入进而影响了整整一个世纪的神话学。蒋观云在《神话·历史养成之人物》中说,"一国之神话与一国之历史,皆于人心上有莫大之影响";他举例说,"印度之神话深玄,故印度多深玄之思。希腊之神话优美,故希腊尚优美之风"。什么叫神话?蒋观云进一步阐释道,"古往今来,英雄豪杰,其一言一行,一举一动,即铸成之植字,而留以为后世排列文字之用者也","而荟萃此植字者,于古为神话,于今为历史"。所以,他称神话和历史"能造成一国之人才"。如其所言,神话研究的兴起,是随着"近世欧洲文学之思潮"的传入,尤其是"北欧神话与歌谣之复活"的影响而形成的。他以盘古神话为例,称其"最简枯而乏崇大高秀,庄严灵异之至",所以"人才之生,其规模志趣,代降而愈趋于狭小"。他以此提出"欲改进其一国之人心者,必先改进其能教导一国人心之书始"。[1] 此后,夏曾佑在其《中国历史教科书》中提出"自草昧以至周末,为上古之时",属于"传疑期",并称这一时期的"三王五帝九皇"是"纯乎宗教家言"而"不可援以考实"。[2] 而王国维则在其《屈子文学之精神》中提出"南人想像力之伟大丰富","古代印度及希腊之壮丽之神话,皆此等想像之产物"。[3] 应该说,他们的神话学思想影响了鲁迅。

体现鲁迅早期神话学思想的文章是《破恶声论》。在这篇文章中,鲁迅从所谓的"破除迷信"入题,把神话的产生同民间信仰联系在一起,如其所举"若在南方,乃更有一意于禁止赛会之志士。农人耕稼,岁几无休时,递得余

---

[1] 蒋观云:《神话、历史养成之人物》,《新民丛报》副刊《丛谈》,1903年第36号。

[2] 夏曾佑:《中国历史教科书》第一章《传疑时代(太古三代)》,商务印书馆1905年7月版。

[3] 王国维:《屈子文学之精神》,《教育世界》,1906年11月下旬第24期。

闲,凡有报赛,举酒自劳,洁牲酬神,精神体质,两愉悦也"。也就是说,鲁迅将这种文化存在状态作为民间文学包括神话产生的具体条件;犹如他在论及印度吠陀时代雷神因陀罗的出现时所讲,"夫人在两间,若知识混沌,思虑简陋,斯无论已;倘其不安物质之生活,则自必有形上之需求。故吠陀罗(吠陀)之民,见夫凄风烈雨,黑云如盘,奔电时作,则以为因吠(陀)罗与敌斗,为之栗然生虔敬念。希伯来之民,大观天然,怀不思议,则神来之事与接神之术兴,后之宗教,即以萌孽","顾吾中国,则夙以普崇万物为文化本根,敬天礼地,实与法式,发育张大,整然不紊"。其实这是进化论的观点,即神与神话固然是神思之产物,或称原始思维,必须时代发展到一定阶段,使人有"形上之需求"时才能形成。所以,他更详细地论述道:

> 倘其朴素之民,厥心纯白,则劳作终岁,必求一扬其精神……举其大略,首有嘲神话者,总希腊埃及印度,咸与诽笑,谓足作解颐之具。夫神话之作,本于古民睹天物之奇觚,则逞神思而施以人化,想出古异,诚诡可观,虽信之失当,而嘲之则大惑也。太古之民,神思如是,为后人者,当若何惊异瑰大之;矧欧西艺文,多蒙其泽,思想文术,赖是而庄严美妙者,不知几何。[1]

这里,鲁迅既强调了神话受原始思维影响的发生,又指出神话对文艺发展的作用。特别是神话对文学的渊薮意义,鲁迅说,"倘欲究西国人文,治此则其首事,盖不知神话,即莫由解其艺文,暗艺文者,于内部文明何获焉",由此,他称"若谓埃及以迷信亡,举彼上古文明,胥加呵斥"乃为"竖子之见"。显然,鲁迅在这里更多的是注重了神话思维的阶段性,尽管他在当时还不懂得神话学这些概念。他在这里对神话的论述主要基于一种个人感受。

龙是中华民族的重要图腾,融汇着几千年的民族情感。近代学者从所

---

[1] 迅行(鲁迅):《破恶声论》,《河南》,1908年12月5日第8期。

谓的破除迷信观念出发,忽视这些情感作为原始信仰与形象思维相结合的产物所包含的文化价值与意义,简单地比之于自然科学中的生物存在理论,随便指斥龙的神话的存在意义,甚至诋毁民族文明历史。鲁迅出于维护民族文化大义的目的,说:

> 复次乃有借口科学,怀疑于中国古然之神龙者,按其由来,实在拾外人之余唾。彼徒除利力而外,无蕴于中,见中国式微,则虽一石一华,亦加轻薄,于是吹索抉剔,以动物学之定理,断神龙为必无。夫龙之为物,本吾古民神思所创造,例以动物学,则既自白其愚矣。而华土同人,贩此又何为者？抑国民有是,非特无足愧恧已也,神思美富,益可自扬。古则有印度希腊,近之则东欧与北欧诸邦,神话古传以至神扬重言之丰,他国莫与并,而民性亦瑰奇渊雅,甲天下焉。吾未见其为世诟病也。惟不能自造神话神物,而贩诸殊方,则念古民神思之穷,有足愧尔。嗟乎,龙为国徽,而加之谤,旧物将不存于世矣。[1]

鲁迅对龙神话在文化史上的意义如此重视,除了出于强烈的民族感情以及对民族文化尊严的维护,还基于历史上的毁庙制度,[2] 即"欲厌其国先毁其史"的教训,这就不只限于对民间文化遗产的态度问题。佐此证者,可查 1912 年 8 月 28 日的《鲁迅日记》所记其与人"同拟国徽",及其所著《致国务院国徽拟图说明书》。这里,鲁迅举"昔者希腊武人,蒙盾赴战,自择所好,作绘于盾,以示区别"为例,称国徽"自应远据前史,更立新图",而"考诸载籍,源之古者,莫如龙"。[3]

---

[1] 迅行(鲁迅):《破恶声论》,《河南》,1908 年 12 月 5 日第 8 期。
[2] 参见拙作《中国庙会文化》,上海文艺出版社 1999 年版。
[3] 初无署名,今见《文牍录要》,《教育部编纂处月刊》,1913 年 2 月第 1 卷第 1 册。闻一多后来对龙的考释,应该是受到鲁迅启发的。

同一时期，鲁迅在《人之历史》中表达了他带有人类学色彩的神话学观。如他所讲：

> 人类种族发生学者，乃言人类发生及其系统之学，职所治理，在动物种族，何所由昉，事始近四十年来，生物学分支之最新者也。盖古之哲士宗族，无不目人为灵长，超迈群生，故纵疑官品起原，亦彷徨神话之歧途，诠释率神閟而不可思议。如中国古说，谓盘古辟地，女娲死而遗骸为天地，则上下未形，人类已现，冥昭瞢暗，安所措足乎？屈灵均谓"鳌载山抃，何以安之"，衷怀疑而词见也。西国创造之谭，摩西最古，其《创世纪》开篇，即云帝以七日作天地万有，抟埴成男，折其肋为女。当十三世纪时，力大伟于欧土，科学隐耀，妄言横行，罗马法王，又竭全力以塞学者之口，天下为之智昏。黑格尔谥之曰世界史之大欺罔者，非虚言也。[1]

但是，这种神话学观念，特别是他对盘古神话、女娲神话的判断并不完全合乎神话学的科学概念。当然，这也是因为他所处时代造成的认知局限。即便如此，我们也可以感受到他尊重自己民族的文化历史的朴素感情，和他把神话研究同人的解放相联系、将神话学与思想启蒙事业相结合的崇高追求。尤其是他后来关于立人、关于国民性格的解剖和批判等思想，在这一时期已初见端倪。

在这一时期我们应该指出的是，鲁迅与周作人在神话研究上有着相近的追求，他们相互影响。如周作人的《童话略论》，是一篇有重要影响的神话学论文，就发表在鲁迅编辑的《教育部编纂处月刊》（1913年）上。此前，即鲁迅发表《破恶声论》之前一年的1907年，周作人发表译作《红星佚史》（原名《世界欲》）。而《红星佚史》译自哈葛德与安度阑根据《荷马史

---

[1] 鲁迅：《人之历史》

诗》编撰的小说;安德留·兰是英国人类学派神话学家的代表人物。同年（1907年）鲁迅与人筹办《新生》杂志,周作人根据安德留·兰的神话学著作《习俗与神话》《神话、仪式与宗教》,以及英国学者该莱的《英国文学上的古典神话》,编写了《三辰神话》,为《新生》供稿。由此可见,鲁迅和周作人在此时都受到人类学派的影响。关于他们兄弟的神话学思想比较问题,我在他处另谈,此略。

五四之后,鲁迅的神话学思想随着新文化运动的深入发展,发生了新的变化。这主要体现在他的《中国小说史略》《中国小说的历史的变迁》两部著作和一些论文、书信中。

首先是关于神话的起源及其流传演变问题,古今中外的学者们众说纷纭。所有的神话学家都必须直面这个问题,也正是对这一问题的具体阐释,形成了不同的神话学派。就此问题,晚清时期的学者诸如严复、章太炎、刘师培和梁启超,都给予过不同的解释。我在《中国近代民间文学史》中对此有详细论述,此亦不赘述。

鲁迅在《中国小说史略》中,着重考察了徐整《三五历记》中的盘古神话,《列子·汤问》中的女娲神话,《淮南子》中的尧神话、羿射十日神话,《左传》中的鲧化黄熊以入羽渊神话,《史记》中的舜神话和《山海经》中的神话群等内容,比较它们之间所显示的价值意义。他说:

> 昔者初民,见天地万物,变异不常,其诸现象,又出于人力所能以上,则自造众说以解释之:凡所解释,今谓之神话。神话大抵以一"神格"为中枢,又推演为叙说,而于所叙说之神,之事,又从而信仰敬畏之,于是歌颂其威灵,致美于坛庙,久而愈进,文物遂繁。故神话不特为宗教之萌芽,美术所由起,且实为文章之渊源。惟神话虽生文章,而诗人则为神话之仇敌,盖当歌颂记叙之际,每不免有所粉饰,失其本来,是以神话虽托诗歌以光大,以存留,然亦因之而改易,而销歇也。如天地开辟之说,在中国所遗

留者,已设想较高,而初民之本色不可见,即其例矣。[1]

鲁迅在这里简要谈论了神话的概念、神话的形成和演变,及其与文化发展包括诗歌、美术、宗教等内容之间的联系。在此基础上,鲁迅更进一步论述了神话与传说之间的联系。他指出神话演进中,其中枢"渐近于人性",所叙述的内容即传说。而传说所表现的内容,"或为神性之人,或为古英雄,其奇才异能神勇为凡人所不及";他举"简狄吞燕卵而生商""刘媪得交龙而孕季"作为例证,[2] 说明传说与神话有着直接的联系,用今天的话来说,就是部分传说中包含着原始时代的神话思维,残存着原始神话的痕迹。

在论及我国神话传说的保存状况与流传状态时,鲁迅以《山海经》为例,说"今尚无集录为专书者,仅散见于古籍,而《山海经》中特多"。他称《山海经》未必就是真正的为禹和益所著,其内容中多出现祠神的"精"即精米,"与巫术合,盖古之巫书也"[3],同时,他也提到秦汉时人增添了内容。关于这种"散见"即"仅存零星者"的原因,他举日本学者盐谷温的说法,即中国古代神话保存或流传较少的原因有两种,一是"华土之民,先居黄河流域,颇乏天惠,其生也勤,故重实际而黜玄想,不更能集古传以成大文",二是"孔子出,以修身齐家治国平天下等实用为教,不欲言鬼神,太古荒唐之说,俱为儒者所不道,故其后不特无所光大,而又有散亡"。[4] 盐谷温对中国神话保存的实际并不完全了解,但他却确实代表着当时颇为流行的观念,尤其是其所述"颇乏天惠"之说,是与 20 世纪二三十年代一些学者对中国神话和中国人民的丑化或误解相呼应的。如英国学者威纳,就曾在他的《中国的神话和传说》中称中国人的智慧相当平庸,不具备创

---

[1] 鲁迅:《中国小说史略》第二篇《神话与传说》,北新书局 1925 年版。
[2] 鲁迅:《中国小说史略》第二篇《神话与传说》,北新书局 1925 年版。
[3] 鲁迅:《中国小说史略》第二篇《神话与传说》,北新书局 1925 年版。
[4] 鲁迅:《中国小说史略》第二篇《神话与传说》,北新书局 1925 年版。

造神话的智慧,而当前所见到的神话,都是从西方传入的。这是典型的民族歧视。日本学者藤田丰八在他的《中国神话考》中,称中国神话起源于印度。[1] 中国学者卫聚贤在《中国神话考》中称"中国的国民,因有尚功利,而且重常识的倾向,故神话终未得充分的发达","我们不得不求其源于印度及其他国的"。[2] 无论他们出于什么样的目的,在事实上都让人更注目于"颇乏天惠",形成对民族情感和民族文化尊严的伤害。当然,我们并不是狭隘的民族主义,好像只要我们自己有了独立的神话就维护了自身尊严,问题在于这种论调包含着一种文化阴谋。鲁迅是一位独立思索、视野开阔的学者,他既没有简单的盲从于别人,也没有像"新国粹"那样拒绝他人的神话观。他指出"颇乏天惠"论者最应注意的问题在于"神鬼之不别"。他说:

  然详案之,其故殆尤在神鬼之不别。天神地祇人鬼,古者虽若有辨,而人鬼亦得为神祇。人神淆杂,则原始信仰无由蜕尽;原始信仰存则类于传说之言日出而不已,而旧有者于是僵死,新出者亦更无光焰也。[3]

  在这里,鲁迅以《搜神记》中蒋子文"嗜酒好色,佻挞无度",其死后却有"是岁夏大疫,百姓辄相恐动,颇有窃祠者矣",和《异苑》中的"世有紫姑神","世人以其日作其形,夜于厕间或猪栏边迎之"两传说为例,证其为"随时可生新神"。[4] 同时,他又取《论衡》所引《山海经》中的"沧海之中,有度朔之山"与"立大桃人,门户画神荼郁垒与虎","以御凶魅"传说,《玄中记》中的"东南有桃都山",《三教搜神大全》中的"门神,乃是唐朝秦叔保尉敬德

---

[1] [日]藤田丰八:《中国神话考》,《古史研究》第 2 集下册,商务印书馆 1934 年。
[2] 卫聚贤:《中国神话考》,《古史研究》第 2 集下册,商务印书馆 1934 年。
[3] 鲁迅:《中国小说史略》第二篇《神话与传说》,北新书局 1925 年版。
[4] 鲁迅:《中国小说史略》第二篇《神话与传说》,北新书局 1925 年版。

二将军也"为例,说明"旧神有转换而无演进"。[1]鲁迅研究神话的起源及其嬗变问题,紧紧围绕"原始信仰"的存在及表现形式看"天神地祇人鬼"的复杂变化,其实远胜于空谈民族智慧与神话的联系。

在《中国小说的历史的变迁》中,鲁迅论述"从神话到神仙传"这一问题时,表达了与《中国小说史略》中相同的意见。他曾把自己这些论点归纳为"神话是文艺的萌芽""中国的神话很少"和"所有的神话,没有长篇的"等。[2]他仍然强调神话的"零星",他说,在古代小说和诗歌中,"其要素总离不开神话",印度、埃及和希腊,包括中国都是这样,"只是中国并无含有神话的大著作","其零星的神话,现在也还没有集录为专书的"。他说,即使是《山海经》"也是无系统的",而其最重要的内容是"西王母的故事"等,它"一直流行到唐朝,才被骊山老母夺了位置去"。[3]鲁迅看到的这种状况,在今天看是有着明显偏颇的,但在当时,大量的活形态的神话还没有被挖掘,他只能这样称"中国古代的材料很少,所有者,只是些断片的,没有长篇的,而且似乎也并非后来散亡",而是"本来的少有"。[4]这话其实就更错了。他"在此要推求其原因",表达了与盐谷温相似的意见,即一是"太劳苦",二是"易于忘却"。[5]

在论述"太劳苦"的原因时,他说:

---

[1] 鲁迅:《中国小说史略》第二篇《神话与传说》,北新书局1925年版。

[2] 鲁迅:《中国小说的历史的变迁》第二讲《六朝时之志怪与志人》,《国立西北大学、陕西教育厅合办暑期讲学讲演集(二)》,西北大学出版部1925年3月印行。

[3] 鲁迅:《中国小说的历史的变迁》第一讲《从神话到神仙传》,《国立西北大学、陕西教育厅合办暑期学校讲演集(二)》,西北大学出版部1925年3月印行。

[4] 鲁迅:《中国小说的历史的变迁》第一讲《从神话到神仙传》,《国立西北大学、陕西教育厅合办暑期学校讲演集(二)》,西北大学出版部1925年3月印行。

[5] 鲁迅:《中国小说的历史的变迁》第一讲《从神话到神仙传》,《国立西北大学、陕西教育厅合办暑期学校讲演集(二)》,西北大学出版部1925年3月印行。

因为中华民族先居在黄河流域,自然界底情形并不佳,为谋生起见,生活非常勤苦,因之重实际,轻玄想,故神话就不能发达以及流传下来。劳动虽说是发生文艺的一个源头,但也有条件:就是要不过度。劳逸均适,或者小觉劳苦,才能发生种种的诗歌,略有余暇,就讲小说。假使劳动太多,休息时少,没有恢复疲劳的余裕,则眠食尚且不暇,更不必提什么文艺了。[1]

显然,这是地域决定论的表现。法国学者丹纳他们曾经提到环境、时代、种族对文艺的影响作用,王国维、胡适他们也都提到过南北文学的想象力差别问题,但是,事情并非尽然。鲁迅也曾经做过地质史的研究,而他却没有充分注意到黄河流域气候等条件在历史上的变化问题。事实上如果我们检索史籍,会发现鲁迅他们所看到的黄河流域自然变化与远古历史不合,不用说,即使是与唐宋之前的历史也不一样。[2] 近代学者是在更多的以今推测古,凭想象去理解"中华民族先居在黄河流域"的"重实际,轻玄想"。今天在黄河流域发现的大量神话群,已经证明了近代学者的不足。其实,在鲁迅之后,闻一多、常任侠、凌纯声、芮逸夫他们离开都市,来到边疆地区,发现在少数民族中保存着与古典神话相关的众多材料,这种以日本学者盐谷温为代表的"颇乏天惠"论便被打破。

这里值得我们注意的是,《中国小说史略》是鲁迅在1923年于北京大学授课时的讲义整理而成,而《中国小说的历史的变迁》是他1924年在西安讲学时的记录稿。1925年,鲁迅就已经有所改变这种认识的偏颇。如他在与傅筑夫、梁绳祎两人的通信中,向人介绍茅盾的神话研究成果,说,"关于

---

[1] 鲁迅:《中国小说的历史的变迁》第一讲《从神话到神仙传》,《国立西北大学、陕西教育厅合办暑期学校讲演集(二)》,西北大学出版部1925年3月印行。
[2] 参见葛剑雄主编:《中国移民史》(一、二、三、四、五、六),福建人民出版社1997年版。另见程遂营:《唐宋开封生态环境研究》,中国社会科学出版社2002年版。

中国神话，现在诚不可无一部书"，"沈雁冰君之文，但一看耳"，"其中似亦有可参考者"，其"所评西洋人诸书，殊可信"。他接着详细介绍说，"中国之鬼神谈，似至秦汉方士而一变，故鄙意以为当先搜集至六朝（或唐）为止群书"；他说，"自上古至周末之书，其根柢在巫，多含古神话"，"秦汉之书，其根柢亦在巫，但稍变为"鬼道"，"又杂有方士之说"，而"六朝之书"，"则神仙之说多矣"，于是他强调"今集神话，自不应杂入神仙谈，但在两可之间者，亦止得存之"。对于神话分类，他建议"参照希腊及埃及神话之分类法作之"，并"加以变通"，提出供人参考的"天神""地祇（并幽冥界）""人鬼"和"物"四类，"此外则天地开辟，万物由来"，"苟有可稽，皆当搜集"。他还提出"每一神祇，又当考其（一）系统，（二）名字，（三）状貌性格，（四）功业作为"等问题。针对茅盾评威纳神话学著作《中国的神话与传说》，认为"不当杂入现今杂说"，他详细论述道：

> 中国人至今未脱原始思想，的确尚有新神话发生，譬如"日"之神话，《山海经》中有之，但吾乡（绍兴）皆谓太阳之生日为三月十九日，此非小说，非童话，实亦神话。因众皆信之也，而起源则必甚迟。故自唐以迄现在之神话，恐亦尚可结集；但此非数人之力所能作，只能待之异日，现在姑且画（划）六朝或唐（唐人所见古籍，较今为多，故尚可搜得旧说）为限可耳。[1]

我们将此与《中国小说史略》和《中国小说的历史的变迁》相对比，便可发现这里太阳神话的意义。而最关键的是"中国人至今未脱原始思想，的确尚有新神话发生"，表明鲁迅神话学思想发生了重要变化，即他不再局限于"太穷苦"的背景下"神话就不能发达以及流传下来"的认识。特别是"新神

---

[1] 鲁迅：《鲁迅书信集》上册，人民文学出版社1959年版。

话"概念的提出,这是鲁迅对现代民间文艺学理论体系建立和发展的一个重要贡献。民间神话是近年来神话学界提出的一个问题,主要是为了解决原始神话在后世的变异与裂变。那些见诸典籍的神话,我们把它们称为古典神话,它们在后世以不同的形式出现,百变不离其"原始面目",即被典籍所载的内容,总有一种相当于情结(Complex)的核心支配着其发展;另一种情况就不同了,诸如关于天地起源、人类诞生、万物由来的神话,它们未见诸典籍,但确实又是原始信仰、原始思维的表现形式,所以我们称之为民间神话,既与古典神话相区别,又与后世大量民间传说相区别。在20世纪80年代中期关于狭义神话和广义神话的争论,其实也牵涉到这个问题。鲁迅早就注意到了这种现象,命名"新神话",称其"非小说,非童话,实亦神话",既是对这种"新神话"的准确界定,又指出其实质。这体现了鲁迅非凡的学术勇气,更体现了他的远见、卓见。

威纳和藤田丰八他们诬蔑中国人"颇乏天惠"固然是别有用心,但是,一个民族对另一个民族的神话表现出巨大的热情,也未必见得全是好事。鲁迅在梳理民间文学的历史脉络时,努力向世界更多的民族去寻找文化参照,他在维护自己民族文化历史的尊严的同时,始终保持着清醒的头脑,对于殖民地学者利用土著民族神话传说进行文化改造,变相的文化侵略、精神奴役提出警惕。如著名的功能学派人类学家马林诺夫斯基就曾经充当过此种角色。在许多西方民俗学家、人类学家看来,这确实是一种开拓殖民地并进行统治的有效方法。鲁迅在《随感录(四十二)》中就此问题讲道:

> 自大与好古,也是土人的一个特性。英国人乔治·葛来任纽西兰总督的时候,做了一部《多岛海神话》,序里说他著书的目的,并非全为学术,大半是政治上的手段。他说,纽西兰土人是不能同他说理的。只要从他们的神话的历史里,抽出一条相类的事来做一个例,讲给酋长祭师们听,

一说便成了。[1]

鲁迅如此揭示"土人的一个特性"即"自大与好古",一方面是指出弱肉强食的世界秩序中殖民政治与愚民政治的欺骗性,一方面则指出落后民族在文化上对自身历史的沉湎,以及视野狭窄、不思进取的和自欺欺人的文化惰性,其意在为中华民族提出镜鉴。但我们绝不能将此看作鲁迅在全盘拒绝西方文明,既然民俗学、民间文艺学和神话学能够以此方法改变"土人",为什么不能利用这种方式来改变我们自己的文化,利用这种方式启迪民众、开启民智呢?至此,我们回想起鲁迅当年所提到的"人必须从此有记性,观四向而听八方,将先前一切自欺欺人的希望之谈全部扫除,将无论是谁的自欺欺人的假面全部撕掉,将无论是谁的自欺欺人的手段全都排斥,总而言之,就是将华夏传统的所有小巧的玩艺儿全都放掉,倒去屈尊学学枪击我们的洋鬼子,这才可望有新的希望的萌芽"。[2] 由此我们也可以看到鲁迅的热情和赤忱。

鲁迅的民间文学观是其思想的一部分,也是中国现代学术思想体系的一部分,体现出鲁迅对民间口头创作的文化立场和价值观念。尤其是鲁迅的学术思想和学术方法,通过相关的民间文学研究,形成他独特的学术风度和学术品格,给我们做出了表率,更给我们以深刻的启迪。他和胡适不同,和周作人不同,和茅盾也不同,和郑振铎他们都不同。总体上看,他没有他们的集中性和系统性,但是,他又有着他们所不及的批判精神。他们之间有真挚的友情,也有真率的批评,而在学术目的上又常常表现出一致的追求。鲁迅的民间文学观作为其文化思想的一部分,也是逐步发展的,因此,我们既要在不同的阶段将它作为一个整体来理解,又要将其

---

[1] 鲁迅:《随感录(四十二)》,《鲁迅全集》第1卷,人民文学出版社1981年版。
[2] 鲁迅:《忽然想到(四)》,《鲁迅全集》,人民文学出版社1981年版。

置入整个中国现代学术体系的大背景之中来认识。更重要的是,我们要继承和发扬他的文化精神,特别是他尊重民间、正视现实的文化立场和价值观念,学习他研究民间文学所运用的包括钩沉、考证和辨析的方法,以及他坦荡无私的胸怀,高瞻远瞩的目光,献身民族腾飞、振兴事业的伟大抱负和高尚的品格。令人遗憾的是,当代民间文学在今天这样一个应该更迅速发展的历史时刻,却步入了空前的低谷——我们引咎自问,一个最突出的问题就是当代学者缺乏献身精神,在材料搜集、钩沉、发掘和研究方面,存在着许多不足。

第三章
周作人的民间文艺学思想理论

在现代民间文艺学理论体系的建立和发展中,周作人是一位不能被忘却的人物,尽管在如火如荼的抗战中他背弃人民做了日伪教育总署的督办。这一点上,他和刘师培颇有相似之处,而又有所不同,那就是在新的人民政权建立后,他获得了学术的新生。1950年到1955年间,周作人先后出版了《希腊的神与英雄》(1950年11月,上海文化生活出版社)、《俄罗斯民间故事》(1952年11月,香港大公书局)、《乌克兰民间故事》(1953年1月,香港大公书局)、《伊索寓言》(1955年2月,人民文学出版社)和《日本狂言选》(1955年4月,人民文学出版社)等翻译作品。纵观他的学术发展历程,自他1904年年仅20岁时翻译阿拉伯民间故事"阿里巴巴和四十大盗",1909年翻译英国作家王尔德的童话《安乐王子》,并在"著者事略"中提出"童话"这一新概念,到1958年74岁时出版《希腊神话故事》(1958年1月,天津人民出版社)和《明清笑话四种》(1958年3月,人民文学出版社),编成《绍兴儿歌集》,这半个多世纪里他的成就,更不用说他为现代民间文艺学理论体系的建立所做的开拓性贡献,单看其孜孜的追求和努力——一个人能把这样漫长的时光奉献给这项学术事业,这本身就值得人动容。当然,历史上的污点,特别是在民族大义上,周作人的失足是不能被他曾经做过与他后来做的颇为突出的民族文化发展事业的贡献所抵销的,犹如我们常讲的一句俗语,做人比做学问更重要。

第三章 周作人的民间文艺学思想理论

周作人对民间文学的研究,在总体上可以分为这样几个方面,即:

一、关于民间歌谣的研究及其现代歌谣学体系的建立;

二、"三童"及其童话学理论体系的建立;

三、关于神话传说的研究及其对现代神话学的贡献;

四、对民间文学与民俗学等基本理论问题的研究;

五、对国外民间文学和民俗学理论的翻译和介绍。

周作人的民间文学观有一个重要的前提,就是他对"平民文学"概念的自我阐释,同他的学术研究立场有着直接的联系。体现他这一学术立场的文章,我以为当推《平民的文学》。[1] 在此之前,他曾经发表《人的文学》,[2] 提出重新理解和认识妇女与儿童的地位问题。他说,"我们现在应该提倡的新文学",就是"人的文学",反对"非人的文学"。他用颇富哲理的语言来描述"新":"真理永远存在,并无时间的限制,只因我们自己愚昧,闻道太迟,离发见的时候尚近,所以称他新"。他用"新"的发现来比喻"'人'的真理的发见",借考察欧洲"人"的发现历史,来述说关注"儿童学与女子问题"的必要性。他说,在中国"人的问题,从来未经解决,女人小儿更不必说了","生了四千余年,现在却还讲人的意义"。他借此"希望从文学上起首,提倡一点人道主义思想",即"改良人类的关系","先使自己有人的资格"。他具体解释"人的文学"是严肃的,是"一个希望人的生活,所以对于非人的生活,怀着悲哀或愤怒",指出"中国文学中,人的文学,本来极少。从儒教、道教出来的文章,几乎都不合格"。他列举"色情狂的淫书类""迷信的鬼神书类""神仙书类""妖怪书类""奴隶书类""强盗书类""才子佳人书类""下等谐谑书类""黑幕类"和那些充满这几类内容的"旧戏",称它们"全是妨碍人性的生长,破坏人类的平和的东西","统应该排斥"。他主张"人的文学,当以

---

[1] 周作人:《平民的文学》,《每周评论》,1919年1月19日第5期。

[2] 周作人:《人的文学》,《新青年》,1918年12月15日第5卷第6号。

人的道德为本",即提倡男女"平等",提倡"恋爱的结婚",而抱定"时代"观念,对于那些"原始时代"的"风俗的歌谣故事",要"拿来研究"。他在最后说,"我们偶有创作,自然偏于见闻较确的中国一方面,其余大多数都还须介绍译述外国的著作,扩大读者的精神。眼里看见了世界的人类,养成人的道德,实现人的生活。"[1]这在事实上已向我们昭示他的文化理想,在他的创作实践和学术研究活动中,我们处处都能感受、体会到这种理念的存在及发展。所以,胡适对此给予很高的评价,他称这篇文章是"当时关于改革文学内容的一篇最重要的宣言"。[2]但是,这篇文章更多的还是一种主张,是一种口号,在研究方法和研究对象上还颇为模糊。这种情况在《平民的文学》中,就发生了新的变化。周作人首先对于"平民文学"的概念做出辨析性的说明,即称"贵族的平民的"并非专给这些人看或专讲他们的"生活",而是指"文学的精神的区别"。他说,"就形式上说,古文多是贵族的文学,白话多是平民的文学",但二者也不是截然不同的;他指出"贵族文学形式上的缺点,是偏于部分的,修饰的,享乐的,或游戏的,这内容上的缺点,也正是如此",所以,"平民文学应以普通的文体,记普遍的思想与事实","以真挚的文体,记真挚的思想与事实"。同时,他又强调提出"平民文学决不单是通俗文学",也不是"慈善主义的文学"。他说,"白话的平民文学比古文原是更为通俗,但并非单以通俗为唯一之目的",它"不是专做给平民看的",而是"研究平民生活"即"人的生活的文学",其目的不是"将人类的思想趣味,竭力按下,同平民一样",而是"将平民的生活提高,得到适当的一个地位",所以"平民文学"的发展"不必个个'田夫野老'都可领会",不能"一味想迁就",而要树立"科学观文学观","用在人生上","希望将来的努力能翻译或造作出几种有价值有生命的文学作品"。[3]在一般人看来,似乎周作人背弃了自己

---

[1] 周作人:《人的文学》,《新青年》,1918年12月15日第5卷第6号。
[2] 胡适:《中国新文学大系·建设理论集·导言》,上海良友图书印刷公司1935年版。
[3] 周作人:《平民的文学》,《每周评论》,1919年1月19日第5期。

在《人的文学》中提出的文学主张,其实这是他对平民文学的主题内容的强调,与他"拿来研究"那些"风俗的歌谣故事"是并行不悖的。所以,我们也就没有必要强求他一定要使"田夫野老"如何"了解"平民文学,更何况他是在借此回击"近来有许多人反对白话"！应该说,周作人强调的是"有价值有生命",与他在《人的文学》中提到的"至于郭巨埋儿,丁兰刻木那一类残忍迷信的行为,当然不应再行赞扬提倡","不必再叫他混入文学里",[1] 二者在实质上是一致的。由此也使人想起后来许多人论及的"提高与普及"的问题,更多的人强调以普及为基础,以提高为目的时,恰恰忘却了不同的文学类别之间的个性差异,过于看重不同艺术间的融合。时隔不久,周作人在《贵族的与平民的》一文中,又继续论述了"平民文学"与"贵族文学"的关系问题。他对"以为平民的最好,贵族的是全坏的"提出"怀疑"。他说,理解"贵族文学"与"平民文学",若离开了"实际的社会问题"而去论,"不免有点不妥"。他在这里对自己曾提出的"用普遍与真挚两个条件,去做区分平民的与贵族的文学的标准"也表示"不很妥当",而以为"在文艺上可以假定有贵族的与平民的这两种精神,但只是对于人生的两样态度,是人类共通的,并不专属于某一阶级,虽然他的分布最初与经济状况有关"。[2] 他论述道：

  在文艺不能维持生活的时代,固然只有那些贵族或中产阶级才能去弄文学,但是推上去到了古代,却见文艺的初期又是平民的了。我们看见史诗的歌咏神人英雄的事迹,容易误解以为"歌功颂德",是贵族文学的滥筋,其实他正是平民文学的真鼎呢。[3]

---

[1] 周作人：《人的文学》,《新青年》,1918年12月15日第5卷第6号。
[2] 周作人：《贵族的与平民的》,《晨报》副刊,1922年2月19日。
[3] 周作人：《贵族的与平民的》,《晨报》副刊,1922年2月19日。

周作人将平民文学的精神归为淑本好耳（叔本华）所说的"求生意志"，而把贵族的归为"尼采所说的求胜意志"，其中，平民文学"要求有限的平凡的存在"，"完全是入世的"，而贵族文学则"要求无限的超越的发展"，"几乎有点出世的了"。他因此而举例称汉晋六朝的诗歌是"贵族文学"，元代戏剧是"平民文学"，"两者的差异，不仅在于一是用古文所写，一是用白话所写，也不在于一是士大夫所作，一是无名的人所作，乃是在于两者的人生观的不同"。他指出"这一代里平民文学的思想，太是现世的利禄的了，没有超越现代的精神"，他们"对于现状太满意了"，"人们赞美文艺上的平民的精神，却竭力的反对旧剧，其实旧剧正是平民文学的极峰，只因为它的缺点太显露了，所以遭大家的攻击"。我的理解是，周作人如此"相信真正的文学发达的时代必须多少含有贵族的精神"，"以平民的精神为基调，再加以贵族的洗礼，这才能够造成真正的人的文学"，即"平民的贵族化，凡人的超人化"[1]这是与鲁迅剖析国民性格，倡导"立人"，在民族文化的建设中发扬尼采所讲的"充实的、雄厚的、伟大的、完全的人"的精神实质是相通的。如果我们正视文学发展的历史实际，会发现在我们的国民性格中确实存在着这些内容。周作人既看到平民文学与贵族文学对立的一面，也看到了它们相统一的一面，即相容的、共同的成分；而文学的理性目标也正是整个文学事业的共同的发展与提高，所以，周作人倡导超人，反对庸众"有限的平凡的存在"，也是为了寻求新的文化发展途径，绝不是蔑视或轻视民众，只不过是他没有像鲁迅那样直接揭开世俗的痼疾。在相当长的时期内，我们对民间文学与作家文学的关系实际上是缺乏理性把握的，更多是从情感出发，以为凡是民间的便是积极的，而忽视了民间文化包括民间文学的糟粕性内容。五四时期的学者高举科学和民主的旗帜，赞扬平民的伟大，许多口号带有必要的偏激，是为了冲荡千百年间所积聚的封建专制的腐朽，意在鼓舞民众，但若一味保

---

[1] 周作人：《贵族的与平民的》，《晨报》副刊，1922年2月19日。

持这种偏激,也就很容易导致偏颇了。这里还应该指出的是,平民文学并不是通俗文学,也不能简单地与民间文学画等号,周作人倡导的"平民文学",是融入了新文化,又同时包含民间口头创作的新的文学。因而他反对"虚空地提倡着民众文学",反对"从蔑视个人的国家主义里出来的侵略与排外思想"的"兽性的爱国"。[1] 这种学术理念具体体现出中国现代学术体系的文化构成方式,同时也深刻影响到中国现代文学的进程。

第一节 关于民间歌谣的研究及其现代歌谣学体系的建立

周作人的歌谣研究,有一个值得人玩味的现象,就是他对故乡绍兴歌谣的特殊情感。他在《〈绍兴儿歌述略〉序》中,曾提到他的家乡有一位学者范寅,在光绪年间著了一部三卷本的《越谚》。他说,他对这部书"很尊重",于是,在辛亥年(1911年)的秋天"从东京回绍兴"时,便"开始搜集本地的儿歌、童话";1912年他在"任县教育会长"时,又"利用会报作文鼓吹",虽然"没有效果",[2] 但这表明了他的自觉与热情。1914年1月20日的第4号《绍兴县教育会月刊》,发表了周作人的《儿歌之研究》和他的"个人启事"。他在"启事"中说,他准备"采集儿歌童话,录为一编,以存越国土风之特色。为民俗研究、儿童教育之资材",而且提出"采录儿歌,须照本来口气记述","俗语难解处,以文言注释之","有音无字者,可以音切代之,下仍加注"。由此,它使人联想到此后的《北京大学征集全国近世歌谣简章》(以下简称《简章》)。《简章》的拟定者是刘半农,提到北京大学拟"于相当期限内"刊印《中国近世歌谣汇编》和《中国近世歌谣选粹》两书,所谓"征集"的办法。一是"本校教职员学生各就闻见所及自行搜集"。一是"嘱托各省官厅转嘱

---

[1] 周作人:《对于戏剧的两条意见》,《戏剧》,1922年3月31日第2卷第3号。
[2] 周作人:《〈绍兴儿歌述略〉序》,《歌谣周刊》,1936年4月18日第2卷第3期。

各县学校或教育团体代为搜集"。在"寄稿人应行注意之事项"中,提到"方言成语当加以解释","歌辞文俗一仍其真。不可加以润饰,俗字俗语亦不可改为官话"。"一地通行之俗字为字书所不载者,当附注字音,能用罗马字或Phonetics(语音学)尤佳","有有其音无其字者,当在其原处地位画一空格如□,而以罗马字或Phonetics附注其音,并详注字义,以便考证",包括注明"歌谣通行于某社会、某时代"和"音节(用中国工尺、日本简谱或西洋五线谱均可)"等内容。不论刘半农是否真正按周作人的意想做此《简章》,[1] 我们将之加以比较,能够看到这和周作人的个人启事所提基本方法确实是一致的。并且,周作人是五四歌谣学运动的重要发起者,[2] 他亲自拟定了《歌谣周刊》的《发刊词》。我们不能不说,周作人在故乡绍兴所做的搜集整理歌谣工作,在事实上就是五四歌谣学运动的前奏,是周作人的一次个人操练。在他生命的最后10年,他将成果编录成一部《绍兴儿歌集》,其中含有从范寅《越谚》中辑录的55首,他个人搜集到的73首,从别处得到的85首。从他对绍兴儿歌的最初兴趣,到他晚年重新整理这些故乡的歌谣,我想起他当年在"启事"中所提到的"即大人读之,如闻天籁,起怀旧之思,儿时钓游故地,风雨异时。朋侪之嬉戏,母姊之话言,犹景象宛在,颜色可亲"。[3] 应该说,他和鲁迅、胡适一样,都饱含着浓郁的故乡情结(Complex),而他们离开家乡或漂洋过海到了异邦,闻了新声,会更难以忘怀自己儿时生活过的土地——正是这片土地,成为他们认识国民性格的起点和窗口。这种情结在老舍、沈从文、塞先艾、徐玉诺、师陀,包括艾青等作家的作品中,几乎是一种普遍的存在。其实在20世纪初的民俗学家、民间文艺学家中,也都有这种现象。

---

[1] 刘半农曾在给周作人的信中提到"你说过'俗歌'、'民歌与儿歌'是现在还有生命的东西,他的调子更可以拿来利用"。见《新青年》,1918年第8卷第4号《诗》。

[2] 《北京大学日刊》1918年9月21日《征集歌谣之进行》,和1920年2月3日《歌谣征集处启事》都提到周作人对《歌谣选》的参与。

[3] 周作人:《征求绍兴儿歌童话启》,《绍兴县教育会月刊》,1914年1月第4号。

家,成为他们最深刻的记忆。

周作人的歌谣研究,和他留学日本的生活经历分不开。如他后来在《一点回忆》中所说,1906年他在日本东京"得到英国安得路朗的几本关于神话的书。对于神话发生兴趣,因为神话与传说和童话有密切的关系,所以对于童话也十分注意。又因童话而牵连及儿歌";"朗氏博学,著书甚多,所编有童话十余册之外,又有《儿歌之书》一种,编注甚详",所以,也为他"所得到"。[1] 由此可推断。周作人写于1913年12月的《儿歌之研究》当与安德鲁·朗格[2]的这本《儿歌之书》有直接联系。《儿歌之研究》发表于1914年1月20日《绍兴县教育会月刊》上,但是其引起更大反响则是1918年10月至11月在《北京大学日刊》上的连载。此时,周作人与刘半农"两教授担任撰译关于歌谣之论文及记载"。[3]

《儿歌之研究》是现代歌谣学的奠基之作。周作人在这里解释儿歌的概念时说:"儿歌者,儿童歌讴之词,古言童谣。"然后,以《尔雅》和《说文解字》中的"谣"一词的释义进一步说明,接着举《左传》《魏书》《晋书》等典籍相关的材料,称"盖中国视童谣不以为孺子之歌,而以为鬼神凭托,如乩卜之言,其来远矣"。他以日本学者中根淑的《歌谣字数考》为参照对象,指出儿歌有两种起源。即一种为"其歌词为儿童所自造",一种为"本大人所作,而儿童歌之者",而古代"童谣",就是后者,"以其有关史实,故得附传至于今日,不与寻常之歌同就湮没也"。

周作人是从儿童生长和发育特点来具体阐述儿歌的发生的。他说,因为儿童出生"半载"即半岁时,其"听觉发达,能辨别声音,闻有韵或有律之音,甚感愉快",而且儿童初学语言时,"不成字句",却能"自有节调","及能言时,恒复述歌词,自能成诵,易于常言",所以其"先音节而后词意",形成其

---

[1] 周作人:《一点回忆》,《民间文学》,1962年12月第6期。
[2] 文中安德鲁·朗格(Andrew Lang)中文译名有多种,皆为同一人。
[3] 见《征集歌谣之进行》,《北京大学日刊》,1918年9月21日。

发生特点,这对于儿童教育有着重要意义。他还将东西方学者的歌谣研究做简单比较,指出西方学者将歌谣研究"与童话相衔接"的合理性,以及游戏与歌谣在生活中相伴生的文化意义,即"儿戏"与"母歌"的自然关系:

> 母歌者,儿未能言,母与儿戏,歌以侑之,与后之儿自戏自歌异。其最初者即为抚儿使睡之歌,以啴缓之音作为歌词,反复重言,闻者身体舒懈,自然入睡。观各国歌,词意虽殊,而浅言单调,如出一范,南法兰西歌有止(只)言睡来睡来。不著他语,而当茅舍灯下,曼声歌之,和以摇篮之声,令人睡意自生。如越中之《抚儿歌》,亦止(只)宝宝肉肉数言,此时若更和以缓缓纺车声,则正可与竞爽矣。次为弄儿之歌,先就儿童本身,指点为歌,渐及于身外之物。[1]

这里他举例阐明儿歌演唱在民间儿童教育中不可替代的道理。如他所举"北京有十指五官及足趾之歌""越中持儿手,以食指相点"歌,以及日本的"拍手"歌、英国的"拓(搨)饼歌"等。他还举例论述了"体物之歌"的"率就天然物象,即兴赋情","人事之歌"的"特多诡谲之趣"。

儿歌的核心内容在于儿童生活,在于儿童的生活情趣与其所熟悉的生活环境。这里,周作人紧紧围绕民间游戏这一儿童文化生活方式,论述儿歌的价值与意义。他将"儿戏"即"儿童自戏自歌之词"分为三大类,即"游戏、谜语、叙事"。他举"古歌"即《北齐书》《旧唐书》《明诗综》中的"童戏"为例,指出"儿童游戏,有歌以先之或和之者,与前弄儿之歌相似"的两种基本功能,"一为能动","一为所动"。同时,他还将这些歌谣"童戏"与"今北方犹有拉大锯、翻饼、烙饼、碾磨、糊猪肉、点牛眼,敦老米等戏"相比较。这实际上是对民间歌谣的嬗变所做的简单的历史考察。

---

[1] 周作人:《儿歌之研究》,《绍兴县教育会月刊》,1914年1月20日第4号。

又如，他举了在当世仍流传的"越中"儿歌《抉择歌》，并从中发现"已失其意而为寻常游戏"的演变结果。这首歌谣有"铁脚斑斑,斑过南山,南山里曲,里曲弯弯"句，周作人在《明诗综》所记童谣"狸狸斑斑，跳过南山"，和《古今风谣》中所记"脚驴斑斑，脚踏南山"，比较它们的相似之处，指出"实即同一歌词而转讹者"。他称此为"重在音节，多随韵接合，义不相贯，如'一颗星'，及'天里一颗星，树里一只鹰'，'夹雨夹雪，冻杀老鳖'等，皆然，儿童闻之，但就一二名物，涉想成趣，自感愉悦，不求会通，童谣难解，多以此故"，所以，他强调"唯本于古代礼俗，流传及今者，则可以民俗学疏（梳）理，得其本意耳"。[1]

在中国现代民间文学史上，周作人最早引入"民俗学"概念。[2] 数年后，他在《歌谣周刊》的《发刊词》中又提及"我们相信民俗学的研究在现今的中国确是很重要的一件事业"，"歌谣是民俗学上的一种重要的资料，我们把它辑录起来，以备专门的研究：这是第一个目的"。[3] 在《儿歌之研究》中，周作人同时还提出"依民俗学，以童歌与民歌比量，而得探知诗之起源，与艺术之在人生相维若何，犹从童话而知小说原始，为文史家所不废"。[4] 我们从中可以联系到在《歌谣周刊》的理论研究上，民俗学走进歌谣学所具有的非凡意义。应该说，周作人是这种学术方法的重要开创者。

在《儿歌之研究》中，周作人把谜语、叙事歌和淫词都当作儿歌的形式。如，他举其家乡的谜语，像"犬""蜘蛛""稻"和"眼"等内容，称其"皆体物入微，情思奇巧"，从中发现它们对于"幼儿知识初启"有"开发其心思"的作用，"不啻一部天物志疏"即百科全书式的意义。同时，他对谜语进行文化溯

---

[1] 周作人：《儿歌之研究》，《绍兴县教育会月刊》，1914年1月20日第4号。

[2] 在《童话略论》中，周作人也曾提出应当运用民俗学的研究方法，见《绍兴县教育会月刊》，1913年11月15日第2号。

[3] 周作人：《发刊词》，《歌谣周刊》，1922年12月17日第1卷第1期。

[4] 周作人：《儿歌之研究》，《绍兴县教育会月刊》，1914年1月20日第4号。

源,以为《弹歌》就是最古老的谜语,其中的"断竹续竹,飞土逐肉"和菲律宾土人的《钓钩》一样,隐藏着"弹丸"的谜底,说"今之蛮荒民族犹多好之",而且"欧亚列国,乡民妇孺,亦尚有谜语流传"。其出发点仍然是儿童教育。他所举的"叙事歌"与我们今天民间文学理论中的"叙事歌"概念并不完全一致,他是专指那些"史传所载之童谣",即与历史事件相联系的儿歌。他阐释这类歌谣的发生背景时,说:"其初由世人造作,寄其讽喻,而小儿歌之,及时代变易,则亦或存或亡,淘汰之馀,乃永流传"。在我国民间文学史上,这类歌谣常被附会于一些历史突发事件,如周作人这里所列举的"'千里草何青青'之歌董卓","'小儿天上口'之歌吴元济",其实是为人所利用,被人为披上神秘色彩,所以许多史籍将之列为《五行志》的材料。周作人注意到这些内容,屡有新意。他还列举了"传说之歌"和"人事之歌",关注其中的神话传说(如《"猥亵"歌》与螺女传说的联系)和"人世情事"即民俗生活等内容。他将"童谣"与"俗歌"进行甄别,称"若淫词佚意,乃为下里歌讴,非童谣本色",以《天籁》中的"石榴花开叶儿稀"和"姐在房里笑嘻嘻"为例,说明"童谣与俗歌本同源而枝流",形成"错杂",但"童谣之中虽间有俚词","决无荡思"。[1]这说明此时周作人已经注意到了"猥亵的歌谣"问题。周作人自己也提到像原来"北大歌谣征集处"的《简章》中有"不涉淫亵而自然成趣者"限制,后来他主张撤去,便成为"歌谣性质并无限制,即语涉迷信或猥亵者亦有研究之价值,当一并录寄"而"不必先由寄稿者加以甄择"。[2]后来,他还专门探讨"猥亵的歌谣",从中论述这些私情歌谣"和生活的关系""言语的关系",以"说明猥亵的分子在文艺上极是常见"。[3]

总之,周作人乍从日本回国,担任地方政府的"视学",被选为绍兴教育会会长,自然会非常关注儿歌作为教育手段和教育内容的意义。所以他在

---

[1] 周作人:《儿歌之研究》,《绍兴县教育会月刊》,1914年1月20日第4号。

[2] 《本会征集全国近世歌谣简章》,《歌谣周刊》,1922年12月12日第1号。

[3] 周作人:《猥亵的歌谣》,《歌谣周刊》"周年纪念增刊",1923年12月17日。

《儿歌之研究》中一再强调儿歌的教育学价值和研究歌谣包括搜集整理歌谣的基本目的。他说：

> 若在教育方面，儿歌之与蒙养利尤切近。自德人弗勒贝尔唱（倡导）自力活动说以来，举世宗之。幼稚教育务在顺应自然，助其发达，歌谣游戏为之主课，儿歌之结屈，童话之荒唐，皆有取焉；以尔时小儿心思，亦尔结屈，亦尔荒唐，乃与二者正相适合，若达雅之词，崇正之义，反有所不受也。由是言之，儿歌之用，亦无非应儿童身心发达之度，以满足其喜音多语之性而已。童话游戏，其旨准此。逮级次逮进，知虑渐周，儿童之心，自能厌歌之结屈，话之荒唐，而更求其上者，斯时进以达雅之词，崇正之义，则翕然应受，如石投水，无他，亦顺其自然之机耳。今人多言幼稚教育，但徒有空言，而无实际，幼稚教育之资料，亦尚缺然，坊间所为儿歌童话，又芜谬不可用。故略论儿歌之性质，为研究教育者之一助焉。[1]

我们不能因此而说周作人是教育民俗学的开创者，但确实是他较早注意到民间歌谣学在现代教育学上的重要价值。利用民间口头创作作为儿童教育或社会启蒙教育之用，如当年德国民间文学研究中格林兄弟曾编写《儿童与家庭童话故事集》，俄罗斯作家托尔斯泰曾也编写过《民间故事》。取之于民，用之于民，这成为许多人的崇高追求。周作人也是这样，他在民间歌谣和民间故事的研究中，倡导的这种教育方法，我们可以在20世纪30年代的平民教育运动中看到广泛的响应。有许多教育实验区举办幼稚园教育、农民夜校，都采用民间文学作品作为教材，这应当与周作人的倡导有着一定的联系。从这篇《儿歌之研究》，我们可以看到他宽阔的学术视野和踏实的学风，感受到他对现代歌谣学创建的自觉意识及其切实的努力。

---

[1] 周作人：《儿歌之研究》，《绍兴县教育会月刊》，1914年1月20日第4号。

《儿歌之研究》的写作之前，周作人曾于"二年（1913年）癸丑一月"，"拟编为越中儿歌集"[1]而完成《童谣研究》。在这部《童谣研究》"稿本"中，周作人开题即称"凡关于歌谣游戏及儿童一切事者录此"，先举九类。如"大人持儿两手，以食指相点，歌曰斗虫虫"，周作人在日本、英国寻求同类游戏和歌谣，称此为"母戏"，是"歌谣中最初也"；他从《越谚》中钩沉"纸寐姑娘，童女求晴，剪约为箕帚，人刺指血涂"，与《帝城（京）景物略》所云扫晴娘"相比较；他分述了"圣伴婴儿神""放鹞童戏""踢掩钱""青盲（捉迷藏）""童谣（母亲说）""儿童列坐，一人独立作歌"等游戏，最后记"谜"100则，并在记述中以"案"即考证作阐释说明。他还补抄了昔年鲁迅记录的几则歌谣，如北京歌谣"羊羊羊，跳花墙"、"风来了，雨来了"，江西歌谣"月公爷爷，保佑娃娃"，安徽歌谣"车水车水，车到杨家嘴"等。在"集说"中，周作人主要考诸我国古代文献中关于各种童谣的记述，同时列举日本学者的《歌谣字数考》、美国学者编译的《孺子歌图》等材料做比较。这里有许多内容都曾经在《儿歌之研究》中出现过，故这部《儿歌之研究》"稿本"应该算作《儿歌之研究》的底稿。

周作人的歌谣研究有自己独特的理论视角，包括自己的概念界说和分类方式。如《歌谣》，就典型地体现出这些。周作人在这里借用英国学者吉特生（Kidson）在《英国民歌论》中的概念，称"歌谣"在字义上是"口唱及合乐的歌"，在学术上与"民歌"是意义相同的。他称其发生"大约是由于原始社会的即兴歌"，是"原始的"，"而又不老的诗"。他说：

  在文化很低的社会里，个人即兴口占，表现当时的感情或叙述事件，但唱过随即完了，没有保存的机会，到得文化稍进，于即兴之外才有传说的歌谣，原本也是即兴，却被社会所采用，因而就流传下来了。[2]

---

[1] 鲍耀明：《关于知堂老人的〈童谣研究稿本〉》，《鲁迅研究月刊》，2002年第8期。
[2] 仲密（周作人）：《歌谣》，《晨报》副刊，1922年4月13日。

这里，周作人提出"民歌是原始社会的诗，但我们的研究却有两个方面"，即"文艺的"和"历史的"。所谓文艺的方面，就是"可以供诗的变迁的研究，或做新诗创作的参考"；他说，"在这一点上我们需要现存的民歌比旧的更为重要，古文书里不少好的歌谣，但是经了文人的润色，不是本来的真相了"。所谓的"历史的研究一方面"，他说，"大抵是属于民俗学的，便是从民歌里去考见国民的思想、风俗与迷信等，言语学上也可以得到多少参考的材料"，"其资料固然很需要新的流行的歌谣，但旧的也一样重要，虽然文人的润色也须注意分别的"。[1] 这与他在《歌谣周刊》的《发刊词》中所说的"文艺的"和"学术的"两种目的是一致的，而且在"学术的"一方面，他称作"历史的研究"，是"属于民俗学的"，意在"从民歌里去考见"，包括语言学研究的研究，这就更加具体，更加明确。由此，我们可以看到这两种"历史"研究的学术目的在他关于"猥亵类的歌谣"的研究，关于歌谣与"方言调查"的研究等课题中的具体实践。在"文艺的""学术的"两种基本目的之外，周作人在《歌谣》中又提出民歌"教育的"目的，即"儿童教育的一方面"。这三种"目的"贯穿于他漫长的学术实践。

特别值得我们注意的是，周作人"在民歌这个总名之下"对民间歌谣的基本分类。他将之分为六大类，即：情歌、生活歌、滑稽歌、叙事歌、仪式歌、儿歌。对"儿歌"，他又分为"事物歌"和"游戏歌"。

"情歌"不用解释，即男女恋情之歌。周作人对"生活歌"解释说，"包括各种职业劳动的歌，以及描写社会家庭生活者，如童养媳及姑妇的歌皆是"；他将"滑稽歌"看作是"嘲弄讽刺"和"没有意思"的歌谣；对于叙事歌，他以《孔雀东南飞》和《木兰行》为例，称之为"韵文的故事"，同时又提及"叙述当代事情"的"'即事'的民歌"，包括那些"经古人附会作荧惑的神示"的

---

[1] 仲密（周作人）：《歌谣》，《晨报》副刊，1922年4月13日。

"应验的'童谣'"。在叙述"仪式歌"时,他说,"结婚的撒帐歌"和"行禁厌时的祝语","占候歌诀",也包括在内;至于谚语,他说,作为"理知的产物","本与主情的歌谣殊异,但因也用歌谣的形式,又与仪式占候歌有连带的关系",所以也列在"仪式歌"中。"儿歌"是周作人花费精力最多的研究对象。在发表《歌谣》这篇文章时,周作人出版了他搜集整理的民间文学作品集《土之盘筵》,里面有丰富的民间故事和儿歌。他说,"儿歌的性质与普通的民歌颇有不同",所以要单独立类。他以欧洲学者为例,即他们所分的"母戏母歌"和"儿戏儿歌",将"儿歌"按照"性质"分为"事物歌"和"游戏歌";他还说,"事物歌包含一切抒情叙事的歌,谜语其实是一种咏物诗,所以也收在里边","游戏歌"是"唱歌而伴以动作"的歌谣,其实就是"叙事的扮演",是"原始的戏曲",其"起源于先民的仪式"。[1]

关于民间歌谣的分类,在当时的《歌谣周刊》曾发表过多篇相关的文章。[2] 如邵纯熙曾发表过《我对于研究歌谣发表一点意见》,提出"歌谣的性质,又有自然和假作的,不如分为民歌民谣儿歌童谣四类","这四类中可依七情的分类法编次之,凡歌谣中的词句,表现欢喜状态的,则归入喜字一类","表现愤怒状态的,则归入怒字一类","表现悲哀状态的,则归入哀字一类","表现恐惧状态的,则归入惧字一类","表现欢爱状态的,则归入爱字一类","表现憎恶状态的,则归入恶字一类","表现欲望状态的,则归入欲字一类",而且分别列举武昌、杭州、苏州、余姚等地的歌谣做阐述例证。[3] 邵纯熙的文章发表后,很快引起白启明的"商榷"。白启明说,他对"分类的研究"作为一种方向是赞成的,但对具体的分类方法,则"不敢苟同"。他以为,"七

---

[1] 仲密(周作人):《歌谣》,《晨报》副刊,1922 年 4 月 13 日。
[2] 《歌谣周刊》1923 年 1 月 28 日第 7 号曾在《转录》中刊发《晨报》所载《歌谣讨论》,涉及分类问题。这之前,常惠在 1923 年 1 月 7 日第 4 号答复"蔚文"的信中已提到"打算将来作一篇《歌谣的辨类》文章登出"。
[3] 邵纯熙:《我对于研究歌谣发表一点意见》,《歌谣周刊》,1923 年 4 月 8 日第 13 号。

情"并不能全面概括,而且按照古代文献中的"合乐曰歌,徒歌曰谣"等理论向邵纯熙提出质疑,说,"若普通所说的歌谣,就是民间所口唱的很自然很真执的一类徒歌,并不曾合乐;其合乐者,则为弹词,为小曲——这些东西,我们久主张当另加搜辑,另去研究;不能与单纯直朴的歌谣——徒歌,混在一块"。[1] 邵纯熙接受了白启明的意见,尤其是白启明所提周作人的"六类分类法",即我们在《歌谣》中所看到的"情歌""生活歌""滑稽歌""叙事歌""仪式歌"和"儿歌"的分类。他说自己"因白(启明)君的纠正,又想出一种分类法",并"参考周仲密(周作人)君及沈兼士先生的分类方法",将民间歌谣分为"民歌"和"儿歌"两大类,其中"民歌"又分"假作"和"自然"两类,细分为"情绪类""滑稽类""生活类""叙事类""仪式类""岁事类"和"景物类",在"情绪类"中,他仍然坚持往日的"七情分类法";在"儿歌"中,他同样分"假作"和"自然"两类,细分为"情绪类""滑稽类""游戏类"和"物事类",自然在"情绪类"中保持"七情分类法"的分类方式。[2] 后来,又有刘文林发表《再论歌谣分类问题》(《歌谣周刊》1923年4月29日第16号),邵纯熙发表《(三论)歌谣分类问题》和常惠对邵纯熙的《答复》(《歌谣周刊》1923年5月6日第17号),关于歌谣分类问题算基本告一段落。周作人的《歌谣》,此时转录于《歌谣周刊》1923年4月29日第16号。由此可见《歌谣周刊》对歌谣分类这一基础理论的重视,同时也可看到周作人的这篇文章对民歌分类理论研究发展的影响和作用。

歌谣研究中一个重要问题就是如何理解和认识其语言的价值。《歌谣周刊》在其"创刊号"中刊布《本会征集全国近世歌谣简章》时,就提到"寄稿人应行注意之事项",即"方言成语,当加以解释"。"歌辞文俗,一仍其真,不可加以润饰;俗字俗语,亦不可改为官话","一地通行之俗字为字书所不

---

[1] 白启明:《对〈我对于研究歌谣发表一点意见〉的商榷》,《歌谣周刊》,1923年4月15日第14号。
[2] 邵纯熙:《歌谣分类问题》,《歌谣周刊》,1923年4月22日第15号。

载者,当附注字音,能用罗马字或 Phonetics(语音学)尤佳","有有其音无其字者,当在其原处地位画一空格如□,而以罗马字或 Phonetics 附注其音,并详注字义,以便考证","歌谣中有关于历史地理,或地方风俗之辞句,当注明其所以","歌谣之有音节者,当附注音谱(用中国工尺,日本简谱,或西洋五线谱均可)"等内容。[1] 这之前的 1922 年 8 月 31 日《光报》上,曾发表过李皜的《歌谣谚语注释引言》,专门论述这个问题。李皜说,"村农,田父,狂童,野叟,怨女,旷夫",他们"偶然间顺口的唱了几个曲,随便的传出几句话"。"不是滥调","不是空谈","确切是出于天然,不假人为,真真白白是当时的人情风俗,社会状态,政治的好坏,国家的兴衰,以及天时人事上的种种关系,种种经验,种种道理;没有不是用极明白,极深切,极简当的言词,把他应有尽有的活现现儿描写出来"。"一时有一时的歌谣,谚语;一地有一地的歌谣,谚语",不能因为古代"许多的圣贤采择、考订,注释",其"著之为书",就称之为"经",而否定民间文学的价值。他说,应该从这些"村农、田父、牧童、野叟、怨女、旷夫"的"嘴里"来讨出"许多很自然很平常的'天籁'",将它们"写在那里,切切实实的来研究"。[2] 但是,在这里李皜只是注意到"注释"和"引言"对于他人理解歌谣的内容及其价值的重要性,而究竟如何去注引,并无提及。

周作人早就注意到民歌对于民俗学研究的重要意义。1914 年他在家乡做教育会长任上时,在《绍兴县教育会月刊》发表征集启事,就提到"录记儿歌,须照本来口气记述。俗语难解处,以文言注释之。有音无字者,可以音切代之,下仍加注"。[3] 他自己也确实这样努力过。在《歌谣周刊〈发刊词〉》中,他称"学术的"目的之一就是"辑录起来,以备专门的研究",这"专门的"应该是指民俗学。他在《读〈各省童谣集〉》中,对于"注解方面"明确表达

---

[1] 《本会征集全国近世歌谣简章》,《歌谣周刊》,1922 年 12 月 17 日第 1 号。

[2] 李皜:《歌谣谚语注释引言》,《歌谣周刊》,1923 年 4 月 15 日第 14 号。

[3] 周作人:《征求绍兴儿歌童话启》,《绍兴县教育会月刊》,1914 年 1 月第 4 号。

了自己的意见。他说,"这第一集里二百首歌的后面,都有一条注解,足以见编辑者的苦心,但是其价值很不一律"。他将这种"注解"分为"三类",即"第一类是应有的,如注释字义,说明歌唱时的动作等,为读者所很需要的小注";"第二类是不必有的","重复了","但这还是无害的";"第三类是有不如无的注","看了反要叫人糊涂起来",其中这一类又分为"望文生义,找出意思"和"附会穿凿,加上教训"两类。周作人举例说明各种"注云"的不足,指出这种弊病的根源在于"不能理解儿童,以为他们是矮小的成人"。[1] 紧接着,白启明发表了《歌谣中'儿'音的问题》,强调"歌谣最紧要的前提是要'本来面目'",以《拐棍歌》歌谣为例证,对"儿"的音与义问题提出自己的意见;他也说,"至于有音无字的方言,应当用注音符号来表出它的声音"。[2] 自《歌谣周刊》第30期之后,关于歌谣的方言、方音问题的讨论文章,就渐渐多了起来,如第31期,周作人发表了《歌谣与方言调查》,第32期,董作宾发表了《歌谣与方音问题》,第35期,容肇祖发表了《征集方言的我见》,第36期发表了何植三的《搜集歌谣的附带收获》和何以庄的《我对于歌谣研究会的一点希望》等文章,他们从不同的方面谈到语言学与民俗学的研究与歌谣研究的关系。在1923年12月17日的《歌谣(周刊)周年纪念增刊》上,集中发表了钱玄同的《歌谣音标私议》,林玉堂的《研究方言应有的几个语言学观察点》,魏建功的《搜录歌谣应全注音并标语调之提议》,黎锦熙的《歌谣调查根本谈》,沈兼士的《今后研究方言之新趋势》等文章。自此,关于歌谣与语言的研究文章持续不断,《歌谣周刊》1924年5月30日第55号还开了《方言标音专号》。[3] 由此我们可以看到周作人的《歌谣与方言调查》发表之后,在文坛上引起的广泛反响。如钱玄同在《歌谣音标私议》之《引言》中

---

[1] 周作人:《读〈各省童谣集〉》,《歌谣周刊》,1923年5月27日第20号。
[2] 白启明:《歌谣中"儿"音的问题》,《歌谣周刊》,1923年6月3日第21号。
[3] 方言调查在全国的更大反响,参见《北大研究所国学门方言调查会宣言书》,《歌谣周刊》,1924年3月16日第47号。

所举,其谈论"歌谣应该标明读音的理由",在《歌谣周刊》已经有"周作人先生"他们"说得明明白白了","他们说的,'既详且尽'",自己再说"也不过将他们的话复述一遍"。[1] 董作宾在谈《歌谣与方音问题》时,开头便说自己是承接"上一期周作人先生讨论'方言调查'的问题"。[2]

《歌谣与方言调查》所关注的,自然是方言在歌谣中的存在问题。周作人说,"歌谣原是方言的诗"。他是就北大歌谣征集活动中"歌谣采到的也日渐增加,方言调查的必要因此也就日益迫切的感到"提出这一问题的。他指出"依照中国言语分布的区域,把各区的歌谣嘱托本区的会员分任校注"这一方法的"困难",说,"因为歌谣里有许多俗语都是有音无字,除了华北及特别制有俗字的广东等几省以外,要用汉字纪录俗歌实在是不可能的事,即使勉强写出也不能正确,容易误解","单用汉字既是不行,注音字母尚未制有方音闰母,也决不够用"。他还举范寅《越谚》记录歌谣,"记的不很完善"为例,说绍兴歌谣的语音"几乎非本地人不能了解",但是也没有更好的"方法",因此只好"参照钱玄同先生的意见,用罗马字注出一首",而且"非用这一类方法决不能录出这篇歌词来了"。同时,他还将一首"未见著录"的歌谣,"从口头录下来",对两种"文本"即原始录音与整理录音做出实际对比,说明"拼音问题"的"需要甚急"。他接着说,"音标制成之后,倘若小规模的做去,把歌谣编辑成集,由各区的会员分任校音注解,也就可以对付过去,编成相当的书册,没有什么缺陷了",但是这种方法"不是歌谣研究的本意"。他的意思是,"要做研究的工夫,充分的参考资料必不可少",而方言"也就是其中的一种重要分子",所以应当对此"早一点着手"。他说,"方言调查的利益不仅是歌谣研究能够得到,其大部分还在别的学问方面",这项事业的开展,就像"近来的文学革命"一样,需要大家的"注意与帮助",即不但需要"文学家"来做,而且需要"国语家"即

---

[1] 钱玄同:《歌谣音标私议》,《歌谣周刊》"歌谣纪念增刊",1923年12月17日。
[2] 董作宾:《歌谣与方音问题》,《歌谣周刊》,1923年11月11日第32号。

第三章 周作人的民间文艺学思想理论

"语言学家"来"助他一臂之力"。[1]他强调指出:

> 我觉得现在中国语体文的缺点在于语汇之太贫弱,而文法之不密还在其次,这个救济的方法当然有采用古文及外来语这两件事,但采用方言也是同样重要的事情。[2]

他说,"方言调查如能成功,这个希望便可达到",这对于"国语及新文学的发达","一定有不小的影响"。显然,周作人对方言的价值和意义的认识,其视野是相当宽阔的;他不仅看到方言作为学术资源在民俗学、语言学、歌谣学等方面的重要性,而且看到它作为艺术资源在新文学建设,包括"国语"这一新文化建设中的重要性。

最后,周作人提出,"方言调查的事业,将来当有一个会专管",其"普通的方法",即"地域性"的"分别门类,把一地方特别的言语纪录下来,注音释义,务求详尽";再者就是"以词为主","举出名物疏状动作多少字,征求各地不同的名称,总结起来,仿佛是扬子云的'方言'似的"。两种方法相互补充,"这样的搜集比较起来"是很有意义的。他还具体指出,"除嘱托各地人士调查笔录,继续进行外,对于特别事项,这个指定募集的方法,有时也可用,而且或有特别便利的地方。"[3]

周作人提出重视"方言"的多重价值和意义,而且提出具体的记述方法,这在事实上是对歌谣研究中的田野作业的重视。他不仅看重田野作业的方法对学术研究与新文学建设的重要性,而且强调对歌谣中的方言记录的准确性。这是他对田野作业技术质量和研究态度的要求。直到今天,这个问题仍值得我们重视。我们的民间文学研究固然离不开搜集整理,但是,若仅

---

[1] 周作人:《歌谣与方言调查》,《歌谣周刊》,1923年11月4日第31号。
[2] 周作人:《歌谣与方言调查》,《歌谣周刊》,1923年11月4日第31号。
[3] 周作人:《歌谣与方言调查》,《歌谣周刊》,1923年11月4日第31号。

仅停留在技术行为上,或者仅仅从某一学科出发而又限于这种单一的视角,自觉或不自觉地拒绝与其他学科的联系,包括忽视其他学科的支持,其结果是可想而知的。周作人提出重视对方言的全面记录,对于现代歌谣学理论系统的形成与发展有着十分重要的意义。这种方法不仅使现代歌谣学有了坚实的理论基础,而且使其具有广阔的前景。我也常想到这样一个问题,歌谣和其他民间文学形式固然是口头创作,是一种特殊的文学形式,而文学说到底是语言的艺术,那么为何我们很少有学者关注民间文学的语言特点和它作为文学的艺术特点?八十年前,周作人在这一问题上所论述的"方言调查的利益不仅是歌谣研究能够得到",及其对于"文学的国语"的意义,深刻地启发着我们。他告诉我们,一个学科的形成必须有自己独特的方法和视角作支撑,但它还必须不断吸收一切对其有益的理论和方法——若是忘却了文学中的语言的存在,这种理论就必然会失去其应有的深度。

歌谣研究中另一个不可回避的问题是"猥亵的歌谣"。若正视民间文学的存在状态,我们会发现这类似于今天口头和网络上的"黄段子"之类的黄色淫秽作品,自古至今都是一个不可忽视的存在。周作人在指斥"中国文学中,人的文学本来极少"时,曾经把"色情狂的淫书类"首列其冲。[1]北京大学开始征集歌谣时,在其《简章》上说明"入选之歌谣"所具"资格"中就提到"征夫野老游女怨妇之辞,不涉淫亵而自然成趣者"。[2]而在《歌谣周刊》发刊时所载的《本会征集全国近世歌谣简章》中,就具体改为"歌谣性质并无限制,即语涉迷信或猥亵者,亦有研究之价值,当一并录寄,不必先由寄稿者加以甄择"。[3]周作人曾在《一点回忆》中提到这是他的"主张"。[4]稍后的北京大学风俗调查会成立,其制定的《风俗调查表》,也注意到对"嫖"和

---

[1] 周作人:《人的文学》,《新青年》,1918年12月15日第5卷第6号。
[2] 《北京大学征集全国近世歌谣简章》,《北京大学日刊》,1918年2月1日。
[3] 《本会征集全国近世歌谣简章》,《歌谣周刊》,1922年12月17日第1号。
[4] 周作人:《一点回忆》,《民间文学》,1962年12月第6期。

"娼",即"除妓女外,相公及男色的嗜好"和"公娼、私娼,公娼的娼寮制度及娼女的生活;私娼的卖淫的方法"等与"猥亵"相关的社会生活内容。[1]应该说,民间文学的研究必须注意到民俗生活,而民俗生活中的性崇拜等信仰观念与社会文化发展中卫道士对于"淫秽"的生活观念的悖反心理,都切实地存在于人们的生活之内。周作人是主张正视这种事实存在的,他在《歌谣周刊》的《发刊词》中曾提出"尽量地录寄","在学术上是无所谓卑猥或粗鄙的"。[2]

征集"猥亵的歌谣"无疑需要极大的学术勇气,而且需要相应的学识。周作人有能力,也有信心和毅力将这项工作做好。在《歌谣周刊》的《发刊词》之后,他很快又更详细地在他主办的《语丝》上再一次发表《征求猥亵的歌谣启(事)》:

> 大家知道民间有许多猥亵的歌,谜语,成语等,但是编辑歌谣的人向来不大看重,采集的更不是愿记录,以为这是不道德的东西,不能写在书本子上。我们觉得这是很可惜的,现在便由我们来做这个工作,专门搜集这类猥亵的歌谣等,希望大家加以帮助,建设起这种猥亵的学术的研究之始基来。
>
> 我们知道这些歌谣里所含的艺术分子大抵很少,但我们相信这实在是后来优美的情诗的根苗,正如土人在夜宿山中怀家时所雕的刀柄上的女性模样上面可以看出美术的起源一样。从这些歌谣变为情歌,再加纯化而为美人香草的文词,这个痕迹大略还可以看出来。其次,我们想从这里窥测中国民众的性的心理,看他们(也就是咱们)对于两性关系有怎样的意见与趣味。我们自己并不想去研究或统计,但深信于有些学者当有不少的用处。[3]

---

[1] 张竞生:《风俗调查表》,《晨报》副刊,1923年7月7日。
[2] 《发刊词》,《歌谣周刊》,1922年12月17日第1号。
[3] 周作人:《征求猥亵的歌谣启(事)》,《语丝》,1925年10月12日第48期。

《语丝》创刊于1924年12月。周作人主持《语丝》,登载许多关于民间文学和民俗学研究的文章。周作人在这则启事中说,"现在所想做的事情",就是"搜集猥亵的谣谚谜语等编为《猥亵歌谣集》","搜集古语方言等编为《猥亵语汇》"。他说,"因为数年来参与歌谣搜集的经验,感到这种俗歌有特别搜集之必要",同时也是受"日本废姓外骨氏所编《猥亵风俗史》《猥亵俗语字汇》诸书"的启发,"觉得这也是重要的工作"。[1] 他还说,"无论这些文句及名称在习惯上觉得是怎样的粗俗","我们都极欢迎","在这里一切嘴里说不出的话都是无妨写在纸上的",同时又一次谈到"文词务求存真,有音无字的俗语可用注音字母或罗马字拼写,或用汉字音注亦可"。[2] 从行文中可见,他还拟有"说明书即细则"。《语丝》是《歌谣周刊》之后我国北方民俗学、民间文学的又一重要阵地,周作人在这里还发表《莲花落》(1927年2月第117期)、《〈潮州畲歌集〉序》(1927年4月第126期)和《〈海外民歌〉译序》(1927年4月第126期)等文章,体现出他这一时期对民间歌谣等民间文学现象的具体理解及其与前一个时期相比所发生的变化。如他在《〈潮州畲歌集〉序》中重提并引用自己"民国三年一月"在《绍兴县教育会月刊》征集"儿歌童话"的启事,感慨"歌谣是民族的文学",称其"是一民族之非意识的而是全心的表现,但是非到个人意识与民族意识同样发达的时代不能得着完全的理解与尊重"。他指出现实生活中"文艺上也可以虚空地提倡着民众文学,而实际上国民文学是毫无希望",所以"搜集歌谣的人此刻不能多望报酬"。[3] 在《〈海外民歌〉译序》中,他说,他"平常颇喜欢读民歌",因为"这是代表民族的心情的,有一种浑融清澈的地方,与个性的诗之难以捉摸者不

---

[1] 周作人:《征求猥亵的歌谣启(事)》,《语丝》,1925年10月12日第48期。
[2] 周作人:《征求猥亵的歌谣启(事)》,《语丝》,1925年10月12日第48期。
[3] 岂明(周作人):《〈潮州畲歌集〉序》,《语丝》,1927年4月第126期。

同"。[1]那么,"猥亵的歌谣"是否在其内呢?

《猥亵的歌谣》中,周作人更为注重的是民间歌谣"非习惯地说及性的事实"。这里,他提出与之相联系的"四个项目",即:一、"私情";二、"性交";三、"支体";四、"排泄"。[2]在士大夫的心目中,这些内容被视为"不雅驯",显然是不登大雅之堂的,甚至成为一种影响到人们精神生活的禁忌。性的禁忌本来是在生产劳动中,因狩猎和采集的心理准备和经验选择而逐渐形成的。如苏联学者谢苗诺夫所说,"这种狩猎时期长短不一,少则一天,多则几个月,但是,凡存在这种狩猎性禁忌的民族都深信,在整个这段时期内节制性关系是打猎成功的必要条件,违犯了这种禁忌必然会遭受挫折"。[3]恩格斯也曾提到血缘家族的婚姻关系,即"在家庭范围以内的所有祖父和祖母,都互为夫妻",[4]以此类推,血族群婚被限制,近亲之间的婚姻即性的关系便成为禁忌,因而,这种性禁忌便成为"外族婚得以维持的保障"。[5]但是,这还仅限于社会发展的"文化不成熟"阶段,随着文明成为生活的标准、性的禁忌融入"礼"这一文化心理秩序时,才真正形成"不雅驯"这一士子文人的价值观念。道格拉斯在《洁净与危险》中提到这样一种例子,"以色列人的文化传统得以最强烈表现的时刻是他们祈祷或战斗的时候","没有祝福的军人不可能获胜","不洁净的人禁止进入军营,如同一个不洁净的崇拜者不许接触祭坛一样"。[6]我们所看到的又常常是二律背反的事实,即一方面是性禁忌作为"不洁"的一种观念,在公开的场合为大众包括文人士大夫所接受并坚定地执行,维护这种排斥"不洁"内容的秩序,而另一方面,则是我们所能实际感受到的"地下涌动",即无论是士大夫还是普通民众,他们保持着这

---

[1] 岂明(周作人):《〈潮州畲歌集〉序》,《语丝》,1927年4月第126期。

[2] 周作人:《猥亵的歌谣》,《歌谣周刊周年纪念增刊》,1923年12月17日。

[3] [俄]谢苗诺夫:《婚姻和家庭的起源》,中国社会科学出版社1983年版。

[4] [俄]恩格斯:《家庭、私有制和国家的起源》,人民出版社1972年版,第71页。

[5] 万建中:《禁忌与中国文化》,人民出版社2001年版,第47页。

[6] [英]道格拉斯:《洁净与危险》,上海三联书店1995年版,第325页。

种与所谓"不洁"内容相关的文化需要,于是便出现了"食色,性也"的文化观念和性崇拜遗存的种种现象。同时,士大夫的"雅"以对"不洁"的排斥形成自身的文化标志,而他们又以变通的形式(如周作人在这里所举的"私情诗"),达到"排泄"的目的。周作人在这里引用德国学者福克斯(Fuchs)的话,把"私情""性交"和"支体"归为"色情的",把所谓的"排泄"视为"猥亵的"。他说,"这四个项目虽然容易断定,但既系事实,当然可以明言,在习惯上要怎样说才算是逾越范围,成为违碍字样呢:这一层觉得颇难速断"。他又说,"有些话在田野是日常谈话而绅士们以为不雅驯者,有些可以供茶余酒后的谈笑而不能形诸笔墨者",其"标准"是不一样的。以此,他引用蔼理斯的话说,"在英国社会上"和"在美国社会"都有一个"圆圈","禁止人们说及圈内的器官,除了那打杂的胃",而"在中国",事实上同样,即"度"的显示程度。在这里,周作人选择了"私情的诗"等文学作品作为考察对象,诸如李后主、欧阳修等人被广为传诵的诗句,"都是感情的体操"。他指出"中国人对于情诗似有两极端的意见",即"太认真"和"太不认真","太认真"者颇为多疑,"太不认真"者则以"男女殷情"为"思君怀友"的表述方式。他说,"诗歌中咏及性交者本不少见,唯多用象征的字句,如亲嘴或拥抱等,措词较为含蓄蕴藉","至于直截描写者,在金元以后词曲中亦常有之","散文的叙述,在小说的里面很是常见,唯因更为明显,多半遭禁"。他总结道:"由此看来,社会不能宽容。可以真正称为猥亵的,只有这一种描写普通性交的文字。"但对"支体",即含有性器官等隐秘部分暴露的内容,就不同了。周作人举出《雅歌》中的诗句,诸如"你的两乳好像百合花中吃草的一对小鹿","我妹子,我新妇,乃是关锁的园"等,在"古文学上"的"自由"状态,包括莎士比亚的诗作中,"即使专篇咏叹,苟不直接的涉及性交,似亦无摒斥的理由"。在述及"便溺等事"上,他也将此归为"亵",与性产生一定联系。他指出,"滑稽的儿歌童话及民间传说中多说及便溺,极少汗垢痰唾",这是因为"猥亵可以发笑",而"污秽则否"。他引德国学者格卢斯(Groos)的话说,"人听到关于性的暗示,发生呵痒的感觉,爆裂而为笑,使不至化为性的兴奋"。他力图在"这四种所谓猥亵的文词"中"去发现和总结猥亵与文化的复杂联系及其特征与规律",而感于北大歌谣研究会搜集到的这类作品"极缺少",凭他自己往日的生活经验即"乡间曾有性交的谜语","推想一定还多有各样的歌谣",希望能将这些"违碍字样"的歌谣"收罗起来"作为研究资料。他郑重地把这种歌谣的研究视作"重大的难事业",希望能够找到其具体"发生的理由",其中包含着对于有人说"歌谣的猥亵是民间风化败坏之证"的"辩护"。[1]查寻当年的歌谣研究,像周作人这般如此勇敢地面对这种实实在在的文化问题做出自己合理性解释的人,确实不多见。在敢于冲破学术禁区的意义上来说,周作人对于"猥亵的歌谣"的关注和研究,是需要很强的学术勇气的。

周作人在《猥亵的歌谣》中发现"一切情诗的起源",主要是从"生活的关系"来具体考察这一问题。他看到了"一般男女关系很不圆满"的事实存在,而且这种"两性的烦闷"并不仅是在"五四以后",而是早就存在,他举例说"乡间的男妇便是现在也很愉快地过着家庭生活","这种烦闷在时(间)地(点)上都是普遍的"。他说,诸如"中产阶级的蓄妾宿娼,乡民的私通",其中"至少有一半是由于求自由的爱之动机"。那些"猥亵的歌谣,赞美私情种种的民歌",在他看来,就是"有此动机而不实行的人(们)所采用的别求满足的方法",这就是"不能忘情于欢乐",其"唯一的方法"就是这种表达他们梦幻的"意淫"。所以,"一切情诗"和"民歌"一样,其"起源都是如此"。同时,他又从"言语的关系"方面来考察这个问题,以民间唱本《十八摸》和"祝枝山辈"所作的那些表现"细腰纤足"的词为例,称它们之间"并不见得有十分差异",但是文人雅士们"酒酣耳热,高吟艳曲"并不觉得有什么不自然,却对"乡村的秧歌"感到"颦蹙",其中的重要因素就是他在为刘半农的《江阴船歌》所做的《序》中指出的,"缺乏了细腻曲折的表现力",即"词句

---

[1] 周作人:《猥亵的歌谣》,《歌谣周刊周年纪念增刊》,1923年12月17日。

的粗拙"。从这里我们也可看出,在这一时期,周作人与鲁迅、胡适、胡愈之、顾颉刚他们相比,他对民歌的艺术价值评价相当低。他一再表述,他如此论说"猥亵的歌谣",是"只想略略说明猥亵的分子在文艺上极常见,未必值得大惊小怪,只有描写性交措词拙劣者平常在被摈斥之列",说到底,还是把它视作"稀贵的资料",只在于"供学者的研究"而做一张"广告"。[1]这就明显使他的歌谣研究失却了应有的分量。我们不能不说,他的浅尝辄止,虽是一种性情的自然流露,但终究忽略了民间歌谣在"猥亵"的背后所包含的丰富的内容。当然,每一个人都有自己的局限,我们未必一定要求周作人和鲁迅那样珍视民间文学的价值。应该说,周作人能够注意到"猥亵的歌谣",这本身便已经是对现代民间文艺学理论体系,尤其是现代歌谣学的重要贡献。时隔多年,我们在《歌谣周刊》上看到朱光潜的《性欲"母题"在原始诗歌中的位置》,从进化论的理论去论述"诗歌的原始功用全在引诱异性",[2]不知道是否直接受到周作人这篇文章的影响。但从他在《从研究歌谣后我对于诗的形式问题意见的变迁》中所述,其"近来因为研究诗歌起源问题,把民国十一年北京大学《歌谣周刊》九十七期从头到尾仔细看了一遍,同时又读了几部中西文讨论歌谣的著作,和歌谣的集本,自觉得的益处实在不少。从前我对于诗学所抱的许多成见现在都要受动摇了",[3]由此可见,二人观点是有一定联系的。

周作人对现代歌谣学的贡献还集中体现在他对歌谣价值的具体论述上。他在这一部分的论述中,没有前几部分那样系统,多是感受性的短论。如他在《民众的诗歌》中,对"一张包洋布来的纸上"发现的"一首好诗",他"发生两种感想",其一是"关于民众文学的形式",其二是"关于他的思想"。所谓"民众文学的形式",他看到了"与许多的剧本山歌相同"的内容,即"都

---

[1] 周作人:《猥亵的歌谣》,《歌谣周刊周年纪念增刊》,1923年12月17日。
[2] 朱光潜:《性欲"母题"在原始诗歌中的位置》,《歌谣周刊》,1936年11月28日第2卷第26期。
[3] 朱光潜:《从研究歌谣后我对于诗的形式问题意见的变迁》,《歌谣周刊》,1936年4月11日第2卷第2期。

是以七言为基本",似是从"七言的(诗)""直接变化出来",而且"不曾得到词曲的自由句调的好影响",其"特色"在于"不要协韵","也不限定两句一联",这"在别种山歌"中间也能寻到"同样的例"。这首歌谣中"所说的话",在他看来"实在足以代表中国极大多数的人的思想",即"妥协,顺从,对于生活没有热烈的爱着,也没有真挚的抗辩"。他看到的是"中国的人看得生活太冷淡,又将生活与习惯并合了,所以无怪他们好像奉了极端的现世主义生活着,而实际上却不曾真挚热烈的生活一天"。因而,他所取的态度,就是他所引他人的"尝异香之酒,一面耽想那种鄙俗的但是充满眼泪的江户平民艺术以为乐"。[1] 在《中国民歌的价值》中,他称赞刘半农的《江阴船歌》"分量虽少,却是中国民歌的学术的采集上第一次的成绩"。他把这从"舟夫口里"记录下来的"二十篇歌谣"《江阴船歌》视作"中国民歌的一部分的代表,有搜录与研究的价值"。他引用 Frank Kidson 在《英国民歌论》中的民歌概念"界说",称民歌是"生于民间,并且通行民间,用以表现情绪或抒写事实的歌谣"。他将中国民歌分作"叙事的"和"抒情的"两大类,以为叙事民歌"只有《孔雀东南飞》与《木兰》等几篇",而且"现在流行的多半变形","受了戏剧的影响"后成为《孟姜女》之类的"唱本";抒情类的民歌较多,如《子夜歌》,"但经文人收录的,都已大加修饰,成为文艺的出品,减少了科学上的价值了"。他指出,所谓"民间","本是指多数不文的民众","民歌中的情绪与事实",就是这些民众"所感""所知"的内容,由"少数人拈出",众人"鉴定颁行"。所以,他认为,"民歌的特质,并不偏重在有精彩的技巧与思想",即"只要能真实表现民间的心情,便是纯粹的民歌",那么,民歌作为"民族的文学的初基",无论"技巧与思想"如何都并不重要。这就是说,周作人更为看重的是民歌的学术价值,与他在《猥亵的歌谣》中所持的态度是一致的。

我们应该注意的是,周作人这里所论的民歌是指那些可以歌唱的歌而不

---

[1] 周作人:《民众的诗歌》,《晨报》副刊,1920年11月26日。

是谣,即主要是在就刘半农的《江阴船歌》而论,由于种种原因,在当时(1919年9月1日所写)确实是"未经收集"。在全国各地,这样的民歌异常丰富,限于条件,周作人未必能更广泛地感受,他只是从狭隘的个人经验,即他家乡农民唱的"鹦歌戏"出发来理解《江阴船歌》,尽管他在这里也提出"抒情的民歌"中"田间"与"海边"、"农夫"与"渔人"在地点与职业上形成的不同。因此,他的偏颇也就难免了,而得出通过"一件小事"概括"许多地方的歌谣,何以没有明了的特别色彩",以及"思想言语"的"粗鄙"的结论。以此相推,他便称"这册中所选的二十篇,原是未经著录的山歌,难免也有这些缺点"。他解释这种现象时说,"民间的原人的道德思想,本极简单",尤其是"文字"的原因,才形成"久被蔑视的俗语,未经文艺上的运用,便缺乏了细腻的表现力"。[1] 这与鲁迅所提的"刚健,清新",胡适所提的"新文学的一切来源都在民间",存在着明显的不同,周作人更多的看到了民间的"粗鄙",当然,这种"粗鄙"也确实是存在的。那么,由他亲手撰写的《歌谣周刊》的《发刊词》中,他所标榜的"文艺的"目的,冀望"一种新的'民族的诗'也许能产生出来","表彰现在隐藏着的光辉"和"引起当来的民族的诗的发展"[2] 这样一种文化理想,又该如何解释呢?我想,这应该从他的《歌谣》中去对照他相关的论述。在《歌谣》中,他曾经称民间歌谣是"原始的——而又不老的诗",并称意大利人卫太尔(Vitale)所说的"根于这些歌谣和人民的真的感情,新的一种国民的诗或者可以发生出来"一节话,"觉得极有见解","是先见之明"。他说:"民歌与新诗的关系,或者有人怀疑,其实是很自然的,因为民歌的最强烈最有价值的特色是它的真挚与诚信,这是艺术品的共通的精魂,于文艺的趣味的养成极是有益的。"他将吉特生(Kidson)所说的民歌"感人的力",称作"是最足供新诗的汲取的"。[3] 应该说,歌谣与诗歌本来就各

---

[1] 周作人:《中国民歌的价值》,《学艺》,1920年4月30日第2卷第1号。
[2] 《发刊词》,《歌谣周刊》,1922年12月17日第1号。
[3] 周作人:《歌谣》,《晨报》副刊,1922年4月13日。

第三章 周作人的民间文艺学思想理论

有各的文化个性，相互间可以学习，可以影响，但二者毕竟不能相互替代，周作人指出民歌缺乏细腻的一面，并不意味着他对民歌艺术价值的全面否定。

周作人在为刘静庵所编著的《歌谣与妇女》一书做《序》时，论述民间歌谣的价值，说民间歌谣是"有长远的历史而现在流传于民间的"，"可以说是原始文学的遗迹，也是现代民众文学的一部分"，"可以从那里去考查余留着的蛮风古俗"，"也可看出民间儿女的心情，家庭社会中种种情状，作风俗调查的资料"。他举例说：

> 有些有考据癖的朋友，把歌谣传说的抄本堆在书桌上，拉长了面孔一篇篇地推究，要在里面寻出高尚雅洁的文章的祖宗，或是找出吃人妻兽，拜树迎蛇等荒唐的迹象，写成一篇文论，于文化史的研究上放一道光明，这是一种办法，是我所极尊重的。或者有人拿去当《诗经》读，说这是上好的情诗，并且看出许多别的好处来。我虽然未必是属于这一派，但觉得这种办法也是别有意思。[1]

他既不完全同于前者的"考据"，又不完全同于后者作为"上好的情诗"，而是受取了一种"折中的方法"，即从中"看出社会的意义来"。他将刘经庵的《歌谣与妇女》归入这种"折中的方法"一类，称"这是一部歌谣选集，但也是一部妇女生活诗史"，"可以知道过去和现在的情形"以及"将来的妇女运动的方向"。他说，"中国妇女向来不但没有经济政治上的权利，便是个人种种的自由也没有"，"男子自己实在也还过着奴隶的生活"，"这种不平不满"，在歌谣中"处处无心的流露"随处可见。他也借此作序"希望能够引起大家研究的兴趣"。[2]

---

[1] 周作人：《〈歌谣与妇女〉序》，《燕大周刊》，1925年11月7日第82期。
[2] 周作人：《〈歌谣与妇女〉序》，《燕大周刊》，1925年11月7日第82期。

他在为重刊《霓裳续谱》作序时，提到自己对民歌的"意见"有所"转变"，即从以往的"对于民歌的价值是极端的信仰与尊重"，变为"有点儿怀疑"。他回顾了"五六年前的事"即五四歌谣学运动中，"大家热心于采集歌谣"，以及往日对以"叙事的民歌"及其"集团的起源说"，他说自己曾赞同"这种民歌为最古的诗，而且认为是纯粹民间的创作"，但现在"感到有些不同"。他引了英国学者好立得（Halliday）在《民俗研究》中的话，即"我们如用了绝对的诗的标准来看，民间诗歌之美的价值总是被计算得过高"，即要重新审视民间歌谣。他提出对于《霓裳续谱》这类民歌集，"第一要紧是当作文学去研究或鉴赏，不要离开了文学史的根据而过分地估价，特别是凭了一时的感情作用"。他举"从前创造社的一位先生说过，中国近来的新文学运动等等都只是浪漫主义的发挥"为例，说"歌谣研究亦是其一"，他指出"大家当时大为民众民族等观念所陶醉，故对于这一面的东西以感情作用而竭力表扬，或因反抗旧说而反拨地发挥，一切估价就自然难免有些过当"。他因此而"声明"《霓裳续谱》"不真是民众的创作"，其位置"不是在文学史之首"，而是在"其末"，当然，"其固有的价值原不因此而有所减却"，借以希望有人"搜集这类材料，作文学史的研究，考察诗歌与倡优的关系"。[1] 关键的内容就在于"以感情作用而竭力表扬"和"反拨地发挥"，形成"估价"的"过当"，将这种态度与他在《中国民歌的价值》中所述的"缺乏了细腻的表现力"相比较时，许多疑点便可以解除了。同时，我们也可以清醒地看到，虽然都曾受尼采超人思想的影响，鲁迅兄弟的态度变化形成明显的差异。周作人不愿使"估价"因感情作用而"过当"，更多的看到了民间的"粗鄙"，而鲁迅更多的看到民间的"刚健，清新"；他们都热烈地反对过旧秩序，鲁迅在《摩罗诗力说》等文章中极力讴歌叛逆的"撒旦"，但周作人却更热心于对"蛮风"的摒弃，"最厌听许多人说'我国开化最早'、'我祖先文明'什么样"

---

[1] 岂明（周作人）：《重刊〈霓裳续谱〉序》，《看云集》，上海开明书店1932年10月版。

而主张将祖先崇拜"废去"。[1] 在《祖先崇拜》中，周作人曾引尼采的话，即"你们不要爱祖先的国，应该爱你们子孙的国"，"你们应该将你们的子孙，来补救你们自己为祖先的子孙的不幸"，"你们应该这样救济一切的过去"；但是，他高喊"我们不可不废去祖先崇拜，改为自己崇拜——子孙崇拜"时，[2] 他越来越多地滋生了对民众和现实的热情的冷却。他后来确实"废去"了"祖先崇拜"，但也没有真正地爱自己"子孙的国"，历史证明了他人生的价值选择，连同着学问的价值。

第二节 "三童"及童话学理论体系的建立

所谓"三童"，即周作人1913年8月发表的《童话研究》，1913年9月发表的《童话略论》，和1914年7月发表的《古童话释义》这三篇专门研究"童话"的论文。它们的篇幅并不很长，但它们在现代学术体系的建立和发展中的作用，却相当重要。[3]

"童话"这一概念是周作人从日本翻译过来并运用于民间文学的研究，才日渐为我国学者们所接受；其运用这一概念的最初过程，就是"三童"的写作。一般学者以为，"童话"即适用于儿童接受的民间故事，但也有一些学者以为仅为儿童所接受还不足以涵盖其内容，称之为"幻想故事"。

在民间故事中，"童话"即"幻想故事"，而在儿童文学中，"童话"又是可以借故事形式与幻想性较强的内容进行再创作的文体，诸如童话故事和童话诗以及童话剧等。也就是说，一般情况下，学者们把民间故事分为动物故

---

[1] 周作人：《祖先崇拜》，《每周评论》，1919年2月23日第10期。
[2] 周作人：《祖先崇拜》，《每周评论》，1919年2月23日第10期。
[3] 刘守华先生称"在故事研究中试用比较方法，首推周作人"，并提及"1912年6月，从日本归国的周作人在绍兴《民国日报》发表《童话研究》与《童话略论》"。见《中国比较故事学的回顾与展望》，《中国民间文化》，1995年第1期。因为我没有找到此《民国日报》，不敢就时间上说什么。

事、幻想故事、生活故事、笑话和寓言,而"童话"就属于"幻想故事"部分,为了区别儿童文学创作中的童话文体,所以多采用"幻想故事"这一概念。但儿童文学中的童话创作出现较晚,况且其语言又明显与民间故事不同,颇相似于古代文学中的"拟话本"的文学性质,为了行文方便,我们还是继续使用"童话"这一概念。当然也没有必要一边使用"童话"的概念,一边再解释其应为"幻想故事"。如1922年周作人与赵景深对童话问题的争论,周作人提到"童话的实质也有许多与神话传说共通",其不同点就是"童话没有时与地的明确的指示,又其重心不在人物而在事件","因此可以说是文学的"。他说,童话和神话与传说是"三种性质不同的东西",即神话是"宗教的",传说是"历史的",而童话是"文学的"即"原始社会的文学",这一观点当然是偏颇的。[1]赵景深研究民间故事,也把一些故事称为童话,他曾经出版过《童话论集》[2]和《童话学ABC》[3]等著作,为了使民间流传的这类故事与作家创作的童话相区别,他提出使用"民间童话"[4]的概念。

"童话"的概念在20世纪初由周作人提出后,一直到20世纪五六十年代,都广为人使用。如郭沫若在1922年发表的《儿童文学之管见》,主张从创作、收集和翻译入手建设儿童文学,论及"童话、童谣,我国素有,其中必不乏真有艺术价值的作品",他还提出"仿德国《格吕谟童话》(Märchen Gesammelt durch Grimm)之例,由有志者征求、审定而裒集成书,当能得到良好的结果"。[5]《歌谣周刊》在第62号所发《本刊的今后》中,提到"本刊现经编辑会议决,自本号起,规定进行方针"之一的"扩充采集范围",就有"对于风俗,方言,故事,童话等材料,亦广事搜求"。[6]《歌谣周刊》1936年4月

---

[1] 周作人:《童话的讨论》,《晨报》副刊,1922年3月28日。
[2] 赵景深:《童话论集》,开明书店1927年版。
[3] 赵景深:《童话学ABC》,上海世界书局1929年版。
[4] 周作人:《童话的讨论》,《晨报》副刊,1922年3月28日。
[5] 郭沫若:《儿童文学之管见》,《1913—1949儿童文学论文选集》,少年儿童出版社1962年版。
[6] 《本刊的今后》,《歌谣周刊》,1924年10月5日第62号。

4日复刊后,自"第二卷二十四期至第四十期",多次转载于道源翻译的翟孟生(Jameson)的《童话型式表》;《歌谣周刊》的"第三卷一期"发表葛孚英的《谈童话》,记述"多少有价值,有意味的民间故事"由一代又一代传播,"成了最巧妙的不朽作品","其自然流利处,是童话作家也想不出来的",还提及作者所译法国作家佩落(Perrault)"内容即取材于民间的"童话。[1]《民俗周刊》1928年第6期曾发表钟敬文介绍日本池田大伍的《支那童话集》的文章。这可见童话作为一种特殊的民间故事被学者们重视的程度;也就是说,自从周作人之后,童话学(即民间故事学)经历了相当长一个时期繁荣发展。其中,关键的内容是周作人在"三童"中对童话概念的阐释,对童话起源、发展、类型等内容的论述,初步形成了其童话学较为完整的理论体系,为后来童话学的发展起到重要的奠基作用。直到1959年,陈伯吹在《儿童文学简论》中还是基本在重复着周作人关于神话、传说、童话的"宗教的""历史的"和"文学的"概括论断:

  神话、传说和童话都是民间文学,起源于人民的口头创作,它们又都是带幻想性的故事。这是它们相同之处。相异的:神话是神的故事,在于解释和说明;它虽然有具体的姓名和地点,却完全是虚构的故事。传说主要是超人的英雄故事,在于歌颂和崇敬;它有相当的历史事实作根据,因为经过渲染夸张,涂上了浪漫主义的色彩。童话是民间的故事,它比较地朴素,幽默,更有人情味,也更有文学风趣。[2]

不论陈伯吹的意见是否得当,都表明了周作人关于童话的概念解说对新中国成立后学术发展的具体影响。直到今天,刘守华先生仍然坚持使用

---

[1] 葛孚英:《谈童话》,《歌谣周刊》,1937年4月3日第3卷第1期。
[2] 陈伯吹:《儿童文学简论》,长江文艺出版社1959年版,第57页。

着"童话"的概念。[1]尽管更多的学者用幻想故事的概念来代替"童话",但我觉得在学术发展中还是多一些不同的声音才好。

《童话研究》和《童话略论》是同一年发表,分别刊载于《教育部编纂处月刊》和《绍兴县教育会月刊》,时间仅相差三个月。二者从不同的方面,以不同的方法论述了"童话"的一些基本问题。

《童话研究》开篇即讲"童话之源,盖出于世说",二者即"童话"和"世说"的较大区别在于"世说载事,信如固有,时地人物,咸具定名",而"童话则漠然无所指尺"。[2]这里的"世说",其实就是民间传说。周作人接着追溯童话的发生历史说,"生民之初,未有文史,而人知渐启,鉴于自然之神化,人事之繁变,辄复综所征受,作为神话世说,寄其印感,迨教化迭嬗,信守亦移,传说转昧,流为童话"。意思是神话传说演变成了童话。但这只能说明童话即民间故事的一个方面,而事实上,民间故事与神话传说都出自"生民之初,未有文史"的时代。当然,作为民间故事的童话,与神话、传说,相互间的影响是非常明显而普遍的。所以,周作人强调道:"故今言童话,不能不兼及世说,而其本原解释,则当于比量神话学求之。"他举"西方学者,多比附事实,或寻释语源"的研究方法为例,主张重视英国人类学派神话学家安德鲁·朗格的人类学理论与方法。他说,"古说荒唐,今昧其意,然绝域野人,独能领会,征其礼俗,诡异相类,取以印证,一一弥合",才知神话的实质与"风习"的联系,今天所谓"无稽之言"的神话,在当时其实都是"文明之信史"。在这里,周作人一方面把童话视为神话流传演变的具体产物,一方面则用人类学派神话学理论分析童话与原始信仰的密切联系。他接着说,"原史(始)文明之见于神语(话)者",一在于"思想",一在于"制度"。他详细论述二者之间的关系:

---

[1] 刘守华:《中国民间故事史》,湖北教育出版社1999年版。
[2] 周作人:《童话研究》,《教育部编纂处月刊》,1913年8月第1卷第7期。

> 原人之教,多为精灵信仰(Animism),意谓人禽木石,皆秉生气,形躯虽异,而精魂无间,能自出入,附形而止,由是推衍,生神话之变形式。人兽一视,而物力尤暴,怨可为敌,恩可为亲,因生兽友及物婚式;崇兽为祖,立图腾之制,其法不食同宗之兽,同徽为妃,法为不敬,男子必外婚,以劫夺为礼,因生盗女式;复次形神分立,故躯体虽殒,招魂可活,因生回生式;而藏魂及生死符诸式隶之。又以联念作用,虚实相接,斯有感应魔术,能以分及全,诅爪发,呼名氏,而贼其身,因生禁名式;传家以幼,位在灶下,因生季子式;异族相食,因生食人式;用人祭鬼,亦多有之。[1]

他分别列举了"神话之变形式""兽友及物婚式""盗女式""回生式""禁名式""季子式"和"食人式"等原始信仰形式及其生成原因,这是他对童话的最早形式的溯源。这里,周作人还将这些内容与古希腊史诗《奥德赛》和德国《格林童话》中的民间信仰内容相比较,管窥其"部落遗风"的"正相合",即这些借描写"帝王之事"的童话,其与平常人一样的"躬亲操作",实际上都是原始部落生活的遗存。接着,他考察了童话中"男子求婚,往往先历诸难,而后得之"即辨婚和"劫女"即掠夺婚的婚姻形式,以匈牙利、法国、埃及、日尔曼、英国、希腊等域外民族的婚俗为例,并结合"越中亦犹有伴姑(娘)"做对比,揭示这些内容在童话中存在及其表现的意义。

周作人在《童话研究》中以中国童话故事《蛇郎》和《老虎外婆》为例,并将这些故事与外国童话故事相比较,探讨其中包含的民俗学等方面的价值和意义。他借此机会说,这类童话故事都是儿时所听到的,又限于家乡"越地",希望能有机会"广搜遍集"。应该说,这种"证释"方法是我国现代民间文艺学理论体系的建立中较早实行"多重证据法"的可喜尝试。所谓

---

[1] 周作人:《童话研究》,《教育部编纂处月刊》,1913年8月第1卷第7期。

"多重证据法",就是在学术研究中不仅使用一种方式的资料来作为自己的证据,如王国维在《宋元戏曲考》中就运用了文献之外的材料。受"文化遗留说"理论的影响,同时也是根据民间文学具有传承性,其流传形态保持相对稳定性的特点,近世有更多的学者提倡把活在民间百姓口头的民间文学作为证据。周作人能够无拘束地在《童话研究》中运用"越童话有《蛇郎》者"和"又有《老虎外婆》者",并将这些"儿时所闻"的故事与"欧洲童话之《美与兽》"所谓"物婚式童话"和"希腊史诗"中的"食人式"童话、日本山姥传说等故事做比较研究,这在实际上已开了比较民间故事学的先河,即初步构成了他具有比较研究意义的童话学理论体系。所以,有学者在总结这一问题的时候说,"在故事研究中试用比较方法,首推周作人"。[1]

《蛇郎故事》在我国古代文献中的记述,最早可追溯到托名陶潜(陶渊明)的晋代志怪小说集《搜神后记》。《搜神后记》卷十所载《女嫁蛇》,记述"晋太元中,有士人嫁女于近村者","至夜,女抱乳母涕泣,而口不得言","乳母密于帐中以手潜摸之,得一蛇",而"惊走出外",四周"悉是小蛇"。这个故事已经具有了人蛇相婚的《蛇郎》原型的基本内容。后世的民间传说在描述《蛇郎》故事时,也多以此为基础,所不同的是,后来的结局和背景设置都发生了变化,与道德考验融合一起。著名学者丁乃通在《中国民间故事类型索引》中曾把它划为"433D 型"。《蛇郎》的基本情节在周作人所引"越童话"中表现为:一个砍柴人有三个姑娘。某日,砍柴人进入山中,要为最小的女儿折一枝鲜花,却遇到蛇郎。蛇郎威胁砍柴人,要娶他的姑娘,否则就吞噬他。砍柴人最小的女儿嫁给了蛇郎。但她的姐姐嫉妒她婚后生活的富美,就诱使她观看池水而淹死她,又冒充她与蛇郎生活。小女儿死后变成在清水池以虫蛆为食的清水鸟,整日在树间哀鸣,后再次被姐姐杀掉;小女儿的灵魂变成枣,蛇郎吃时味道甘美,姐姐吃时却变成了毛虫;最后,小女儿变为

---

[1] 刘守华:《中国比较故事学的回顾与展望》,《中国民间文化》,1995 年第 1 期。

灶下榻,伤了姐姐的眼睛或手,使其受到惩罚。周作人将这则故事与"欧洲童话之《美与兽》"相比,作为"物婚式童话",溯至"蛮荒之民,人兽等视"而"昏(婚)媾可通"的图腾观念,称"东方之俗,有凭托术数,以人配鸟或树,用为诃禁者,如印度人所为,谓能厌丧偶,正古风之留遗也"。他就此话题展开对"物婚式"童话的论述:

> 物婚式童话,最为近纯,其中兽偶,皆信为异类。北美土人传说,多有妇人与蛇为匹,极地居人,亦言女嫁螺蛳事,其关于图腾起原(源)者,传说尤众。中国所传盘瓠之民,即其一例。迨及后世,渐见修饰,则其物能变形为人,或本为人类,而为魔术所制者,西方《美与兽》之说,为其第三类,盖其初为物,次为物魁,又次为人,变化之迹,大较如此也。[1]

接着,他论述了"此式童话"中的"折华(花)""化鸟""易女"和"兄弟或姊妹共举一事",都是从民间信仰观念与制度的历史演进等角度管窥其具体意义的。如他就"折华(花)"所论"禁制"即民间禁忌问题,以为"草木万物皆有精灵"的万物有灵观是故事的发生基础,于是有"妄肆摧折"而遭到惩罚的内容。在论及"化鸟"情节时,他指出其"多见之故妻式童话"中,即"由人以术化女为鸟,或鱼鹿"而形成替代,最好"鸟自鸣冤,复得解脱,置罪人于法"。同时,他将此类内容与"新希腊一说"相对比,发现其中共同的故事型式,即都有作伪、杀伐化物、更生的套语,他指出"此与回生式中埃及之兄弟传说近似",只不过"男女易性",兄弟换成姐妹罢了。关于"易女之事"即姐妹互换的情节,周作人考诸"原民婚礼"中"夫妇幽会,不及明而别,至生子乃始相见",以为欧洲民间歌曲中的"新婚之夕不相觌面"与"中国新妇之绛巾",都是这种原始信仰制度的遗存。其中的"不相觌面",实际上是一

---

[1] 周作人:《童话研究》,《教育部编纂处月刊》,1913年8月第1卷第7期。

种禁忌,即"破禁式";周作人举"蛇郎以姊大足而面多瘢痕为怪",与"姊诡言由于操作及枕麻袋"这类情节为例,称这些都是后人的"夸饰",他从中发现"文化转变,本谊渐晦"而"加以润色,肆意增削缘附,以为诠释"在童话中的"杂糅"。在论及"兄弟或姊妹共举一事"时,周作人联系到在欧洲中世纪存在的"季子权"问题,即"以末子传家,无子则传末女"的"幼子承业"习俗制度,在此童话中以"季女式"形式出现。最后,他还论述了《蛇郎》中"蛇郎欲得人樵女,长姊皆不可"和"季(女)曰,不可吞爹吃,宁可嫁蛇郎"之类的"杂用韵语"现象,希望"采录童话者"应注意这些内容的"精意所在,不可移易"。[1]

《蛇郎》是我国广为传诵的民间故事,周作人选取其家乡的传说作为研究对象,显示出他对童话故事内容的多层次、多角度观察与思索。曾有学者指出,《蛇郎》是古代中国南方越族故事,后来随着越人南迁,逐步传向南亚和东南亚,形成具有国际影响的童话。[2] 周作人所记述并论说的这则童话故事到底是否如此为"越人南迁"的原型并不重要,重要的是他的研究视角与方法对现代民间文学理论研究是一种有力的推动。

分析《老虎外婆》时,周作人运用了与《蛇郎》与类似的方法。《老虎外婆》,在北方被称为《狼外婆》,不仅是我国流传很广的民间故事,而且在世界许多民族都有流传,如德国的《格林童话》中的《小红帽》,在具体流传中体现出不同地区不同民族在不同时代的信仰观念。这个故事在我国文献中的记述时代较晚,明代学者陈继儒编撰《虎荟》时,没有具体的《老虎外婆》内容。直到清代黄承增续张潮《虞初新志》所撰《广虞初新志》[3],时在嘉庆癸亥(1803年),其卷十九保存有黄之隽《虎媪传》,才使人看到完整记述。周作人所记《老虎外婆》,基本内容为:一个母亲有两个女儿;母亲外出没有回

---

[1] 周作人:《童话研究》,《教育部编纂处月刊》,1913年8月第1卷第7期。
[2] 刘守华:《民间文学概论十讲》第五讲《民间故事》,湖北教育出版社1985年版。
[3] 黄承增:《广虞初新志》四十卷,上海扫叶山房石印本。

家,晚上有老虎假充外祖母进来吃掉了小女儿;大女儿发现实情后,装作"欲溲"逃出,藏在树上;老虎不见大女儿,请猿去抓她,结果猿被摔死。周作人把这篇故事划入"食人式"童话,结合"希腊史诗言阿迭修斯遇圜目之民"的故事做比较,称"异族相食,本于蛮荒习俗",与感应巫术相关,即民间食俗中的"吃何物,补何物"这一信仰观念的表现。他用日本民俗中的"妊娠者食兔肉令子唇缺"禁忌,和浙江即"越俗"中的食羊习俗为例进一步说明其存在意义。接着,他将这一食人习俗与古代"人祭"相联系说:

> 童话中食人者多为厉鬼,或为神自吞其子,今所举者则为妖巫类。上古之时,用人以祭,而巫觋承其事,逮后淫祀虽废,传说终存,遂以食人之恶德,属于巫师(食人之国祭巫医酋长分胙各得佳肉),故今之妖媪,实古昔地母之女巫,欧洲中世纪犹信是说,谓老妪窃食小儿,捕得辄焚杀之,与童话所言,可相印证。俄国童话,则别称巴巴耶迦(Baba Yaga),居鸡脚舍中;日本曰山姥,亦云山母,皆为丑媪,未尝异人,《老虎外婆》正亦此类,惟以奇俗骇人,因传兽名,殆非原谊。[1]

他接着举《老虎外婆》中的"女欲秉火出迎,虎止勿须,坐瓮上,藏其尾"等内容,以为这都是后来增加的材料;他还列举了"日本肥后天草岛"的传说,即山姥进入"豆大豆次豆三"家中,"夜取豆三唊之",豆大豆次也是以"欲溺(溲)"为由逃出,藏在井边的桃树上,山姥误以为井中影像就是二人,"追之"而落入井中"坠地而死",以及"坠地"是荞麦田,所以荞麦壳是赤色。周作人又列举"山姥而外,犹有山男山女诸名,然皆不为害","其食人者,惟妖鬼与媪而已"。其实,这表明日本流传的关于老虎与人的故事的情形与中国基本是一致的,如唐代《广异记》就有"不为害"的老虎故事,在张潮的

---

[1] 周作人:《童话研究》,《教育部编纂处月刊》,1913年8月第1卷第7期。

《虞初新志》卷四中保存的王猷定的《义虎记》,更是把老虎作为知恩图报的典型。这里周作人看到的除了"食人式"童话的内容,还有民间传说在开始时期非常简单,"大抵限于一事",而"后渐集数式为一","首尾离合","极其繁变"的规律,颇类似于胡适所提的"箭垛式"原理。他说,正是这种"繁变"的结果,"同为食人",经过"变异"而形成"一为物原传说","一为动物故事"。最后,他列举了《老虎怕漏》的"越中童话",和"日本大隅传说"类似故事,说明童话中包含与寓言相似的"动物故事"和与"越中所传呆女婿故事"相似的"笑谈",其"本事非根民俗"。[1]

周作人的童话学研究方法,如他自己所讲,是"依人类学法","其用在探讨民俗,阐章史事,而传说本谊,亦得发明","若更以文史家言治童话者,当于文章原起,亦得会益"。他说,童话包括民间传说,"道说异文","妇孺相娱","为心声所寄",和文学的"真谛"是一样的,所以,要探讨"文章之源","当于童话民歌求解说也"。从此话题出发,周作人又分别论及"民歌""童话""史诗"和"世说(即传说)"四者之间的"类似"和"差别"。他从中外童话的"取材"所形成的文化差异,论及"爱尔兰童话,率美艳幽怪,富于神思","斯拉夫居阴寒之地,所言深于迷信,憯烈可怖",及它们与"南方法伊之国多婉冶之思"的差别;而在东方世界,又有着像《一千零一夜》那样的"思想浓郁而夸诞,传叙故极曼衍","虾夷、澳洲诸族"的"以简洁胜","日本文教,虽承中国之流,而其民爱物色,多美感,洒脱清丽"及其"童话亦幽美可赏,胜于华土"。

最后,周作人在《童话研究》的结尾部分谈及童话作为"儿童文学"应用于教育等问题。他提到要注意"扬抑"即积极与消极的教育效果,提到"当勿忘童话为物亦艺术之一",应与"教本"相区别,提到童话能培养和增强儿

---

[1] 同上。周作人关于《老虎外婆》的研究,除了此文,还有《关于"狐外婆"》(《语丝》,1926年1月第61期)等。另有《老婆外婆及其他》(1914年,未刊稿,见于《周作人文类编·上下身》,钟叔河编,湖南文艺出版社1998年版)一书,内收《老虎外婆》《老虎怕漏》《老虎精》《狡鹿》等相关故事。

童的想象力和"多及神怪"等问题。他再次提到童话在"人地时"三方面都没有限制而且匿名的特征,初步把童话分为"人为童话"和"自然童话",以及童话作为"幼稚时代之文学",在应用于教育中要注意儿童心理发展的阶段性规律,"启发其性灵,使顺应自然,发达具足,然后进以道德宗信深密之教",避免"废塞"等问题。同时,他再一次提及"中国童话自昔有之,越中人家皆以是娱小儿,乡村之间尤多存者",[1]却没有人像格林他们那样去广泛采集,深入研究,表现出急切心情。

与《童话研究》相比,周作人的《童话略论》在研究目的和研究方法等方面有着明显的不同,这更像是一篇缩写的"童话学大纲"。如其在《绪言》中所述,关于"儿童教育与童话之关系",虽然也有人涉及,但也有不少人"不揣其本而齐其末",所以他提出"童话研究当以民俗学为据,探讨其本原,更益以儿童学,以定其应用之范围,乃为得之"。[2]

在论述"童话之起源"时,周作人表达了与《童话研究》中相同的意见,即童话在本质上同神话和传说是"一体"的。他依然从原始宗教,万物有灵论的立场述说"天神地祇,物魅人鬼,皆有定作,不异生人","本其时之信仰,演为故事,而神话兴焉","述神人之事,为众所信,但尊而不威,敬而不畏者,则为世说",而童话主要内容则为"传奇",其主要作用在于"以供娱乐"。其意见概括起来讲,便是神话是原始人的"宗教",传说是"历史",童话是"文学",而由于文化的变化,同一种传说故事"在甲地为神话者,在乙地则降为童话",即童话属于"神话世说(传说)之一支"。周作人也看到童话不仅流传在儿童中间且又"多为儿童所喜"的事实,他指出,若因此称童话起源于"儿童好奇多问",是"大人造作故事以应其求",则属于误解,是"望文生义"。

一个学科的建立,固然必须有明确的概念界说与阐释,但是,研究对象、

---

[1] 周作人:《童话研究》,《教育部编纂处月刊》,1913年8月第1卷第7期。

[2] 周作人:《童话略论》,《绍兴县教育会月刊》,1913年11月15日第2号。

目的和范围更需要清晰。周作人关于童话的分类,正是解决这一问题的重要基础。他在整体上把童话分为两大部分,即一部分是"纯正童话",一部分是"游戏童话"。在"纯正童话"中,他结合传说的内容,又从中分为"代表思想者"和"代表习俗者",相当于《童话研究》中他所提出的"思想"和"制度"。所谓"代表思想者",他说主要以自然崇拜为表现内容,"出诸想象,备极灵怪",像"变形复活"等类型的童话,又如解释事物起源的童话一样,像对猿为何"无尾"的解释。所谓"代表习俗者",周作人说"多以人事为主",虽然在今天看起来很"荒唐","极怪幻",但它确实来源于原始人的"礼俗",像"食人式""掠女式"童话都属于此类。周作人把"游戏童话"分为三类,即"动物"故事、"笑话"故事和"复叠"故事。其中的"复叠"故事,他解释为"历述各事,或反复重说,渐益引长,初无义旨,而儿童甚好之","介于儿歌与童话之间者",并非纯粹属于儿童。应该说,周作人对民间故事的具体划分还存在着许多不足,不仅太粗糙,而且相当不全面;但是,这种划分方法对后世民间故事的研究却非常重要,特别是对于赵景深和钟敬文等学者关于我国民间故事类型的研究,有着直接的启发意义,包括周作人在这里将童话划分为"天然童话"和"人为童话",即"民族童话"和"艺术童话",对于后续研究而言,意义同样深远。他强调"天然童话"是"自然而成,具种人之特色",即民间自然流传的童话故事;"人为童话"则指个人创作的作品,具有明显的个人特色。他指出"人为童话"即儿童文学创作的艰难,以丹麦童话作家安徒生为例,说明其童话作家们"复述古代神话,加以润色"的成分等内容。这就将民间故事与文人创作之间的界限做了非常必要而又十分准确的解释,直到今天,成为我们的共识。

在"童话之解释"中,周作人介绍了德国学者马克斯·缪勒(Max Müller)的"语言疾病说"和英国学者安德鲁·朗格(Andrew Lang)的人类学神话学理论。他指出前者的以语言疾病解释神话的偏颇,而肯定后者用人类学方法研究比较神话学的意义。他个人其实也正是人类学派神话学理论的坚持者,关于他的神话研究问题,另有详述,此略。他在这里用人类学理论解释童话,以为"童话本意,今人虽不能知,而古人知之,文明人虽不能知,而野人知之","今考野人宗教礼俗,率与其有世说童话中事迹两相吻合,故知童话解释不难于人类学中求而得之","盖举凡神话世说以至童话,皆不外于用以表见原人之思想与其习俗者也"。同时,他也正是用这种理论研究童话中的"变形""杀人而食,掠女为妻"和"言帝王多近儿戏"等内容。他运用同样的方法考察了"童话的变迁"等问题,强调原始信仰的意义,从某种意义上讲,他关于这些内容的研究,深刻地影响了后来神话研究和民间故事研究中的人类学方法和倾向的形成与发展。

这里,周作人再次表白了自己对"童话应用于教育"的意见,从"使各期之儿童得保其自然之本相,按程而进"、"童话适用"在于"自三岁至十岁止"和"童话叙社会生活"的"悉化为单纯"有利于"将来入世"这三个方面做了具体论述。在论述"民族童话"即自然形成的民间故事"不尽合于教育之用"而应有所选择时,周作人提出了四条标准,即"优美""新奇""单纯"和"匀齐",同时,他还提到"中国史实,本非童话,但足演为传记故事,以供少年期之求,若陶朱公事,世故人情阅历甚深",此不宜于童话作教育之用。总之,周作人的童话研究,在《童话略论》中被概括为两个方面,一为"当证诸民俗学",一为"当证诸儿童学",而且必须注意"纯粹童话",[1] 其目的在于使儿童教育通过研究童话、运用童话得以健康发展,这和他在《歌谣》中所提出的民歌研究除了"文艺的"和"历史的"还有"儿童教育的一方面",[2] 应该说是相一致的。

周作人的《古童话释义》是结合我国古代童话(即民间故事)的史实,具体论述童话的价值与意义的。它与《童话研究》《童话略论》在整体上是不

---

[1] 周作人:《童话略论》,《绍兴县教育会月刊》,1913年11月15日第2号。

[2] 周作人:《歌谣》,《晨报》副刊,1922年4月13日。

可分割的。

这篇文章的缘起在于辩证一种事实,即"中国虽古无童话之名,然实固有成文之童话"。有人带有商业企图说,"《无猫国》是诸君的第一本童话,在六年前刚才发现","《无猫国》要算中国第一本童话,然世界上第一本童话要推这本《玻璃鞋》,在四千年前已出现于埃及国内"。[1]周作人对此不以为然,指出其"荒唐造作之言",他说,"中国自昔无童话之目",但"见晋唐小说,特多归诸志怪之中"。所以,他要"略举数例,附以解说",以证明我国童话悠久的历史,揭破他人炒作《无猫国》和《玻璃鞋》的"本来意旨"。同时,他明确提出自己使用"童话"的具体方法:

> 用童话者,当上采古籍之遗留,下集口碑所传道,次更远求异文,补其缺少,庶为富足,然而非所望于并代矣。[2]

这里,他集中介绍了唐代段成式《酉阳杂俎》中的《吴洞》《旁𠂢》和干宝《搜神记》中的《女雀》三篇民间故事的内容,并结合自己"儿时所闻"的"越中童话"和相关的外国民间故事,具体论述了它们在民间故事发展中的国际地位等问题。

段成式的《酉阳杂俎》不但在我国民间文学史上具有十分重要的地位,而且在世界民间文学发展中也具有独特的价值,尤其是对一些著名的民间故事类型的记述上,时间是相当早的。这部民间故事集得名于人所述"访酉阳之逸典",作者是宰相之子,游历甚广。这部作品融民间传说、民间故事与考证为一体,既有四川酉阳的地方传说与故事,又有作者听闻的其他地方甚至海外的作品。更重要的是,作者在记述作品时客观地记录了讲述者与讲

---

[1] 周作人:《古童话释义》,《绍兴县教育会月刊》,1914 年 7 月第 7 号。
[2] 周作人:《古童话释义》,《绍兴县教育会月刊》,1914 年 7 月第 7 号。

述背景和场合等,为我们研究民间文学的发展提供了异常珍贵的材料。周作人选择了其中的两篇颇为典型的故事,对其加以阐释并与国外民间传说故事的对比,都是比较故事学或称比较童话学的重要内容。

周作人所举《吴洞》,又名《叶限》,见于《酉阳杂俎》"续集"卷一《支诺皋》的"上篇",记述"秦汉前洞主吴氏"之女"叶限""为后母所苦",得意外之物"鱼"的故事。叶限历尽磨难成为"上妇",而后母等人"为飞石击死",与著名的德国《格林童话》中的童话故事《灰姑娘》在情节上类似;所以,周作人称其为"在世界童话中属'灰娘式'",而"坊本《玻璃鞋》即其一种"。他称"中国童话当以此为最早",并将其与"二世纪时埃利阿诺著史"中所载故事对比,看到其"略近似耳"。他在对比中指出,在这类童话故事中经常有一种事物在暗中帮助女主人公,《吴洞》中具体描述为一条鱼,这是"蛮荒传说"中"太初信仰"的观念,即其中的"物我等视,异类相偶"现象与"灵魂不灭,易形复活"观念的密切联系。在社会文化的变化与发展中,许多童话故事内容发生了改变,周作人以"德国灰娘中,女以母墓木上白鸽之助得诸衣饰"和"法国为女之教母,乃神女也"为例,说明"《玻璃鞋》本其说而线索中脱"的意义。他接着分析了故事中的"执履求女"问题,不同的故事对"履"的材质描述不等,"或丝或金,或为玻璃",或为"金环""一缕发"等。周作人解释此现象为"感应魔术有以分及全之法,凡得人一物者,即得其一身,故生此式",而"其环或履者,以表手足之美"和其中的"祈鱼骨"等内容则属于"传说交错",更为复杂。

《旁㐌》也见于《酉阳杂俎》"续集",是著名的兄弟分家型故事,或称狗耕田型故事。家喻户晓的《牛郎织女》,在民间故事分类中就属于此类。其一般情节构成是:兄弟二人因为意外事故分家,其中一人受到刁难或受委屈,却又意外获得宝物,或得到某种帮助,改变困窘。《旁㐌》所述故事情节与此相似,即旁㐌兄弟分开生活,旁㐌向弟弟乞求蚕谷种,而其弟却将谷种蒸熟,但旁㐌却得到"日长寸余,居旬大如牛"的"蚕王",并因此得到很多蚕;弟所给蚕谷长出很长的穗,被鸟衔去,旁包追赶去,得到能随心所欲的"金锥子";弟弟也模仿旁包的经历,希望获得此类宝物,却受到惩罚,被拉长鼻子,后"惭恚而卒"。周作人将其情节概括为"大抵一人得利,他人从而效之,乃至失败,颇有滑稽之趣"。他将这则故事与日本童话《舌切雀》和《瘤取》等相比较,看到"与旁包弟之鼻长一丈,皆多诸趣,可仿佛也"的内容。同时,他还将之与"越中童话"《雀折足》的内容相比较,发现"仿佛有彰善瘅恶之思,意东亚受佛教影响,故为独多",他接着论述道,"欧洲亦有此式童话,大抵用诸季女式中,鲜有以翁媪作主人者","或亦因思想之异,东方固多趣于消极欤"。对于故事中的"金锥"宝物发现问题,周作人将之比为"中国俗信如意宝盆",联想到"儿时闻童话"中的相类似故事,并与"日本财神大黑天手持小槌,正与金锥类"和《鬼子槌》等故事相比较,得出结论说,"各国传说"中的宝物形式不一,"率能随意取物,用之不竭","盖原人所求首在衣食,而得滋不易,自尔生此思想"。

周作人所选《女雀》,又名《毛衣女》,曾见于晋代学者郭璞的《玄中记》,亦见于干宝的《搜神记》。故事中的"豫章新喻县",《水经注》卷三十五称此地"多女鸟"。《玄中记》所提故事即"阳新男子于水次得之(女),遂与共居,生儿女,悉衣羽而去",在《搜神记》中记述更为详细。其基本内容为阐释"姑获鸟,夜飞昼藏"其"衣毛为飞鸟,脱毛为女人"的变化经过,称此"鬼车类"神鸟"名为天帝少女",其"无子"而"喜取人子养为子",对"人养小儿"形成伤害。关于此鸟故事的中心在于讲述当年"豫章男子见田中有六七女人"得到其中一个,"取以为妇",后来"生三女",此妇得到男子所藏"毛衣"便飞去,又"以衣迎三女,三女得衣,亦飞去"。周作人将这篇故事同"日本《近江风土记》"和"欧洲有《鹄女》传说"相比较,指出"其根本思想即出于精灵信仰及感应魔术","或言古人多信怪鸟,因生此想","然此种传说不仅限于鸟类,多有走兽鳞介化为人者,大抵原出于一",又因"风土所习",形成"山居者言禽,水居者言鱼"的情节变化。同时,他还结合家乡"忌小儿衣夜露"即"九头鸟"滴血使小儿"夭殇"的故事,分析两者之间的联系。最后,他又举"越中又有《螺女》传说",即《田螺姑娘》为例,称"此类童话,初由人力合作,而实有无限之势力隐伺其后","盖民俗学中禁制,其律本于宗教,设立约束,逾越则败,中国有破法之说,殆亦其一欤"。[1]《女雀》是世界民间故事类型中的"天鹅处女型"故事,后来在唐代句道兴所撰《搜神记》的《田章》中又有新的变化,周作人没有指出这种"新的变化",而是坚持从人类学的方法阐释其中所蕴含的具体内容及其相关的价值,不知这种研究方法与后来钟敬文的《中国的天鹅处女型故事》是否有联系。

周作人的《童话研究》《童话略论》和《古童话释义》三篇文章,各有所重,形成一个互相联系的整体,集中反映了他对童话起源、发展、特征和价值等方面内容的深入探索。这三篇文章的写作和发表时间在1913年和1914年间,正是他从日本回国不久,身处故乡,又正值盛年,精力旺盛,思想敏锐的时候,显示出其特有的热情。后来,周作人又做了《〈蛇郎〉释义》,以为"童话应用于教育,其说始于德国,今已盛行欧美",包括"日本"也在幼稚园"以是为正课",而"今中国方将以微言为启蒙之具,则是诸儿歌童话,自难与争席",所以他"聊聚丛残,加以笺释,以供治民俗学者之参考,且于幼稚教育,仍不失其价值",[2]这是他做《〈蛇郎〉释义》的基本目的。再后来,他在《关于菜瓜蛇的通信——致雪林》[3]和《〈蛇郎精〉按语》中,[4]继续研究此童话,但在总体上未见有何突破。同时期,周作人还先后在《绍兴县教育会月刊》上发表了《游戏与教育》(译文,1913年11月15日第2号)、《儿童研究导言》(1913年12月15日第3号)、《小儿争斗之研究》(译文,1914年2-5月第5-6期)、《外缘之影响》(译文,1914年5月20日第8号)和《家庭教

---

[1] 周作人:《古童话释义》,《绍兴县教育会月刊》,1914年7月第7号。
[2] 启明(周作人):《〈蛇郎〉释义》,《绍兴县教育会月刊》,1914年6月第9号。
[3] 周作人:《关于菜瓜蛇的通信——致雪林》,《语丝》,1925年9月14日第44期。
[4] 凯明(周作人):《〈蛇郎精〉按语》,《语丝》,1925年10月26日第50期。

育一论》(1914年6月第9号)等文章,从不同方面论说儿童教育和童话故事等问题。1917年,他发表《外国之童话》,提出"童话者,艺文之一种,其源最古","在未有文字以前,文化渐进,民或采其美粹,融成英雄神话,如希腊阿迪修思故事,流传为诗",以及把童话分为"自然童话"和"文学童话"等论点,[1]基本上依照"三童"的论点。1920年他发表了《儿童的文学》,详细论述"儿童生活上何以有文学的需要""儿歌童话里多有荒唐乖谬的思想"和儿童分期与"儿童文学的分配"等问题,[2]基本上是老生常谈。直到1922年1—4月间,他同赵景深关于童话的讨论,[3]才有所突破,其实质上并不明显。但是,这些文章通篇都洋溢着朝气。从中我们感受到中国现代民间文艺学理论体系建立伊始,包括现代童话学理论体系在内,学者们冲破传统的经学樊篱走向世界的新声。在这里,周作人有许多方面表现出同鲁迅学术思想和学术方法的相近或相同,在某些方面,其见解超出了鲁迅,更重要的是在这前后他们共同翻译过《红星佚史》和《域外小说集》等著述,形成可贵的相互影响,这是中国现代民间文学史上的一段佳话。然而,1923年的7月中旬的一日,他们兄弟间发生了一件不愉快的事情,[4]无论这件事情的真相如何,它都标志着这段佳话的终结。自此,中国现代民间文学史上少了一双朋友般的兄弟学者。令人遗憾的是,周作人后来一直没有超越"三童"的童话学研究著述,但是,他所开创的比较童话学(即比较故事学)作为现代童话学理论的重要内容,无论是在学术思想上还是在学术方法上,都深刻影响着中国现代民间文学理论体系的形成和发展,我们应该尊重他的辛勤和勇敢,尤其是他的开拓精神。

---

[1]　启明(周作人):《外国之童话》,《若社丛刊》,1917年1月第4期。

[2]　周作人:《儿童的文学》,《新青年》,1920年12月第8卷第4号。

[3]　分别见于1922年1月25日、2月12日、3月29日、4月9日《晨报》副刊。

[4]　周作人:《致鲁迅》(1923年7月18日),《鲁迅研究资料》第4辑,天津人民出版社1980年版。

第三节　关于神话传说的研究及其对现代神话学的贡献

周作人的神话研究主要受到西方人类学派神话理论的影响。如他在20世纪40年代中期回顾自己的学术事业时所述,他是在日本读书时形成对神话的兴趣和热情:

> 我到东京的那年,买得该莱的《英文学中之古典神话》,随后又得到安特朗的两本《神话仪式与宗教》,这样便使我与神话发生了关系。当初听说要懂西洋文学须得知道一点希腊神话,所以去找一两种参考书来看,后来对于神话本身有了兴趣,便又去别方面寻找,于是在神话集这面有了亚坡罗陀洛思的原典,福克斯与洛士各人的专著;论考方面有哈里孙女士的《希腊神话论》以及宗教各书。安特路朗的则是神话之人类学派的解说,我又从这里引起对于文化人类学的趣味来的。[1]

考周作人的神话与传说研究,应溯自其在日本时对"安特路朗"（Andrew Lang）神话学著作的翻译。安德鲁·朗格与人所著的《世界之欲》使周作人对神话产生了浓郁的学术热情,周作人翻译为《红星佚史》,并于1907年在上海商务印书馆出版(署名"周作人")。他在《〈红星佚史〉序》中介绍了其基本内容,诸如《荷马史诗》中的神话传说,有感于"中国近方以说部教道德为桀,举世靡然,斯书之翻,似无益于今日之群道","读泰西之书,当并函泰西之意,以古目观新制,适自蔽耳",并说,"他如书中所记埃及人之习俗礼仪,古希腊人之战争服饰,亦咸本古乘。其以色列男巫,盖即摩西亚伦,见于《旧约》,所呼神名,亦当时彼国人所崇信者,具见神话中",同时,他也提及

---

[1] 知堂(周作人):《我的杂学》之六,《华北新报》,1944年6月11日。

"著者之一人阑氏（即安德鲁·朗格）即以神话之学有名英国近世者也"。[1]他在《哀弦篇》中表达了同样的心情，痛心于"华土物色之黯淡也久矣，民德离孛，质悴神亏，旧泽弗存，新声绝朕"，他尤其佩服尼采"吾于诸载册中，惟爱人血所书"的名言，并将"书以血，若会知血者神也"作为自己《哀弦篇》的目的；其中，他论及"种性者，人群造国之首基，万事之所由起，而在文章亦著"。他举例说，"希伯来人所撰，皆东方思想，有严肃浑朴之气。故其属文，同途而异归"，"凡读诃美洛思（Homeros）史诗者，当见阿灵普诸神威武赫戏之象，特视《旧约》之耶和华，则尊严尤尚矣"，"若罗马者，文化受自希腊，考二者神话梗概，少所爽别，而罗马之渊深庄重，则又自成调也"。这里他是用人类学的观点来理解希伯来和希腊罗马神话传说的，同时，结合这些内容详细介绍了丹纳著名的"三事"即"种族、环境、时代"的文化三要素论。其目的如其所说，是"介异邦新声，宾诸吾土"，如尼采所唱"惟有坟墓处，始有复活"。[2]

在日本生活的五年，是周作人神话和传说研究学术思想、学术方法的重要奠基时期。其1911年回国，在家乡绍兴搜集民间歌谣和民间故事，包括钩沉地方文献、检索神话传说，这些活动都是他对自己民间文学理论的演练。自此到1917年赴北京大学任教，其间所著述，诸如"三童"（《童话研究》《童话略论》和《古童话释义》）中对神话传说的具体论述，都表明其神话学理论思想初步形成时期的学术倾向与学术特色。这一时期，他更多的是在思索儿童教育问题，"三童"和《儿歌之研究》表达的目的都是如何将古老的民间文学与现代文明教育相结合，包括如何更新中国文化，借异邦之新声的拳拳之心，溢于言表。如他在《一蒉轩杂录》中对《荷马史诗》的介绍，目的如其所讲，也在于与同人一样"撮录其本事，以教蒙童"。这里，他指出

---

[1] 周逴（周作人）:《〈红星佚史〉序》,《红星佚史》,商务印书馆1907年11月版。
[2] 独应（周作人）:《哀弦篇》,《河南》,1908年12月第9期。

"古代异域之书,多以神话为之基本,其意隐晦,不能即憭,则率以神怪二字了之,以为文人好作荒唐之言,本无可稽也","实则神话之作,本自天成,其所依据,乃在民族之信仰及习俗,故神话与宗教,相系至密";"生民监(鉴)于自然之神秘,自由畏敬而生拜物思想,先生死老病之无常,形影梦幻之不测,而精灵信仰,益以完具。当此之时,如为述故事,相告语曰,有神降于庭,鬼哭于野,木石能言,人兽为婚,当无不信者,以与其所信者合也","逮文化渐进,政教改易,而旧说流传,犹仍其故,后世之人,乃至读之莫明其指,此神话之所由多误会也"。而解决误读的办法,在他看来,便是"英人阑士(西)"即英国学者安德鲁·朗格的"人类学法解释神话",所谓此"法",即"以当世蛮荒之礼俗,印证上古之情状",能够使人明白"凡是荒唐之言,皆本根于事实",因而,"欲明古文学中神话传说之意义",最有效的办法就是利用这种人类学理论。[1]这里,他还详细论述了与神话相关的仙人传说问题,如其在《元民文学》中对"条顿神话中,有所谓仙人者"的解释,他说,"此种精灵传说,盖为土民客族之变相,民族争长,弱者败绩,远逊深山,然犹时见形迹,为居民之所畏忌。时日渐远,遂附以神异,或变为巨灵,或退为侏儒,实亦第苗瑶之属耳","唯耳濡目染,渐由想像而生幻视",所以才有如此"多有见么么仙人,作种种游戏者"。[2]

此后,他到了北京,进入学术中心,走向学术前沿,其神话传说研究思路更加开阔,特别是他对于古希腊神话传说的翻译和研究,令他在这一时期形成了较为系统而成熟的神话学理论。当然,他对古希腊神话的关注,如他在后来《我的杂学》中所述,是受当时"民族思想"的影响,而"对于所谓被损害与侮辱的国民的文学更比强国的表示尊重与亲近","这里边,波兰、芬兰、匈加(牙)利、新希腊等最是重要,俄国其时也正在反抗专制,虽非弱小而亦

---

[1] 启明(周作人):《一蒉轩杂录》,《若社丛刊》,1916年6月第3期。
[2] 启明(周作人):《一蒉轩杂录》,《若社丛刊》,1916年6月第3期。

被列入"。[1] 又如他在《新希腊与中国》中所说,"新希腊的文艺和宗教思想的书"其"很有点与中国相像"。这种"相像",一是"狭隘的乡土观念",二是"争权",三是"守旧",四是"欺诈",五是"多神的迷信";但是,周作人的目的仅在于说明"详梦占卜,符咒神方,求雨扶乩,中国的这些花样,那里大抵都有",更是要向人说明:"希腊同中国一样是老年国,一样有这些坏处,然而他毕竟能够摆脱土耳其的束缚,在现今成为一个像样的国度,这到底是什么缘故?"[2]

由此我们可以看出,周作人在文化研究的对象选择上,曾和鲁迅一样具有崇高的学术境界。至少在这一时期,即1937年之前的学术研究中他表现出与鲁迅"爱这攻击别国的'撒提'(贞节的妇女)之幼稚的俄国盲人埃罗先珂"[3] 相近的文化立场。在比较希腊与中国两个民族的差别时,周作人说,"希腊人有一种特性,也是从先代遗留下来的,是热烈的求生的欲望。他不是只求苟延残喘的活命,乃是希求美的健全的充实的生活",而"中国人实在太缺乏求生的意志,由缺少而几乎至于全无";[4] "中国人近来常常以平和耐苦自豪,这其实并不是好现象",因为"中国的平和耐苦不是积极的德性,乃是消极的衰耗的证候","实在只是没气力罢了"。[5] 他强调说,"这样的没气力下去,当然不能'久于人生'","这个原因大约很长远了,现在且不管他,但救济是很要紧",他要做的也就是为此而注入"兴奋剂"。但是,他也在此流露出一种失望的情绪,即中国社会现实对异域新声的"最容易误会与利用",感叹"到底没有完善的方法"。[6] 这与鲁迅称颂"中国的脊梁",赞美民间文学的"刚健,清新"有了明显的差距与分野。当然,周作人能意识到"救济

---

[1] 知堂(周作人):《"我的杂学"之五》,《华北新报》,1944年6月4日。

[2] 仲密(周作人):《新希腊与中国》,《晨报》副刊,1921年9月29日。

[3] 鲁迅:《〈狭的笼〉译者附记》,《新青年》,1921年8月第9卷第1号。

[4] 仲密(周作人):《新希腊与中国》,《晨报》副刊,1921年9月29日。

[5] 仲密(周作人):《新希腊与中国》,《晨报》副刊,1921年9月29日。

[6] 仲密(周作人):《新希腊与中国》,《晨报》副刊,1921年9月29日。

是很要紧",就已经是很不容易的了。我们没有必要强求人皆为圣贤,因为一个人的思想中所充斥的矛盾常常是极其复杂的,有时候,甚至他自己都难以把握,在中外文学史上这样的例子很多。我这样讲并不是为周作人后来的变节开脱,而是说明一个人的人生追求作为文化立场与价值立场及其在现实生活中的具体表现常常充满数不清的矛盾。周作人的神话与传说研究,在学术思想和学术方法上深受人类学派的影响,在学术研究的对象上主要选择了希腊神话,同时,他也时时在关注着中国神话传说,尤其是他熟悉的古典神话和他家乡口头流传着的故事。而在他的学术思想中,对"救济"和"兴奋剂"的追求,以及他在学术研究中对这一理念的贯彻和实践,无疑是最可贵的。

周作人在翻译英国作家罗斯(W.H.D.Rouse)的《古希腊岛小说集》时,于《附记》中说,"我们如要知道一国的艺术作品,便有知道这特异的民众文化的必要",因为"一个人的思想艺术无论怎样的杰出,但是无形中总受着他的民族的总文化的影响","这是一个不可否认的事实,所以我们不可看轻他",但也不能"过于推重"。也就是说,神话传说和民俗作为"民族的总文化"与文艺发展有着相当重要的联系。他在比较中国与希腊两种文明时,就此话题说:

> 希腊是古代诸文明的总汇,又是现代诸文明的来源,无论科学、哲学、文学、美术,推究上去,无一不与他有重大的关系。中国的文明差不多是孤立的,也没有这样长远的发展。但民族的古老,历史上历受外族的压迫,宗教的多神崇拜,都很相像;可是两方面的成绩却大有异。就文学而论,中国历来只讲文术而少文艺,只有一部《离骚》,那丰富的想象,热烈的情调,可以同希腊古典著作相比,其余便无可称道。中国的神话,除了《九歌》以外,一向不曾受过艺术化,所以流传在现代民间,也不能发出一朵艺术的小花。我们并不以为这多神思想的传统于艺术是必要的,但是这为原始艺术根源的圣井尚且如此浑浊枯竭了,其他的情绪的干枯也就可以

想见,于文艺的发生怎能没有关系呢? [1]

他在最后说,"希腊的民俗研究,可以使我们了解希腊古今的文学","若在中国想建设国民文学,表现大多数民众的性情生活,本国的民俗研究也是必要",而且"于文学有极重要的关系"。[2]

希腊神话在人类文化艺术发展中具有十分重要的意义,周作人不仅把它作为"救济"的良药,而且作为评价文化发展的基本尺度。他在《希腊闲话》中论及希腊神话时,强调神话是"宗教上的故事",称"希腊文明的精神,很有许多表现在神话里面"。他指出,"这种精神的特点"作为"希腊人人生观的特点",一是"现世主义",一是"爱美的精神"。在阐释"现世主义"时,就"死后生活如何"这一话题展开论述,说"古代的现世主义,希腊可为代表",以《荷马史诗》中的"死后的生活与现世同"和"那里的人都没有肉体的凭借"为例,说明其"反衬现世的可爱",意在"竭力想把现世改善"。他重点论述的是希腊神话中"爱美的精神"。他说,"希腊民族向来是爱美的民族,他们理想中的神的形象,也和别的民族不同"。他举例说,"中国的神,有三头六臂青面獠牙种种奇形怪状","埃及的神,更有人面兽身种种可怕的形象",而"希腊的神话则不然","他们都是很美丽的,与人的形象相同","便是行为举动亦无一不与人相同",即"希腊人以现世生活为重,所以他们的理想生活不外人的生活,他们最高理想的神,也是与人无异"。他还说,"希腊的宗教没有专门的祭司们,也没有一定的圣书,保存宗教上的传说的只是一班诗人和美术家。所以,他们能把原始时代传下来的丑陋的分子,逐渐美化",甚至"复仇的女神"也是"由丑逐渐变成美的"。在他看来,"这一种'美化'的精神,便是希腊人现世主义与爱美观念充分的表现,于文化进化至有

---

[1] 周作人:《〈在希腊诸岛〉译文附记》,《小说月报》,1921年10月第12卷第10号。
[2] 周作人:《〈在希腊诸岛〉译文附记》,《小说月报》,1921年10月第12卷第10号。

关系,欧洲中古的黑暗时代变为文艺复兴,可以算是一种实例"。相比之下,他所看到的"中国古代的学术",则"差不多都是零碎的,片断的,无系统的","中国文明没有希腊文明爱美的特长",所以它虽然有"相似"之处,"却未免有流于俗恶的地方"。[1] 他对于古希腊神话"爱美的精神"的推崇,在他后来的文章中多次表现出来,如其《希腊神话一》(《青年界》1934年3月第5卷第3期)、《希腊神话二》(《青年界》1934年5月第5卷第5期)。他因此而极其不满于中国文化发展的历史的,在评介郑振铎的《希腊的神与英雄与人》的序言中称赞郑振铎说,"可喜别国的小孩子有好书读,我们独无","中国是无论如何喜欢读经的国度,神话这种不经的东西自然不在可读之列",而且"中国总是喜欢文以载道的","希腊与日本的神话纵美妙,若论其意义则其一多是仪式的说明,其他又满是政治的色味,当然没有意思,这要当作故事听,又要讲的写的好,而在中国却偏偏都是少人理会的"。所以,当郑振铎这部故事集出版后,这种情况就会改变了,他说,"中国的读者不必再愁没有好书看了",这部书"不但足与英美作家竞爽,而且还可以打破一点国内现今乌黑的鸟空气,灌一阵新鲜的冷风进去"。[2]

周作人始终关注着当代文坛的发展,总是希望能从异域文化中求得新声,其目的显然还是通过文化的对比、交融、沟通,铸造新的文学。神话和传说自然是他认识中国文化的一个窗口,而关于神话和传说的翻译、介绍和研究则成为他希望改变和促进中国新文化事业发展的桥梁。也就是说,他首先是从比较的角度来理解神话和传说的,他的神话观从开始形成便与同时代的许多学者有所不同。这种不同除了体现在他研究希腊神话中的具体见解中,还表现在他对神话传说的起源的论述、对国外诸种神话学说的介绍和他对神话传说价值等问题的研究中,这是他神话学思想更重要的内容,也是

---

[1] 周作人:《希腊闲话——1926年11月27日在北京大学学术研究会的讲演》,《新生》,1926年12月24日第1卷第2期。

[2] 知堂(周作人):《希腊的神与英雄与人》,《大公报》,1935年2月3日。

他对现代神话学发展最突出的贡献。

关于神话的起源和问题,周作人在"三童"中就已经有所涉及。如他在《童话研究》中,提及"生民之初,未有文史,而人知渐启,鉴于自然之神化,人事之繁变,辄复综所征受,作为神话世说",和"原人之教,多为精灵信仰(Animism),意谓人禽木石,皆秉生气,形躯虽异,而精魂无间,能自出入,附形而止,由是推衍,生神话之变形式。"[1]其实就是对神话起源的一种理解。在《童话略论》中,他把神话(Mythos)、传说(Saga)和童话(Marchen)在"本质"上看成"一体",以为"上古之时,宗教初萌,民皆拜物,其教以为天下万物,各有生气,故天神地祇,物魅人鬼,皆有动作,不异生人,本其时之信仰,演为故事,而神话兴焉",及"述神人之事,为众所信,但尊而不威,敬而不畏者,则为世说",[2]同样是对神话与传说起源的一种理解。但他在这两种对神话起源的解释,都是依照英国学者泰勒(E.B.Tylor)的"原始宗教论"即"万物有灵观"(Animism)。[3]"万物有灵论"只是在文化心理上解释了神话的发生,是针对神话外借论而提出的。周作人坚持此说,正体现了他受人类学派的深入影响。更系统而完整地体现他神话起源及其分类理论的,是他的《神话与传说》和《神话的趣味》等文章。

在《神话与传说》中,周作人先介绍了根据自己的理解所进行的分类。他"大约可以依照他们性质"将其分为四种:

一、神话(Mythos = Myth)

二、传说(Saga = Legend)

三、故事(Logos = Anecdote)

四、童话(Maerchen = Fairy tale)

在其性质即内容的比较中,周作人将前三种归作一类,指出其"人与事

---

[1] 周作人:《童话研究》,《教育部编纂处月刊》,1913年8月第1卷第7期。
[2] 周作人:《童话略论》,《绍兴县教育会月刊》,1913年11月15日第2号。
[3] 玄珠(茅盾):《人类学派神话起源的解释》,《文学周报》,1928年第6卷。

并重,时地亦多有着落"的共同性内容。他说:

> 神话与传说形式相同,但神话中所讲者是神的事情,传说是人的事情;其性质一是宗教的,一是历史的。传说与故事亦相同,但传说中所讲的是半神的英雄,故事中所讲的是世间的名人;其性质一是历史的,一是传记的。[1]

在对照中,周作人指出童话的"重事不重人",而且把这四种现象都看作文学的形式,"原是一样的文艺作品,分不出轻重来了"。[2]同时,他所做的这种比较并非让人看到文学发展中这四种形式的存在与联系,而是为了说明神话的起源问题。

"怪诞"是神话的重要内容和标志。对于这种内容的具体解释,形成了不同的神话学说;而这些解释,又都是对"怪诞"生成即起源的追溯与论说。这些学说被周作人分为"退化说"和"进化说"两大类,即:历史学派、譬喻派、神学派和言语学派,这四种属于"退化说";"进化说"即"人类学派"。在对"退化说"的论述中,他分别介绍了"历史学派"关于一切神话"皆本于历史的事实,因年代久远,遂致传讹流于怪诞"的理论;"譬喻派"关于神话"系假借具体事物,寄托抽象的道德教训者,因传讹失其本意,成为怪诞的故事"的理论;"神学派"关于神话都是"《旧约》中故事之变化"的理论;"言语学派"即"语言疾病说",认为神话起源于"言语之病",而"用自然现象解释一切"的理论,即"自然现象原有许多名称,后来旧名废弃而成语留存,意义已经不明,便以为是神灵的专名,为一切神话的根源"。但他以为,这种种学说"都不很确切","确切"的理论是英国学者安德鲁·朗格(Andrew Lang)的

---

[1] 仲密(周作人):《神话与传说》,《晨报》副刊,1922年6月26日。
[2] 仲密(周作人):《神话与传说》,《晨报》副刊,1922年6月26日。

"人类学法解释",正是由于此种学说的出现,才形成"豁然贯通"的"解说"而"为现代民俗学家所采用"。他对"人类学派"理论概括道:

> 此派以人类学为根据,证明一切神话等的起源在于习俗。现代的文明人觉得怪诞的故事,在他发生的时地,正与社会上的思想制度相调和,并不觉得什么不合。譬如人兽通婚,似乎是背谬的思想,但在相信人物皆精灵,能互易形体的社会里,当然不以为奇了。他们征引古代或蛮族及乡民的信仰习惯,考证各式神话的原始,大概都已得到解决。[1]

他以为按照人类学派的理论解释"人兽通婚,似乎是背谬的思想,但在相信人物皆精灵,能互易形体的社会里,当然不以为奇"现象,才能够"正当的了解神话的意义"。[2]

周作人坚信安德鲁·朗格的神话学说能解决许多难题,用来作为自己的基本依据。如,郑振铎曾在《文学》上介绍希腊神话,解释阿波罗追赶达芙妮的故事,称它是"叙写太阳对于露点的现象",即"阿波罗是日神,达芬是露水之神;太阳为露点的美丽所惑,欲迫近她;露点惧怕它的热烈的爱人,逃遁了",郑振铎称"希腊的神话大部分都具有如此的解释自然现象的意义的"。周作人说,"希腊神话里的确有些解释自然现象的,但这达芙化树的故事却并不是,更不是'太阳神话'"。他指出郑振铎的解释是受了德国学者马克思·缪勒(Max Müller)"言语学派"理论的影响,即这种神话解释法"将神话中的人名一一推原梵文,强求意义,而悉归诸天象",与之相联系的"气象学解释法"则"到处看出雷神,而以达夫纳为闪电"。他引安德鲁·朗格(Andrew Lang)在《神话仪式与宗教》中的话说,"这种讲变形的神话是野

---

[1] 仲密(周作人):《神话与传说》,《晨报》副刊,1922年6月26日。
[2] 仲密(周作人):《神话与传说》,《晨报》副刊,1922年6月26日。

蛮人空想的产物,因为没有人与物不同的观念,所以发生这些故事",即"这是根据于灵魂信仰之事物起原的神话"。他具体解释道,"古希腊称香桂树云达夫纳,用于阿波罗崇拜,古人不知此树何以与阿波罗有缘,于是便假想达夫纳是他的情人,因为避他的追求,化而为树",其道理"正如说许亚庚多斯死而化为风信子同一意思"。他说,"人类学派并不废语源的研究,但不把一切神人看作自然现象,却从古今原始文明的事实中搜集类例,根据礼俗思想说明神话的意义",从而,他劝告人"不要走进言语学派的迷途里去才好"。[1] 在他看来,人类学理论是现代神话学唯一的科学理论,这也显示出他的偏颇。

在《神话的趣味》中,周作人更详细地介绍了"历史学派""譬喻派""神学派""言语学派"和"人类学派"的理论,指出"人类学派"的崛起改变了"退化说"四派中"言语学派"的"最有势力"的格局。特别是介绍"人类学派"理论时,他指出此派以人类学为根据"证明一切神话的起源由于习俗"的学术特征,提出"欲考证神话的起源","必须征引古代或蛮族及乡民的习惯、信仰","借以观察他们的心理状态"。在这里,他把"说明神话的起源"的内容分为五项,即:一、"野蛮人以为物性和人性是相同的,人说的话狗也全知道";二、"人死后是有灵魂的,这个灵魂可以无论附在人与物的身上皆能作祸降福";三、"野蛮人相信魔术是真实的,如《封神演义》上说姜子牙展开了杏黄旗,幕去了日月星辰,一会儿便迅雷风雨这类的话";四、"野蛮人好奇心特甚,如见日月之蚀以为奇,但又无法解释";五、"因为好奇的缘故,便轻易相信谓其中有神的作用,如谓日月水火皆有管理之神"。接着,他举了中国"天狗吃月这类的神话"作为"一种乡俗",希腊神话中"食子","西洋神话中还有公主和狼结婚的故事"等为例,说明"神话在野蛮人心里并不以为稀罕,而在文明人看来觉得离奇怪诞了",即"野蛮人认为神话是包含哲学、历

---

[1] 作人(周作人):《续〈神话的辩护〉》,《晨报》副刊,1924年4月10日。另参见其《习俗与神话》,《青年界》,1934年1月第5卷第1号。

史、宗教等等，而在我们则只认为是神话"，所以，"要研究神话，就是要懂得我们的祖先的思想和故事"，"要研究神话必先了解神话的背景"。同时，他还提出用"新心理学"弗洛严德（Freud）的精神分析理论来"解释神话"，即"人的欲望的要求在平日不能满足，且为道德法律所拘束，势难发展，然在睡时遂一一显现于梦中"，"我们从人类学说和从新心理学更进一步的解释神话，加以证明，是极有趣味的"。最后，他以希腊神话中的俄狄浦斯弑父娶母为例，尝试用人类学和精神分析理论来解释，证明自己"对于神话与对于其他的科学是一样看重的"和他"研究学问尤要感有趣味"[1]的感受。

也正是这样，周作人大力介绍现代西方神话学派，尤其是人类学派，这种学说深刻影响了现代中国神话学理论的构建，人类学理论在相当长时期内成为一种基本研究方法。

关于神话传说的价值问题，引周作人的话来说，就是"近来时常有人说起神话，但是他们用了科学的知识，不作历史的研究，却去下法律的判断，以为神话都是荒唐无稽的话，不但没有研究的价值，而且还有排斥的必要"[2]。周作人说，这实在是"错误的"。他在《神话与传说》里说，"神话在民俗学研究上的价值大家多已知道，就是在文学方面也是很有关系"，"离开了科学的解说，即使单从文学的立脚点看去，神话也自有其独立的价值，不是可以轻蔑的东西"。他在这里尤其详细的论述道：

> 本来现在的所谓神话等，原是文学，出在古代原民的史诗史传及小说里边，他们做出这些东西，本不是存心作伪以欺骗民众，实在只是真诚的表现出他们质朴的感想，无论其内容与外形如何奇异，但在表现自己这一点上与现代人的著作并无什么距离。文学的进化上，虽有连接的反动

---

[1] 周作人：《神话的趣味》，《晨报》副刊《文学旬刊》，1924年12月5日。
[2] 仲密（周作人）：《神话与传说》，《晨报》副刊，1922年6月26日。

(即运动)造成种种的派别,但如根本的人性没有改变,各派里的共通的文艺之力,一样的能感动人,区区的时间和空间的阻隔只是加上一层异样的纹彩,不能遮住他的波动。中国望夫石的传说,与希腊神话里的尼阿倍(Niobe)痛子化石的话,在现今用科学眼光看去,却是诳话了,但这于他的文艺的价值决没有损伤,因为他所给与者并不是人变石头这件事实,却是比死更强的男女间及母子间的爱情,化石这一句话差不多是文艺上的象征作用罢了。[1]

他指出"文艺不是历史或科学的记载",称"如见了化石的故事,便相信人真能变石头,固然是个愚人,或者又背着科学来破除迷信,断断的争论化石故事之不合真理,也未免成为笨伯了"。也就是说,在这样的神话传说中,它更多的是"表示一种心情","自有特殊的光热",这样,"如把神话等提出在崇信与攻击之外,还他一个中立的位置,加以学术的考订,归入文化史里去,一方面当作古代文学来看,用历史批评或艺术鉴赏去对待他,可以收获相当的好结果"。[2]

在《神话的趣味》里,他表达了与此相同的意见。他说,"神话是与文学有最密切的关系的","在欧洲每一文学史里,开首即要研究神话,这确是一件很有趣味的事";因为"希腊的神话是常常用在散文和诗歌里面,无论历来那个名家的著作,其中多杂有神话在内",所以"我们要了解欧洲的文学","非先懂得神话的趣味不可"。他又说,"神话即是文学","由此可以窥测古代野蛮民族的文化的程度——他们很幼稚的心理和思想"。[3] 在《神话的辩护》中,他表示,对于"反对把神话作儿童读物的人说,神话是迷信,儿童读了要变成义和团与同善社",他十分赞同"这个反对迷信的热心",但他不能

---

[1] 仲密(周作人):《神话与传说》,《晨报》副刊,1922年6月26日。
[2] 仲密(周作人):《神话与传说》,《晨报》副刊,1922年6月26日。
[3] 周作人:《神话的趣味》,《晨报》副刊《文学旬刊》,1924年12月5日。

附和"神话养成迷信",他强调"神话在儿童读物里的价值是空想与趣味,不是事实和知识","神话只能滋养儿童的空想与趣味","神话原是假的,它决不能妨害科学的知识的发达,也不劳科学的攻击"。对于"有些人以为神话是妖人所造,用以宣传迷信,去蛊惑人的"的说法,他说这"完全是不的确",他借此引德国学者翁特(Wundt)的神话理论阐述自己的神话发生及其流传,包括神话、传说、童话三者的关系与价值等问题的意见。许多学者以为神话、传说、童话三者依次发生,周作人说,"其实却并不然"。他以为,三者中,广义的童话起源"最早",即"在'图腾'时代,人民相信灵魂和魔怪,便据了空想传述他们的行事,或借以说明某种的现象";其次是"英雄与神的时代",即"传说"和"狭义的神话""发生的时候",与童话所不同的是"传说的主人公是英雄,乃是人","英雄是理想的人,神即是理想的英雄;先以人与异物对立,复折衷而成为神的观念,于是神话同时兴起了"。值得注意的是他在这里提出"纯粹的狭义的神话几乎是不能有的,一般所称的神话其实多是传说的变体,还是以英雄为主的故事"。应该说,周作人更早就注意到神话的"狭义"的内容。他总结道,神话"在发生的当时,大抵是为大家所信的,到了后来,已经失却信用,于是转移过来,归入文艺里供我们的赏鉴"。[1] 在《续〈神话的辩护〉》中,周作人再一次强调"神话是原始人的文学","原始人的哲学","原始人的科学","原始人的宗教传说",是"人民信仰的表现";他说,"我们研究神话,可以从好几方面着眼,但在大多数觉得最有趣味的当然是文学的方面","这不但因为文艺美术多以神话为材料,实在还因为他自身正是极好的文学",即如其所引"希腊的神话具有永久不磨的美丽与趣味"。[2] 在《关于儿童的书》中,周作人说,像解释"火从那里来","可以讲神话上的燧人,也可以讲人类学上的火食起源",这样的"精魂信仰"与"帝王起源"的

---

[1] 周作人:《神话的辩护》,《晨报》副刊,1924年1月29日。
[2] 作人(周作人):《续〈神话的辩护〉》,《晨报》副刊,1924年4月10日。

第三章 周作人的民间文艺学思想理论

神话传说"尽可做成上好的故事,使儿童得到趣味与实益,比讲那些政治、外交、经济上的无用的话不知道要好几十倍"。[1]我甚至想,周作人对神话在文学包括艺术教育方面的价值的论述,是可以看作他别具一格的神话诗学体系的;当然,这也是他神话学观的一部分,成为现代神话学体系中的一个亮点。

人类学是中国现代神话学的基础理论,许多西方学者诸如泰勒(E.B.Tylor)、弗雷泽(J.G.Frazer)、安德鲁·朗格(Andrew Lang)等人的理论著述被不同程度的翻译介绍进来,促使了中国现代神话学的理论体系的具体建立和形成、发展。其中,安德鲁·朗格(Andrew Lang)的理论经周作人等学者的引入,对现代学术产生的影响作用最明显。周作人曾忆及这种影响作用时说,"安特路朗是个多方面的学者文人,他的著书很多,我只有其中的文学史及评论类,古典翻译介绍类,童话儿歌研究类,最重要的是神话学类","这里边于我影响最多的是神话学类中之《习俗与神话》《神话仪式与宗教》这两部书","因为我由此知道神话的正当解释,传说与童话的研究也于是有了门路了"。[2]周作人对安德鲁·朗格(Andrew Lang)神话学理论的介绍,常常是在比较与联系中进行的,如在《神话的趣味》等处他不仅介绍了人类学派理论,而且详细介绍了其他学派理论,更重要的是他自觉地将中外神话进行对比,具有比较神话学的意识[包括他对马克斯·缪勒(Max Müller)的《比较神话学》的介绍],和鲁迅一样采用了"拿来主义"。一位学者在回顾中国神话学受人类学派理论的影响时,颇有感触地说,周作人是"我国最早直接介绍人类学派神话学,并运用它来研究神话问题的"。[3]与此同时,我们看到茅盾、黄石、谢六逸、赵景深、郑振铎、钟敬文、杨成志、林惠祥等学者的共同努力,使中国现代神话学体系在民主与科学的曙光映照下初步形成,而周作人确实曾走在最前面。在这种语境下,我们称他为我国现

---

[1] 周作人:《关于儿童的书》,《晨报》副刊,1923年8月17日。

[2] 周作人:《"我的杂学"之七》,《华北新报》,1944年6月18日。

[3] 马昌仪:《人类学派与中国近代神话学》,《民间文艺集刊》第1集,上海文艺出版社1981年版。

代神话学的重要开拓者并不为过。尤其是他与鲁迅共同论及的《神话和传说》，虽然观点不尽相同，却可见到他们一致的辛勤开拓。特别是周作人对希腊神话的翻译、介绍及其对中国神话的比较研究的成果，都是中国现代神话学理论大厦的重要基石。周作人研究神话传说，形成了自己的学术方式与学术风格，将西方神话与神话学理论融入中国传统的考据的同时，大胆引用他所熟悉的"儿时闻见"的"越中俗说"，这就是我们今天所推崇的现代学术理论、传统学术方式与科学考察三足并进、三位一体的综合研究方法。

神话世界是一个民族的特殊的文化空间和思想空间，积聚着一个民族最古老的精神与情绪的记忆。面对着这个世界，周作人独选择了人类学派中的安德鲁·朗格（Andrew Lang），从神话与民俗生活的联系中看神话的起源、发展与嬗变及其实质内容，他更多的是对一个民族的文化之根进行解剖。在这些论述中，我们可以看到，他常常进行着三方面的工作，一是在中外神话的比较中发现中国民族的个性，包括民族劣根性；一是将神话材料运用于民族教育，特别是儿童教育之中；一是将神话置之于文学发展中看其存在位置。也就是说，他的考察是历史文化、教育和文学的考察，与他在《歌谣》中所提出的"文艺的""历史的"和"教育的"这三种"研究的效用"相吻合。尤其是其中的"历史的"考察，周作人最为关注的是民族文化习性的内容，他曾经气愤，曾经沮丧，但他总是抱着一种希望，即"救济"的企图，要睁开眼睛看到世界，看到列强集中的欧洲，"懂得我们的祖先的思想和故事"。[1]神话学被充注进这样的思想，也就具有了更深刻的内容，同时具有了更广阔的前途；在这种意义上，尽管周作人的神话研究包含着这样那样的偏颇，我们仍应当向他表示敬意。而事实上，今天的神话学最为缺乏的正是这些内容，一方面是视野的相对狭隘、学风的浮躁，一方面是对民族思想文化发展现实的冷漠。若神话学失却了必要的热情，它又会有什么前途呢？

---

[1] 周作人：《神话的趣味》，《晨报》副刊《文学旬刊》，1924年12月5日。

第四节　对民间文学与民俗学等基本理论问题的研究

在民间文学的研究中,民俗学是一个不可忽视的课题。一般的学者认为,既然民俗学是对岁时节日、礼仪、禁忌和民间文学等民间文化生活研究的科学,它理应包含着对民间文学的研究,也就是说,民间文学的研究属于民俗学的一部分。但是,我们又不能不看到,这两个学科又各自具有独立性,它们常互为应用,却又各有偏重。事实上,对这两个学科之间的关系的理解不明确,也是造成今天学科定位与归属问题的症结。在总的层面上,民俗学被划入社会学,属于法学类别;在具体的层面上,民间文学被分离出文学,搞了一个民俗学含民间文学的尴尬的学科归属。既然民间文学是文学,又如何分离出文学呢?无疑,学科的定位与归属问题直接牵涉到高等院校和科研院所人力、财力的分配,然而更重要的是学科队伍的弱化严重影响了这一学科的发展。回顾中国现代民间文学理论体系的建立,可以看到周作人通过民俗学研究民间文学,通过民间文学研究民俗学的有效方法。

这一方法的典型,我以为首见于他为江绍原所翻译的《现代英吉利谣俗及谣俗学》(*English Folklore*)一书做的《序》。在序中,周作人也提到"三大部门"问题,即"信仰之于宗教学""习惯之于社会学"和"歌谣故事之于文学史"的问题,这具体涉及"民俗学"的"能否成为独立的一门学问"。他对于民俗学与民间文学有着清醒的差别意识。他说:

民俗学的长处在于总集这些东西而同样地治理之,比各别的隔离的研究当更合理而且有效,譬如民俗学地治理歌谣故事,我觉得要比较普通那种文学史的——不自承认属于人类学或文化科学的那种文学史的研究更为正确,虽然歌谣故事的研究当然是应归文学史的范围;不过这该是人类学的一部之文学史罢了。[1]

当然,民俗学的"长处"正在于"总集"的综合意义,但更重要的是民间文学本来就是民俗生活或民间文化生活的一部分,周作人看到民俗学的这种"长处",也看到了"歌谣故事的研究当然是应归文学史的范围",从而更为准确地把握了民俗学学科上的相对独立性。

江绍原所编译的《现代英吉利谣俗及谣俗学》,作者是英国谣俗学会会长瑞爱德(Arthur Robertson Wright)。这本书是他在一次学术会议上的演说。全书涉及"生育、丧葬""习惯法与各业谣俗""时令""动植物和无生物""鬼和超自然存在""占卜、征兆和运气""厌殃法、便方和黑白巫术"等内容。[2]这部著作的翻译对中国现代民俗学理论体系的建立有着异常重要的意义,应该是鉴于此等意义,周作人虽然很谦虚地说人让其作序是"问道于盲",但其意仍然很重视。他在《序》中指出研究"歌谣故事",民俗学"更为正确",其中所强调的正是"民俗学的特质"。他在这里述及"民俗学的价值"时,称其"是无可疑的",但他对将来降为"民俗志"却抱怀疑态度。问题就在于一个学科的"有用"与特色,而"特质"也就是特色的核心。他在这里总结"民俗学的特质"道:"他就一民族或一地方搜集其信仰习惯谣谚,以上古及蛮荒的材料比较参考,明了其意义及发生分布之迹,如此而已,更无什么别的志愿目的。""他未必要来证明先人之怎么近于禽兽,也未必要来预言后人之怎么可为圣贤。"[3]应该说,就前一句话而言,这确实是"民俗学的特质",但就后一句话来说,却未免低估了民俗学的价值。由此使人想起当年

---

[1] 周作人:《〈现代英吉利谣俗及谣俗学〉序》,《现代英吉利谣俗及谣俗学》,江绍原编译,上海中华书局1932年6月版。

[2] 周作人:《〈现代英吉利谣俗及谣俗学〉序》,《现代英吉利谣俗及谣俗学》,江绍原编译,上海中华书局1932年6月版。

[3] 周作人:《〈现代英吉利谣俗及谣俗学〉序》,《现代英吉利谣俗及谣俗学》,江绍原编译,上海中华书局1932年6月版。

鲁迅在论述英国人乔治·葛莱做《多岛海神话》时所举的例子,即民俗学绝不仅仅是一门纯粹的学问;它既要研究历史,也要关注现实,更重要的是要具有明确的学术目的与实践目的。在西方列强开垦和发展殖民地时运用民俗学统治所谓的野蛮民族,就是最简单的例证。

周作人看到的更多的是研究历史所构成的"民俗学的特质",而相对忽视了这一学科在实践上的特质,尽管他在其他文章中也论及"文艺的"和"教育的"问题,但这不能不说是他的局限。当然,我们不能强求他一定要达到什么样的境界,而他能够就"特质"来引起人对这一学科的重视,就已经是相当可贵的了。在欧洲民俗学史上,确实以人类学为基本方法进行研究的时期更为漫长;除了安德鲁·朗格,周作人还介绍了其他人类学家的民俗学理论。周作人介绍西方民俗学理论时,常常将西方学者的原话引出来,做成排列,而较少自己做出论断。如《金枝上的叶子》中,在论及弗雷泽(Frazer)《金枝》的价值时,他引证这部著作"其影响之大确如《泰晤士报》所说,当超过十九世纪的任何书,只有达尔文、斯宾塞二人可以除外",并先后举了英国学者哈同的《人类学史》、斯宾司的《神话学概论》、哈理孙女士的《学子的生活之回忆》,包括弗雷泽夫人(Lilly Frazer)编辑的《金枝》。他直接引他们的话做论证的材料,诸如斯宾司在《神话学概论》中所称"《金枝》一书供给过去和现在一代的神话学、民俗学家当作神话和人类学事实的一种大总集","没有人能够逃过他那广大的影响"等[1],包括《金枝》的原文中关键段落和词句,给人以更亲切更直接的感觉,以免自己的可能误读影响他人。由此可见周作人对传统的朴学的严谨学风的发扬。

周作人重视用民俗学的方法研究民间文学,既重视民俗学本身的内容,又重视民间文学中的民间传说、故事、歌谣、戏曲和谜语等具体内容,强调从基本理论做起。

---

[1] 岂明(周作人):《金枝上的叶子》,《大公报》,1934年2月21日。

在民俗学的基本理论研究中,他非常重视搜集整理第一手资料。举数他的民俗学研究,其较早并较为系统的著述,当称1913年刚从日本回国两年多时所作的《风俗调查》。在这里,他开篇即以"越俗,凡犬猫家畜病毙,辄投河中,谓若埋之,当令人中土,引为大忌"为论题,再以"案"的形式对此进行论述其起源、演变和在民间信仰中的作用,提出自己的具体见解。一篇《风俗调查》,先后述及多种民间信仰现象,并逐条论述给予解释。在其论述解释中,既有古代典籍的引用,又有中外民俗现象的对比,还有对现代民俗生活的具体描述和论说。如,阐释"中土"这一民间禁忌时,他先对此现象进行溯源,称"此迷信本于五行生克之说",再举"后以为秽触土公,故当得罚",然后引《太平御览》中人如何解释"有犯土说,其来已远","特古以为中土气,今则推其原于犯土神耳"云云;之后,以"今扫墓不复破块,而仍守其习,弃死物于水"来说明此种信仰的现在流行状况,并以"越中人"所信仰的"有利水将军在,无妨也",昭示出民间信仰与民间传说中的自我阐释系统的存在。又如在解释"小儿夜哭,书咒帖衢壁以厌之"时,他以南北流行的歌诀为例,溯源为"中国昔以儿夜啼为鬼祟",举《夜谈随录》所存此俗和"日本亦传儿衣夜露则夜啼,与姑获鸟传说相关"做比较,阐释其咒语基本职能在于"书咒榜壁,即以解之";又以"案"的形式述说"本非疾病","但由眠食失常,致成此习"。同时,他也提出移风易俗的问题。如在解释"病人饮汤药,必倾药渣于通衢,令人践踏"的"共弃"时,说,"但道上多药渣,殊病通行,因之滑倒者多有之,当改其俗"。最后他还指出"黑巫术"即"反群魔术"与"于国人道德心有所障碍"等问题,[1] 事实上指出了"风俗调查"改造国民性的目的之一。从总的来看,这篇《风俗调查》应看作我国近现代民俗学中具有"概论"性质的重要文献,这与后来的"北大风俗调查会"和《风俗调查表》有着密切

---

[1] 持光(周作人):《风俗调查》,《绍兴县教育会月刊》,1913年11月第2号。

的联系。[1]这是现代民俗学的先声。周作人对民俗学基本理论的重视具体以两种形式体现出来，一是对相关文献的介绍，一是对一些自己所见所闻的民俗生活事项在记录或描述中进行论述。

在我国古代文献中，民俗生活的记录与保存具有悠久的传统。周作人将之称为"乡土志""风土志""民俗志"。如其在《十堂笔谈》之九中曾专门论及这一问题。他说，"中国旧书史部地理类有杂记一门，性质很是特别，本是史的资料，却很多文艺的兴味，虽是小品居多，一直为文人所爱读，流传比较的广"，"这一类书里所记的大都是一地方的古迹传说，物产风俗"。由此，他联想起当年"中国曾经提唱（倡）过乡土志"和"编成几种教本"，即夏曾佑他们的新史学运动，他希望能"暂且利用一部分旧书"即"风土志零本"，像当年新史学使人"养成爱乡心以为爱国的基本"那样，使"新的乡土志"在将来"复兴起来"，借以吸引和启发青年"进到民俗研究方面去，使这冷僻的小路上稍为增加几个行人"；其目的也包括使人"多注意田野坊巷的事，渐与田夫野老相接触，从事于国民生活之史的研究"，因为这"虽是寂寞的学问，却于中国有重大的意义"。[2]正是由此学术目的出发，他曾介绍"记录一年中北京市上叫卖的各种词句与声音"的《一岁货声》。在《一岁货声》中，他重视其中"发其天籁"的"货声"，从中"感到北京生活的风趣"，"察知民间生活之一斑"，和"歌唱与吆喝的问题"。[3]同时，他由《一岁货声》转而关注向英国学者弗雷泽（Frazer）的《小普利尼时代的罗马生活》和《爱迪生时代的伦敦生活》，和这里面同北京叫卖声一样的各种叫卖，并将之比较。他介绍《清嘉录》对"吴中岁时土俗"的"颇极详备"的记述；[4]介绍记述"越中旧俗"诸如

---

[1] 见"国立北京大学研究所国学门"《风俗调查表》，《东方杂志》，1923年12月25日第20卷第24期。

[2] 东郭生（周作人）：《十堂笔谈》，《新民声》，1945年1月16日。

[3] 岂明（周作人）：《一岁货声》，《大公报》，1934年1月17日。

[4] 岂明（周作人）：《大公报》，1934年3月10日。

"跳泥人""跳黄牛""跳灶王"等民俗生活内容的《洗斋病学草》。[1]他介绍记述中原民俗"语多鄙俚",诸如"言繁塔为龙摄去半截,吹台是一妇人首帕包土一抛所成,北关关王赴临埠集卖泥马,相国寺大门下金刚被咬脐郎缢死背膊上"等"荒诞无稽,为文人学士所吐弃"之类民间传说的《如梦录》,遗憾于其中"那些贵重的传说资料可以说是虽百金亦不易的,本已好好地记录在书上了,却无端地被一刀削掉",骂其"暴殄天物",他说他"很想设法找来一读,至少来抄录这些被删的民间传说"。[2]他曾介绍屈大均的《广东新语》,并在《岭南杂事诗抄》中欣喜于其"在一个月里得到了三部书,都是讲广东风土的。一是屈大均著的《广东新语》二十八卷,一是李调元辑的《南越笔记》十六卷,一是陈坤著的《岭南杂事诗抄》八卷"。[3]其他如《燕京岁时记》(《北平晨报》1936年1月13日)、《汴宋竹枝词》(《庸报》1940年4月4日)、《话》(《中国文艺》1941年1月第3卷第5期)等,都体现出他对民俗文献的热情与细心。

民俗生活的存在对于民俗学者有非常重要的意义,它意味着丰富的矿藏。周作人在对他所闻所见的民俗生活事项具体记述和描述时,表现出对它们的理解认识,同时,这些民俗生活作为文本,常常构成动态的民俗志,成为我们研究民俗生活变迁的重要资料。

在民俗生活中,民间信仰是最基本的内容,它常常以不同的形式表现出来,并深刻地影响甚至支配着民间文学的审美形态。如"结缘"作为一种民间宗教习俗,在古代是相当普遍的佛教信仰的世俗形式。周作人在《结缘豆》中引用古代文献材料,比较"结缘的风俗"在南北两地的表现,诸如江南地区的"各寺庙佛生日散钱与丐,送饼与人"(《越谚》),北京"四月八日,都人之好善者取青黄豆数升,宣佛号而拈之,拈毕煮熟,散之市人"。由此,他指出"结缘的意义"所在,他说:

---

[1] 知堂(周作人):《大公报》,1934年10月20日。

[2] 不知(周作人):《如梦录》,《华北日报》,1935年8月3日。

[3] 知堂(周作人):《岭南杂事诗抄》,《大公报》,1935年10月25日。

第三章 周作人的民间文艺学思想理论

> 大约是从佛教进来以后,中国人很看重缘,有时候还至于说得很有点神秘,几乎近于命数。如俗语云,有缘千里来相会,无缘对面不相逢,又小说中狐鬼往来,末了必云缘尽矣,乃去。敦礼臣(即《燕京岁时记》作者富察敦崇)所云预结来世缘,即是此意。其实说得浅淡一点,或更有意思,例如唐伯虎之三笑,才是很好的缘,不必于冥冥中去找红绳缚脚也。我很喜欢佛教里的两个字,曰业曰缘,觉得颇能说明人世间的许多事情,仿佛与遗传及环境相似,却更带一点儿诗意。[1]

至于民间送豆、送饼"结缘"的原因,周作人解释说,"人是喜群的,但他往往在人群感到不可堪的寂寞,有如在庙会时挤在潮水般的人丛里,特别像是一片树叶",于是便"想用什么仪式来施行祓除","这几颗豆或小烧饼"就像"圣餐的面包蒲陶酒似的一种象征","寄存着深重的情意"。[2]

迎神赛会是展现民间信仰的普遍形式,如庙会等习俗,不仅包含着具体的民间信仰,而且包含着相关的民间文学和各种民间艺术。我国民间文学诸如神话、传说、戏曲、民歌等许多形式,都是在这种民俗文化生活中具体存在和传播的。周作人在《关于祭神迎会》中以柳田国男的《日本之祭》为话题,称之为"这一方面很有权威的书",借以进行中国和日本的民间信仰在内容和形式上的比较研究,颇有比较民俗学的意味。如他所举例中,称"日本佛教一样的尊崇图像,而神道则无像设,神社中所有神体大抵是一镜或木石及其他,非奉祀神官不得见知",而"中国宗教不论神佛皆有像,其状如人,有希腊之风,与不拜偶像之犹太教系异,亦无神体之观念,所拜有木石之神,唯其像则仍是人形也";"盖日本宗教,求与神接近,以至灵气凭降,神人交融,而中国则务敬鬼神而远之,至少亦敬而不亲,以世间事为譬,神在日本

---

[1] 周作人:《结缘豆》,《谈风》,1936 年 10 月第 1 期。
[2] 周作人:《结缘豆》,《谈风》,1936 年 10 月第 1 期。

于人犹祖祢,在中国则官长也";"日本神社祭赛,在都市间亦只是祭祀,演神乐,社内商贩毕集,如北京之庙会,乡间则更有神舆出巡,其势甚汹涌,最为特别",而中国"亦稍见闻民间的迎神赛会,粗野者常有之,不甚骇异"。他比较的结果就是"唯超理性的宗教情绪在日本特为旺盛,与中国殊异"。他所看到的,是"中国民间对于鬼神的迷信,或者比日本要更多,且更离奇,但是其意义大都是世间的","大抵民众安于现世,无成神作佛的大愿",其"宗教行事的目的非为求福则是免祸而已"。这里,他同样以家乡绍兴的"祭神迎会的情形"为例,诸如对"东岳""府县城隍""张老相公""九天玄女""会稽山神"和佛教方面的"诸神灵的信仰活动",包括"台阁饰小儿女扮戏曲故事""划龙船"等内容,以"明察中国民众对神明的态度"即"礼有馀而情不足"。他最后总结道:"日本国民富于宗教心,祭礼正是宗教仪式,而中国人是人间主义者,以为神亦是为人生而存在者,此二者之间正有不易渡越的壕堑。"[1] 周作人自有他的道理,但是,在他的论说中却存在着一个不容忽视的倾向,即他所流露的对于中国文化与中国民众的失望,这与他在抗战前特别是五四前后的许多文章相比大相径庭。

周作人关于民间信仰的研究,还有《两种祭规》,对"家祭"和"祠祭"的民俗学研究[2]等,但在学术的价值与意义上大多不如抗战前的文章。诸如《关于妖术》(见《永日集》北新书局 1929 年 5 月版)、《水里的东西》(《骆驼草》1930 年 5 月 12 日第 1 期)、《关于雷公》(《宇宙风》1936 年 6 月第 18 期)、《疟鬼》(《语丝》1926 年 8 月第 91 期)等,以及他关于"鬼"的信仰的系列论述,如《鬼的生长》(《大公报》1934 年 4 月 21 日)、《说鬼》(《青年界》1936 年 1 月第 9 卷第 1 期)等。从中我们可以感受到他的学术思想在不同时期的变化。

---

[1] 药堂(周作人):《关于祭神迎会》,《艺文》,1943 年 10 月第 1 卷第 4 期。
[2] 知堂(周作人):《两种祭规》,《中和月刊》,1944 年 2 月第 5 卷第 2 期。

第三章 周作人的民间文艺学思想理论

周作人关于民俗生活的研究,其中不乏动人的美文,从另一方面体现出他的民间文学观、民俗学观。如他在《北京的茶食》(《晨报》1924年3月18日副刊)、《北平的春天》(《宇宙风》1936年3月第13期)、《北平的好坏》(《宇宙风》1936年6月第19期)、《北平的风俗诗》(1945年)、《爆竹》(《语丝》1928年2月第4卷第9期)等处,对北京民俗生活的描写与论述;又如他在《"破脚骨"》(《晨报》副刊1924年6月18日)、《乌篷船》(《语丝》1926年11月第107期)、《村里的戏班子》(《骆驼草》1930年6月第5期)、《立春以前》(《新民声》1945年1月30日)、《石板路》(1945年,《亦报》1950年6月2日重刊)等处,对家乡"越中"民俗生活的描写与论述。这些作品可看作随笔,也可看作文论。其他如《花煞》中,他借对"一种喜欢在结婚时作(捉)弄人的凶鬼"的论述,指出"在野蛮人的世界里,四分之一是活人,三分之一是死鬼,其馀的都是精灵鬼怪",所谓"精灵鬼怪"即英语里的 Daimones "大抵都是凶恶,幸灾乐祸","在文化幼稚,他们还没有高升为神的时候,恐怕个个都是如此"。[1] 在《古朴的名字》中,他就英国学者赫伯特(S.Herbert)在《儿童志》所述"给小孩起一个污糟讨厌的名字"来欺骗鬼怪为话题,指出此类民间信仰在当时"乡间"和中国历史上的存在,"一个是想趋吉,一个是想避凶,同是巫医的法术作用"[2]。在《求雨》中,他就"北京军民长官率领众和尚求雨"和"春丁祭孔"为题,论述祭雨与原始民间信仰的联系,提出这些现象是"对于帝制的追慕之非意识的表现","因复辟绝望,只能于现世以外去求满足,从天上去找出皇帝及其所附属的不测的恩威来"。[3] 周作人非常看重"历史的"内容,总要对民俗生活做一种嬗变的考察,从《求雨》可以看出他同鲁迅两人就同一问题上的不同态度,他们虽都具有批判的成分,而鲁迅更多了一种强烈的否定,将此作为国民劣根性进行批判。

---

[1] 岂明(周作人):《花煞》,《语丝》,1926年3月第68期。

[2] 岂明(周作人):《古朴的名字》,《语丝》,1926年11月第107期。

[3] 岂明(周作人):《求雨》,《语丝》,1927年6月第135期。

周作人对于岁时风俗早就有着特殊的兴趣,常就此民俗生活事项展开自己的论述。如他在《扫墓》中引张岱《陶庵梦忆》中的《越俗扫墓》和顾禄《清嘉录》中的"上坟"以及刘侗的《帝京景物略》中的"春场"等内容,论述"中国社会向来是家族本位的,因此又自然是精灵崇拜的,对于墓祭这件事便十分看得重要"。[1]农历正月十三是传说中的老鼠嫁女日,周作人引文献中的"杭俗谓除夕鼠嫁女,窃履为轿"和中原地区《虞城志》中的同类"禁灯"习俗,以及不同地区的《嫁鼠词》,表达自己对往日的追忆。[2]在《中秋的月亮》中,他引述富察敦崇的《燕京岁时记》"京师谚曰:男不拜月,女不祭灶"和"陈瓜果于庭以供月,并祀以毛豆鸡冠花"等习俗,回想自己乡间的祭拜"月亮婆婆"的习俗和传说,论及古人"相信其与女人生活有关"和"与精神病者也有微妙的关系"等问题。[3]在《七夕》中,他以人所持"七夕牛女相会不足信"为话题,对"七夕之祭"的历史进行考察,发现"以唐宋时为最盛,以后则行事渐微而以传说为主",并结合"越中旧俗",称"此种传说,如以理智批判,多有说诳分子,学者凭唯理主义加以辨正,古今中外常有之,惟若以诗论,则亦自有其佳趣"。[4]在《关于送灶》中,周作人对比了我国南北地区在历史和现实生活中祭灶习俗的不同,指出其中与地理等自然因素的联系。[5]春节是我国民间文化生活中尤其重要的内容,作为农耕生活的时令标准,包含着一个民族异常丰富的感情;周作人在《〈中国新年风俗志〉序》中论述了新旧历之间的新年的异同,指出"中国旧日是农业的社会","对于节气时令是很看重的","农家的耕作差不多以节气作标准","冬和春的交代乃是死与生的转变,于生活有重大关系"。[6]这些民俗学的理论研究文章中,始终体现

---

[1] 不知(周作人):《扫墓》,《华北日报》,1935年4月1日。

[2] 药堂(周作人):《记嫁鼠词》,《晨报》,1938年8月30日。

[3] 知堂(周作人):《中秋的月亮》,《庸报》,1940年9月16日。

[4] 知堂(周作人):《七夕》,《庸报》,1940年9月23日。

[5] 周作人:《关于送灶》,《立春以前》,上海太平书局1945年出版。

[6] 周作人:《〈中国新年风俗志〉序》,《中国新年风俗志》,娄子匡著,商务印书馆1935年版。

出人类学的倾向。如其在江绍原的《发须爪》一书的序所说,他对人类学派的神话解释"二十年来没有改变"。[1]他在《我的杂学》中也提到自己"因了安特路朗的人类学派的解说,不但懂得了神话及其同类的故事,而且也知道了文化人类学"。[2]人类学派注重历史,以"野蛮人的风俗思想"和"文明国的民俗"为研究对象,把"现代文明国(家)的民俗"看作"古代蛮风之遗留"的理论,包括弗雷泽的《金枝》、泰勒的《原始文明》与《文明之起源》等著作成为周作人研究民俗学和民间文学的基本依据。[3]这表明人类学派的方法给了他有力的理论支持,使他有诸多的理论发现,但也严重限制了他的视野和思路。

周作人对民间文学基本理论的重视,具体表现在他对民间传说、故事、歌谣、戏曲和谜语内容的论述,包括搜集整理与研究方法问题。

民间传说在他看来是"历史的",是对"人的事情"的讲述,是"半神的英雄"的故事。[4]他在《徐文长的故事》中说,"儿时听乡人讲徐文长故事","就记忆所及"记述下来,"这些故事大抵各处都有类似的传说,或者篇篇分散,或者集合,属于一个有名的古人";他举例说,如,英国《市本》(Chapbook)中有"培根长老的故事,即以 Roger Bacon 为'箭垛',插上许多魔术故事"。又如"南京旧刻有《解学士诗》,将许多打油诗都送给解缙,随处加上本事的叙述"。他称自己记述《徐文长的故事》的"原因",有"十分之一"是为"传说学"提供"资料"。其所记"故事"共有八则,以其"机智"即聪明智慧为主要内容,相当于我们现在所说的"机智人物故事"。值得我们注意的是,周作人在"按"即注释说明中所运用的"母题"概念。在第四篇故事中,周作人记述了徐文长因为寺中方丈怠慢他而施计令人将方丈打死,后来遭到报应即

---

[1] 周作人:《〈发须爪〉序》,《语丝》,1926年11月第105期。
[2] 知堂(周作人):《我的杂学》之八,《华北新报》,1944年6月25日。
[3] 知堂(周作人):《我的杂学》之八,《华北新报》,1944年6月25日。
[4] 仲密(周作人):《神话与传说》,《晨报》副刊,1922年6月26日。

误杀妻子的故事;他对此解释说,这则故事与袁宏道所做的《徐文长传》中内容相比,袁氏所云"有沙门负资而秽,酒间偶言于公(胡宗宪),公后以他事杖杀之",其"似所说非全无依据",包括"以疑杀其继室"的故事,以及"后来皇帝召见徐文长",徐文长因朝冠中有蝎子而"头痛不可忍",即"果报之事","此乃传说中一种普通的'母题',在各故事中常见类似的例"。[1] "母题"和"箭垛"在这里的运用,其实并不仅仅是一个概念的问题,而是标志着周作人对故事学研究的理论系统性的具体形成;在此前,胡适曾经在《歌谣的比较的研究法的一个例》中运用过"母题"概念,[2] 这里应当是周作人对胡适的响应。在第五则故事的注释中,周作人对故事出现的"堕贫"即"惰民""公奴",用民俗学的方法介绍他们的因从事低贱职业而受社会"歧视",以及他们"自成部落,甚有势力",是一种具有社会学意义的研究方法。同时,他在《说明》中称自己是在"正经地""介绍老百姓的笑话",所以会出现"不雅"以招致"道学家"他们的"批评";他指出,这种"粗俗不雅"的"价值"在于其"至少还是壮健的","与早熟或老衰的那种病的佻荡不同"。他说,"老百姓的思想还有好些和野蛮人相像,他们相信力即是理,无论用了体力智力或魔力,只要能得到胜利,即是英雄,对于愚笨孱弱的失败者没有什么同情,这只要检查中外的童话传说就可知道"。[3] 在《张天翁》中,他对传说中的天翁与"白雀"的神奇故事做考据,称"此事便只是荒唐得好玩,是传说与童话的特色,与经史正大相殊耳"。他将此传说与"希腊神话"做比较,指出"中国道教的天上朝廷原还是人间的那一套,不过镀了一点金而已"。从天翁斗法的故事中,他看到的是"五斗米贼之气焰亦尚存在,后世居然任为天师,可知黄巢之造庙非不应该",以及"白雀白龙"在传说中作为"寺位系"的历史上

---

[1] 朴念仁(周作人):《徐文长的故事》,《晨报》副刊,1924年7月9日。

[2] 胡适:《歌谣的比较的研究法的一个例》,《努力周报》,1922年12月3日。

[3] 朴念仁(周作人):《徐文长的故事》,《晨报》副刊,1924年7月10日。

的普遍意义。他称,"同一荒唐,在神话中则可喜,在人世间便可怕"。[1]这种学术研究方式在周作人的民间文学研究中几乎成为一种模式,即文本——文献——理论——历史与现实,研究民间传说是这样,研究民间歌谣也是这样,都是在历史与现实间寻找着文化的踪影。在《抱犊固的传说》中,他解释桂未谷《札朴》中所录"兰山县有高山,俗呼豹子崮,即抱犊也"传说,称这种将"豹子崮"与"抱犊"相联系的解释是"所谓民间的语源解说"(Folk Etymology),其"于史地的学术研究上没有什么价值",但作为"传说"是"很有趣味"的,"于民俗学是有价值的"。接着,他以家乡"未见记录的地名传说"为例,说"这些故事,我们如说它无稽,一脚踢开,那也算了;如若虚心一点仔细检察,便见这些并不是那样没意思的东西,我们将看见《世说新语》和《齐谐记》的根芽差不多都在这里边",不同的是"《世说新语》等千年以来写在纸上",而这些故事"还是在口耳相传"。[2]显然,周作人较早注意到民间传说与文献并行流传的现象与规律。在论及民间故事时,周作人非常重视民间信仰所呈现的意义,如其《文艺上的异物》中,他提到"古今的传奇文学里,多有异物——怪异精灵出现"并以"僵尸"现象为例,说这种现象有两种,一种是"尸变",即"新死的人忽然'感了戾气',起来作怪,常把活人弄死",其"性质"很"凶残",另一种是"普通的僵尸",为"久殡不葬的死人所化",也很"凶残","常被当作旱魃,能够阻止天雨"。他概括"中国的僵尸故事大抵很能感染恐怖的情绪";并与"南欧与北欧两派"的"外国僵尸思想"做比较,指出"民间的习俗大抵本于精灵信仰",其价值就在于"能够于怪异的传说的里面瞥见人类共通的悲哀或恐怖。"[3]在《关于僵尸》中,他重复了这种看法,称"关于死尸变异的民间传说","这是学术上的好资料","中国相传的

---

[1] 知堂(周作人):《张天翁》,《中国文艺》,1939年11月第1卷第3期。
[2] 开明(周作人):《抱犊固的传说》,《语丝》,1925年3月2日第16期。
[3] 仲密(周作人):《文艺上的异物》,《晨报》副刊,1922年4月16日。

显圣'便是同类的幻觉,足以证明群众之胡(糊)涂"。[1] 笑话是一种特殊的民间故事,关键内容在于"笑"的审美表现。周作人曾经编过《苦茶庵笑话选》[2],他在《序》中说,"查笑话古已有之,后来不知怎地忽为士大夫所看不起"。诸如《笑林广记》"永列为下等书,不为读书人所齿,以至今日",他说,"这是很不公道的",因为"笑话自有其用处"。这种"用处"在他看来一为"说理论事,空言无补,举例以明,和以调笑,则自然解颐,心悦意服,古人多有取之者,比于寓言";二为"群居会饮,说鬼谈天,诙谐小话亦其一种,可以破闷,可以解忧,至今能说笑话者犹得与弹琵琶唱小曲同例,免于罚酒焉";三为"当作文学看,这是故事之一,是滑稽小说的根芽,也或是其枝叶";四为"与歌谣故事谚语相同,笑话是人民所感的表示,凡生活情形,风土习惯,性情好恶,皆自然流露"。他指出笑话"有苦辣的讽刺小说的风味",而他的"意思",则"还是重在当作民俗学的资料"。这里,他将笑话在总体上分为"挖苦"与"猥亵",其中,"二者之间固然常有相混的地方,但是猥亵的力量很大,而且引人发笑的缘故又与别的显然不同"。他举例"挖苦呆女婿的故事",称其"以两性关系为材料,则听者之笑不在其呆而在猥亵";"猥亵的分子在笑话里自有其特殊的意义",而"猥亵的事物在各色社会上都是禁制的","它的突然的出现"是"违反习俗改变常态的事",其"无敌的刺激力","便是引起人生最强大的大欲,促其进行"。他引他人关于"猥亵的笑话比别种的对于性欲更有强烈的刺激力"的论述,称"猥亵歌谣故事与猥亵语之搜集工作亦甚切要";他说,他的"集录笑话"的"意思",是"想使笑话在文艺及民俗学上稍回复他的一点地位"。他还说,这种目的"有三种计划",即"辑录古书中的笑话""搜集民间的笑话""选取现存的笑话书",这实际上也是他关于笑话范畴的说明。他在最后说,"让人民去谈论,发泄他们的鸟气,无论是真的

---

[1] 岂明(周作人):《关于僵尸》,《语丝》,1926 年 8 月 16 日第 92 期。
[2] 周作人编:《苦茶庵笑话选》,上海北新书局 1933 年 10 月版。

苦痛或是假的牢骚,这倒是一种太平气象罢",他"只是想听人家说的笑话",编选笑话的目的在于"当作俗文学及民俗资料的一种"。[1] 十多年后,他在《笑赞》中表达的仍是这种意思,[2] 只是明显少了那种锐气和热情,变成了"隐者"。也就是说,从总体来看,受人类学派神话理论的影响,周作人从当世流传的活性形态的传说故事,看到了同样具有原型意义的历史内容;即"口耳相传"与"千年以来写在纸上"的价值在文化发展中是相同的。这种理论一直影响到今天。

在为林培庐所辑的《潮州七贤故事集》所写的序中,周作人阐述了"传说类的名人故事"在内容上同童话和笑话的联系与差别,指出"故事里的名人或英雄大抵有两种,一是官,一是文人","前者如包龙图、海瑞、彭宫保,后者如罗隐秀才、解学士、徐文长",而"至于聪明的白衣",诸如"后世社会上很有势力的流氓","则不大有份",即科举制度所形成的社会评价机制影响了这种现象。他以此说明官本位和唯科举为才的文化传统,并总结出这种传统下生成的民间传说流变规律,称"这些故事多是流动的,流传在各处,集合在一个箭垛上,便成了传说,散出来又是种种的童话或笑话"。就此话题他又提出"研究的初步重在搜集资料",而搜集的方法尤显得重要,即"其中最要注意的是其记录的方法"。他以"故事"为例说:

  搜集故事的缺点是容易把它文艺化了,它本来是民间文学,搜集者又多是有文学兴趣的,所以往往不用科学的记录而用了文艺的描写,不知不觉中失了原来的色相,这当做个人的作品固有可取,但是民俗学资料的价值未免因而减少了。[3]

因而他提倡"记录故事也当同歌谣一样,最好是照原样逐字抄录","如

---

[1] 周作人:《笑话论》,《青年界》,1933年9月第4卷第2号。
[2] 十山(周作人):《笑赞》,《杂志》,1945年3月第14卷第6期。
[3] 周作人:《〈潮州七贤故事集〉序》,《潮州七贤故事集》,天书书店1934年版。

不可能,则用翻译法以国语述之,再其次则节录梗概,也只可节而不可改",即"大凡愈用科学的记录方法,愈能保存故事的民间文学与民俗学资料之价值"。[1] 在此之前周作人即格外重视"忠实记录",还非常重视全面搜集,如在《关于"狐外婆"》中,就曾提到"忠实记录"和全面搜集的意义;他说,"倘若能够搜集中国各地的传说故事,选录代表的百十篇订为一集,一定可以成功一部很愉快的书",同时他又提出"进一步,广录一切大同小异的材料,加以比校(较),可以看出同一的母题(motif)如何运用联合而成为各样不同的故事,或一种母题如何因时地及文化的关系而变化"。[2] 在《〈蛇郎精〉按语》中,周作人表达了同样的意见,他说,"记录故事,有两件事很要注意",即一种是:"在特殊的新奇的以外,更要搜集普通的近似以至雷同的故事,以便查传说分布的广远",另一种是"如实的抄录","多用科学的而少用文学的方法"。他指出,"大凡这种搜集开始的时候,大家多喜欢加上一点藻饰,以为这样能使故事更好些",但是,对此"不可不注意,努力避免";"不增减不改变地如实记录,于学术上固然有价值,在文艺上却也未必减色,因为民间文学自有它的风趣,足以当得章大愚氏'朴壮生逸'四字的品评"。在记录使用语言,他主张"全体叙述可用简洁的国语,但其中之韵律语,特殊名物,及有特别意义的词句,均须保存原来方言,别加注释"。[3] 他一再强调对民间文学作品的忠实记录的科学态度,其实在今天仍然是我们应该重视的,而且科学考察还是一项不可少的基本工作。

最后是对民间戏曲问题的研究,周作人在民间文学的理论研究中有不少地方涉及这些内容。民间戏曲作为综合的民间艺术,常集中体现出一个

---

[1] 周作人:《〈潮州七贤故事集〉序》,《潮州七贤故事集》,天马书店1934年版。
[2] 岂明(周作人):《关于"狐外婆"》,《语丝》,1926年1月11日第61期。这种意见,他在《〈僵尸〉的按语》(《语丝》1926年5月17日)中也表达过,提出"调查地理上的分布,再把古来的传说拿来比较,研究他历史上的变迁"。
[3] 凯明(周作人):《〈蛇郎精〉按语》,《语丝》,1925年10月26日第50期。

地区或一个时代的民间文学存在状况,常常成为民间传说故事的再生源,因而它在民间文学研究中具有不可忽视的标志性价值和意义。

在《论中国旧戏之应废》中,周作人针对"中国旧戏没有存在的价值",从人"关于旧戏的话"说起,称"中国戏多含原始的宗教的分子,是识者所共见的"。他以西方学者李奇微(Ridgeway)《非欧罗巴民族的演剧舞蹈》为比较参考,集中论述民间戏曲中的"野蛮"问题,他说,"这些五光十色的脸,舞蹈般的动作,夸张的象征的科白,凡中国戏上的精华,在野蛮民族的戏中,无不全备","在现今文明国的古代,也曾有过"。他举例说,"野蛮是尚未文明的民族,正同尚未长成的小孩一般,文明国的古代,就同少壮的人经过的儿时一般,也是野蛮社会时代","中国的戏,因此也不免得一个野蛮的名称"。对此"野蛮"的文化价值存在,周作人说,"原来野蛮时代,也是民族进化上必经的一阶级,譬如个人长成,必须经过小儿时代","所以我们对于原始民族与古代的戏,并不说他是野蛮,便一概抹杀,因他在某一社会某一时期上,正相适合,在那时原有存在的理由,在后世也有可研究的价值"。接着,他论及所谓旧戏的内容充斥"淫""杀""皇帝""鬼神","有害于'世道人心'"的问题。他说,"在中国民间传布有害思想的,本有'下等小说'及各种说书;但民间有不识字未听过说书的人,却没有不曾看过戏的人,所以还要算戏的势力最大",即民间戏曲的传播是民间百戏接受文化知识的主要渠道。他指出在民间文化的传播中,崇尚"皇帝"和"鬼神"的思想就是"野蛮戏的根本精神"。那么,戏曲的文化建设应该走一条什么样的道路呢?周作人也表示不必惧怕"欧化",而对于"将他国的文艺学术运到本国"作为是"经过了野蛮阶级蜕化出来的文明事业"而"拿来",使"亚洲有了比欧洲更进化的戏",他以为"只可惜没有这样如意的事"。[1] 显然,他仍然是用人类学的目光

---

[1] 周作人:《论中国旧戏之应废》,《新青年》,1918年11月15日第5卷第5号。

审视民间戏曲的内容,希望人正视民间文学的存在背景及其存在价值,其中自然包含着重视民间文化的历史文化价值。在《中国戏剧的三条路》中,周作人提出提倡新剧和保存旧剧"分道扬镳"的方法,即戏剧发展的"三条道路",一条是"为少数有艺术趣味的人而设"的"纯粹新剧",一条是"为少数研究家而设"的"纯粹旧剧",一条是"为大多数观众而设"的"改良旧剧"。他更关注"纯粹旧剧"的研究价值,他说,"中国旧剧有长远的历史,不是一夜急就的东西,其中存着民族思想的反影,很足供大家的探讨",所以,"旧戏的各方面相可以完全呈现","不但'脸谱'不应废止,便是装'跷'与'摔壳子'之类也当存在",甚至"许多丑恶的科白"也应当"保存","留东方古剧之一点馀韵"。他提出"应该尽量地发展农村的旧剧,同时并提倡改良的迎会","增进地方的娱乐与文化"。[1] 在《谈目连戏》中,周作人介绍了其家乡"每到夏天,城坊乡村醵资演戏,以敬鬼神,禳灾厉,并以自娱乐"的"民众戏剧"即"目连戏"(《目连救母》)。他描述其演出场景和习俗道,"所演之戏有徽班、乱弹高调等本地班",其"末后一种"即纯粹的民间戏曲,"所用言语系道地土话","所着服装皆极简陋陈旧";"演戏的人皆非职业的优伶,大抵系水村的农夫,也有木工瓦匠舟子轿夫之流混杂其中,临时组织成班,到了秋风起时,便即解散,各做自己的事去了";演出时间"计自傍晚做起,直到次日天明","所做的便是这一件事","除首尾以外,其中十分七八,却是演一场场的滑稽事情,算是目连一路的所见","看众所最感兴味者恐怕也是这一部分"。对于戏中的"滑稽"内容,他论述道,"这些滑稽当然不很'高雅',然而多是壮健的,与士流之扭捏的不同,这可以说是民众的滑稽趣味的特色","我们如从头至尾的看目连戏一遍,可以了解不少的民间趣味和思想,这虽然是原始的为多,但实在是国民性的一斑,在我们的趣味思想上并不是绝无关系,所

---

[1] 周作人:《中国戏剧的三条路》,《东方杂志》,1924年1月25日第21卷第2号。

以我们知道一点也很有益处"。再者就是民间戏曲中的宗教因素问题,周作人称此目连戏为"中国现存的唯一的宗教剧",他透过目连戏"使人喜看的地方"即其中的"许多滑稽的场面",看到的是"全本的目的却显然是在表扬佛法",其意义相当于"水陆道场或道士的'炼度'的一种戏剧化"。他在最后说,对于这种民间戏曲,"应该趁此刻旧风俗还未消灭的时期,资遣熟悉情形的人去调查一回,把脚本纪录下来,于学术方面当不无裨益";他引弗雷泽(Frazer)"竭力提倡研究野蛮生活"为例,称应当重视"本族里也很多可以研究的东西"。[1]用我们今天的话来讲,无疑就是抢救民间非物质文化遗产。但是,也仅仅是归抢救,也仅仅是供民俗学的资料,他总是免不了"对旧剧的厌恶",如其在《北平的好坏》中所述的几种理由,当然,这"旧剧"更多的指"京戏"而非民间戏剧;他愤恨于"京戏已经统制了中国国民的感情了",遗憾于"中国不知从哪一年起,唱歌的技术永远失传了"。[2]由此,使人想起鲁迅在《门外文谈》中对家乡目连戏《武松打虎》的评价,周作人看到的更多的是民间文学在民俗学等学术研究中的价值,而少了鲁迅的批判精神。

第五节　对国外民间文学和民俗学理论的翻译和介绍

中国现代民间文学理论体系的建立,离不开两种重要背景,一是对几千年间的中国古典文化包括近代文化中相关理论的继承,诸如梁启超、章太炎、黄遵宪、王国维、胡适、鲁迅和周作人他们在钩沉民间文化史料,考证和论述民间文学的发生、演变及其价值等方面所做的努力;二是对国外民间文学和民俗学理论的翻译和介绍,见诸周作人、鲁迅、茅盾、黄石、谢六逸、郑振

---

[1]　开明(周作人):《谈目连戏》,《语丝》,1925年2月23日第15期。
[2]　知堂(周作人):《北平的好坏》,《宇宙风》,1936年6月16日第19期。

铎、江绍原、钟敬文、杨成志等人的译著,应该说,这是更重要的一个方面,翻译工作不但直接影响和构成了这种理论体系的具体建立和发展脉络,而且从根本上改变了现代学术格局,使中国现代民间文学理论体系获得了独立发展的学术地位,形成属于它自己的学术规范和学术目的,及其具体的价值立场体系与学术方法、方式。总观周作人在对国外民间文学和民俗学理论所做的翻译和介绍,可以分为这样几个方面:一是英国的民间文学和民俗学,以及其他相关学科的理论的翻译及介绍;二是古希腊神话传说及相关理论;三是日本民间文学和民俗学理论的翻译及介绍;四是对印度、希伯来、阿拉伯、俄罗斯、丹麦、法国、德国和朝鲜等国民间文学内容的涉及。

首先是对英国民间文学和民俗学及其相关学科理论的介绍,这构成了周作人的基本立场与主要研究方法。

英国是现代民俗学包括现代民间文艺学的故乡。民俗学的形成标志,便是1846年由英国学者托马斯(Thoms)提出的Folklore,即"民众的知识""民众的学问",借以代替"民间的古俗"。这个学科一方面包括民俗自身内容,如岁时风俗、礼仪禁忌和各种口头文学,即民俗志,另一方面则指具体的理论研究。英国民俗学的发展与人类学的理论息息相关,而人类学的基础又与达尔文和斯宾塞的社会进化论产生直接联系,所以,英国民俗学包括民间文学理论研究的许多重要学者,诸如泰勒、班恩女士、安德鲁·朗格、弗雷泽和马林诺夫斯基等人又都是人类学家。周作人本人也曾提到英国学者弗雷泽(Frazer)对他"最有影响"。[1]考周作人对国外民间文学的翻译,早在他进入南京江南水师学堂读书时,即1904年即已开始。他翻译过英文本阿拉伯民间故事《阿里巴巴与四十大盗》,并于1905年以《侠女奴》为名出版[2];后来他去日本读书,于1907年与鲁迅合译《红星佚史》[3],即"罗达哈葛

---

[1] 知堂(周作人):《我的杂学》,《华北新报》,1944年6月25日。
[2] 萍云女士(周作人):《〈侠女奴〉说明》,《侠女奴》,《小说林》,1905年单行本刊印。
[3] 周逴(鲁迅、周作人):《红星佚史》,上海商务印书馆1907年版。

德、安度阑（即 Andrew Lang）俱二氏，掇四千五百年前黄金海伦事著名佚史，字曰《世界之欲》"[1]；1909 年在与鲁迅合译《城外小说集》时，其首篇就是英国作家王尔德的童话《安乐王子》，"童话"这一概念也就是在这里的"著者事略"中首次提出来的。而"民俗学"一词，正是他 1913 年在《童话略论》中首次提出；同是这一年，他发表《英国最古之诗歌》（《若社丛刊》1914 年 12 月第 2 期）和《歌谣杂话》（《中华小说界》1914 年 2 月第 1 卷第 2 期），里面分别提及"英国国民史诗"和"英国童歌"，并在《歌谣杂话》中介绍说，"英国民歌，多出于苏格兰，羼用方言，视若庞杂，然自有其特彩，趣味盎然"。1916 年，他发表《一蒉轩杂录》，其中有"英国俗歌"一节，具体介绍道：

> 英国有一种俗歌，名巴拉特，多主记事，故与普通言情之民谣异。其原始不可考，美国庚密尔诸氏谓民众赓歌，口占而成，英人汉特生等以为不然。盖始亦个人之手笔，递经传唱，代有损益，乃成今状。法人巴里博士释之曰，俗歌盖中古时歌人所作，多取材于民间传说，武士故事，先代歌谣，及当世事实，但一经熔铸，自呈彩色；又或出于作者想像，遐古之初，文化未立，信仰礼俗，皆近蛮野。遗风残影，留于人心，因以流入诗歌，多奇古之致。其说最为简明。俗歌本只口授，后始有人记录之……[2]

后来，他在《中国民歌的价值——〈江阴船歌〉序》中，对"民歌"的界说，仍"按英国 Frank Kidson 说"，即其《英国民歌论》中所说的"生于民间，并且通行民间，用以表现情绪或抒写事实的歌谣"。[3] 在《歌谣》中，他更详细地介绍了弗兰克·基德森（Frank Kidson）的《英国民歌论》中对民歌论述的理论。在《谜语》中，他举例说，"英国的民间叙事歌中间，也有许多谜

---

[1] 周逴（鲁迅、周作人）：《红星佚史》，上海商务印书馆 1907 年版。
[2] 启明（周作人）：《一蒉轩杂录》，《若社丛刊》，1916 年 6 月第 3 期。
[3] 周作人：《中国民歌的价值——〈江阴船歌〉序》，《歌谣周刊》，1923 年 1 月第 6 号。

歌及抗答歌（Flytings）"。[1]后来,在《歌谣的书》中,他回忆说,"民国初年我搜集外国歌谣的书,最初只注意于儿歌,又觉得这东西禁不起重译,所以也只收原文著录的,这就限于英文日文两种了。英文本的儿歌搜了没有多少种,后来也不曾引伸到民歌里去,可是这里有一册书我还是很欢喜,这是安特路朗（Andrew Lang）所编的《儿歌之书》","因为朗氏是人类学派的神话学家,又是有苏格兰特色的文人,我的佩服他这里或者有点偏向也未可知"。[2]

如他所言,他确实在众多西方学者的民间文学与民俗学理论中,更加注重对英国学者安德鲁·朗格（Andrew Lang）的理论的介绍和具体运用,也包括对弗雷泽（Frazer）等人的理论的重视,即社会人类学理论。他在《我的杂学》之八中,对于自己接受这种理论的背景论述说:

> 我因了安特路朗的人类学派的解说,不但懂得了神话及其同类的故事,而且也知道了文化人类学,又称社会人类学,虽然本身是一种专门的学问,可是这方面的一点知识于读书人很是有益,我觉得也是颇有趣味的东西。在英国的祖师是泰勒与拉薄克,（其）所著《原始文明》与《文明之起源》都是有权威的书;泰勒又有《人类学》,也是一册很好的入门书……但是于我最有影响的还是那《金枝》的有名的著者弗来若博士。社会人类学是专研究礼教习俗这一类的学问,据他说研究有两方面,其一是野蛮人的风俗思想,其二是文明国的民俗,盖现代文明国的民俗大多即是古代蛮风之遗留,也即是现今野蛮风俗的变相,因为大多数的文明衣冠的人物在心里还依旧是个野蛮。因此这比神话学用处更大……[3]

---

[1] 仲密（周作人）:《谜语》,《晨报》副刊,1922年7月1日。

[2] 知堂（周作人）:《歌谣的书》,《晨报》副刊,1940年12月23日。

[3] 知堂（周作人）:《我的杂学》,《华北新报》,1944年6月25日。

这里他又提到弗雷泽（Frazer）《魔鬼的辩护》及其夫人所编的《金枝上的叶子》等著作对他的影响。在提到"原籍芬兰而寄居英国的威思忒玛克教授"时，他说"他的大著《道德观念起源发达史》两册，于我影响也很深"。[1]

在《〈发须爪〉序》中，他曾提到自己最初所译的《红星佚史》，"一半是受了林译《哈氏丛书》的影响"，"一半是阑氏（即 Andrew Lang）著作的影响"。他还说，平常翻开威斯忒玛耳克（Westermarck）"那部讲道德观念变迁的大著"，"总对他肃然起敬，心想这于人类思想的解放上如何有功，真可以称为是一部'善书'。在相信天不变道亦不变的中国，实在切需这类著作"。[2] 后来，他还专门介绍过弗雷泽夫人（Lilly Frazer）的《金枝上的叶子》（《大公报》1934 年 2 月 21 日）、安德鲁·朗格（Andrew Lang）的《习俗与神话》（《青年界》1934 年 1 月第 5 卷第 1 号）等英国学术名著。在《赋得猫——猫与巫术》中，他提到，"英国蔼堪斯泰因女士（Lina Eckenstein）曾著《儿歌之研究》，二十年前所爱读，其遗稿《文字的咒力》（$A\ Spell\ of\ Words$, 1932）中第一篇云《猫及其同帮》，于我颇有用处"；又提到"多年前我读英国克洛特（E.Clodd）的《进化论之先驱》与勒吉（W.E.H.Lecky）的《欧洲唯理思想史》，才对于中古的巫术案觉得有注意的价值"，"茂来女士（M.A.Murray）于一九二一年著《西欧的巫教》（$The\ Witch\-cult\ in\ Western\ Europe$），辨明所谓巫术实是古代的原始宗教之馀留，也是我所尊重的一部书，其第八章论《使与变形》是最有价值的论断"。[3] 在《希腊神话一》和《希腊神话二》中，周作人引用最多的就是哈里孙（Jane Ellen Harrison）的著述。他在《希腊神话一》中说，他"最初读到哈理孙的书是在民国二年"，即其《古代艺术与仪式》，以为"她借了希腊戏曲说明艺术从仪式转变过来的情形非常有意思"，称她"能够在沉闷的希腊神话及宗教学界上放进若干新鲜的空气，引起一

---

[1] 知堂（周作人）：《我的杂学》，《华北新报》，1944 年 6 月 25 日。
[2] 周作人：《〈发须爪〉序》，《语丝》，1926 年 11 月第 105 期。
[3] 知堂（周作人）：《赋得猫——猫与巫术》，《国闻周报》，1937 年 3 月第 14 卷第 8 期。

般读者的兴趣",是人们"不得不感谢她的地方"。[1]当然,Harrison 的著述的意义远不止这些。周作人在这里提到她的《希腊宗教研究绪论》《希腊宗教研究结论》《德米思》《我们对于希腊罗马的负债》丛书中的《神话》《古今宗教》丛书中的《古代希腊的宗教》《希腊罗马的神话》等多种著述,并称最后一种《希腊罗马的神话》"可以算是有用的入门书"。[2]他转引了《希腊罗马的神话》的《引言》,称哈里孙"先从仪式去找出神话的原意,再回过来说明后来神话变迁之迹,很能使我们了解希腊神话的特色,这是很有益的一点"。[3]在《希腊神话二》中,他引哈里孙的话"要明白理解希腊作家","若干的神话知识向来觉得是必要的","学者无论怎么严密地应用了文法规则之后,有时还不能不去查一下神话的典故",称自己对于希腊神话"特别有好感","好久就想翻译一册到中国",他就"底本的选择"问题,对盖雷（C.M.Gayley）的《英国文学上的古典神话》,哈里孙（Harrison）的《希腊罗马的神话》,詹姆斯（H.R.James）的《我们的希腊遗产》,罗斯（R.J.Rose）的《希腊神话要览》等著述,在翻译价值上做了比较,称 R.J.Rose 的《希腊神话要览》"叙录故事之外又有研究资料",是"一部很好的书"。[4]后来,在《〈希腊神话〉引言》中,又提到自己翻译亚坡罗陀洛斯的《希腊神话》之外,曾"译出弗来若（Frazer）博士《希腊神话比较研究》,哈利孙（Harrison）女士《希腊神话论》,各五万言"的事。[5]在《我的杂学》之七中,他提及对自己"影响最多"的是安德鲁·朗格（Andrew Lang）的《习俗与神话》《神话仪式与宗教》两部神话学著作,同时还提及"哈忒兰的《童话之科学》和麦扣洛克的《小说之童年》",以及"夷亚斯莱在二十年后著《童话之民俗学》";这里他还指出,

---

[1] 周作人:《希腊神话一》,《青年界》,1934 年 3 月第 5 卷第 3 期。
[2] 周作人:《希腊神话一》,《青年界》,1934 年 3 月第 5 卷第 3 期。
[3] 周作人:《希腊神话一》,《青年界》,1934 年 3 月第 5 卷第 3 期。
[4] 周作人:《希腊神话二》,《青年界》,1934 年 5 月第 5 卷第 5 期。
[5] 周作人:《〈希腊神话〉引言》,《语丝》,1926 年 8 月第 94 期。

"神话与传说童话源出一本,随时转化",其"解释"相同,并以"麦扣洛克"的"以民间故事为初民之小说"理论,比之于"朗氏(Andrew Lang)谓说明的神话是野蛮人的科学",称其"说的很有道理",[1]表明他学术立场的主导倾向。

古希腊罗马神话传说传入东方,是中国翻译史上的一个大事件。这不仅是其中的神话传说给人耳目一新的感觉,而且伴随着西方民族的美学精神,诸如盗火英雄普罗米修斯、艺术之神缪斯、太阳神阿波罗等神话英雄,给黑暗和苦闷中的中华民族以鼓舞和启发。周作人论及自己对希腊神话的翻译时,提到自己"在学校里学过几年希腊文,近来翻译亚坡罗陀洛思的神话集","最初之认识与理解希腊神话却是全从英文的著书来的",是因为"当初听说要懂西洋文学须得知道一点希腊神话","所以去找一两种参考书来看","后来对于神话本身有了兴趣,便又去别方面寻找,于是在神话集这方面有了亚坡罗陀洛思的原典,福克斯与洛士各人的专著,论考方面有哈理孙女士的《希腊神话论》以及宗教各书"。[2]

对于希腊神话的翻译介绍,周作人也谈过自己受到"民族思想",即"对于所谓被损害与侮辱的国民的文学更比强国的表示尊重与亲近",[3]其中包括希腊在内。然而,其更看重的还是神话内容上的特色,及其对中国文化包括思想、艺术诸方面的"救济"。[4]他强调希腊神话中的审美精神的内容,如他所说:

> 世间都说古希腊有美的神话,这自然是事实,只须一读就会知道,但是其所以如此又自有其理由,这说起来更有意义。古代埃及与印度也有特殊的神话,其神道多是鸟头牛首,或者是三头六臂,形状可怕,事迹亦多

---

[1] 知堂(周作人):《我的杂学》,《华北新报》,1944年6月18日。

[2] 知堂(周作人):《我的杂学》,《华北新报》,1944年6月11日。

[3] 知堂(周作人):《我的杂学》,《华北新报》,1944年6月4日。

[4] 仲密(周作人):《新希腊与中国》,《晨报》副刊,1921年9月29日。

怪异,始终没有脱出宗教的区域,与艺术有一层的间隔。希腊的神话起源本亦相同,而逐渐转变,因为如哈理孙女士所说,希腊民族不是受祭司支配而是受诗人支配的,结果便由他们把那些都修造成美的影像了。"这是希腊的美术家与诗人的职务,来洗除宗教中的恐怖分子,这是我们对于希腊的神话作者的最大的负债。"[1]

他说,"我们中国人虽然以前对于希腊不曾负有这项债务,现在却该奋发去分一点过来,因为这种希腊精神即使不能起死回生,也有返老还童的力量"。[2]

他记述了自己对希腊古典神话的翻译活动,颇多感慨,称自己"从哈理孙女士的著书得悉希腊神话的意义,实为大幸,只恨未能尽力介绍","亚坡罗陀洛思的书本文译毕,注释恐有三倍的多,至今未曾续写";"此外还该有一册通俗的故事,自己不能写,翻译更是不易"。他举"劳斯博士于一九三四年著有《希腊的神与英雄与人》"为例,称"这总是基督教国人写的书","未能决心去译他",而"想要讨教"那些文化改造的方法,却"不得不由基督教国去转手",这虽然有点"别扭","但是为希腊与中国再一计量,现在得能如此也已经是可幸的事了"。[3]

查其对希腊神话及其研究的翻译文章,可数这样几篇,如英国学者劳斯(Rouse)的《在希腊诸岛》(《小说月报》1921年10月第12卷第10号),英国学者哈里孙(Jan Ellen Harrision)女士的《〈希腊神话〉引言》(《语丝》1926年8月第94期)、《论鬼脸》(《语丝》1925年8月第42期)和《论山母》(《北新》1928年1月第2卷第5号),古希腊亚坡罗陀洛斯的《希腊神话诸神世系》(《艺文》1944年11月第2卷第10、11、12期)等;另外还有

---

[1] 知堂(周作人):《我的杂学》,《华北新报》,1944年6月11日。
[2] 知堂(周作人):《我的杂学》,《华北新报》,1944年6月11日。
[3] 知堂(周作人):《我的杂学》,《华北新报》,1944年6月11日。

古希腊路吉亚诺思的《冥土旅行》(《小说月报》1922年11月第13卷第11号)和他的《论居丧》(《未名》1930年4月"终刊号")等,也涉及相关内容。其中的《在希腊诸岛》是劳斯(W.H.D.Rouse)译《希腊岛小说集》的序文,周作人说,"因为他说新希腊的人情风土很是简要有趣,可以独立",所以将它"译出来了"。[1] 在这篇译文中,让人看到"在田野的希腊,至今仍有诃美洛思(Homeros)时代(即荷马时代)的风气馀留着,而尤以游人少到的爱该亚(Aigaia)诸岛为然","在每座荒山上,有一个友迈阿思(Eumaios)在他的牧舍(Mandra)里,带着几只凶猛的系铃的狗,他们都认生客为敌人","阿迭修斯(Odysseus)航海,坐在一只船里,同我们在希腊陶尊(樽)上所见的一样","神女(Nereid)们出现于溪边上,哈隆(Charon)来叫死者同行","在山冈间,滂(Pan)是还没有死;即使他或者睡着了,总之神女是醒着的","在全国里,几乎每个田野,都有荒废的神祠或简单的围场,各有它的守护的圣徒;这令人想起古代希腊田庄里,特地给滂和神女们所留起的角落来","它们在地图上并不标出,只在地方传说里有人知道"。[2] 这些情景分明是希腊神话在现世的复现。《〈希腊神话〉引言》中,让人看到的是"各种宗教都有两种分子,仪式与神话",即"第一是关于他的宗教上一个人之所作为,即他的仪式","其次是一个人之所思索及想像,即他的神话,或者如我们愿意这样叫,即他的神学"。哈里孙女士在这里告诉人,"诸神乃是人间欲望之表白,因了驱除与招纳之仪式而投射出来的结果",在"人形化"及"兽形化"之前,"我们别有一个精气信仰(Animism)的时代,那时的神是一种无所不在的不可捉摸的力。到了人把他规定地点,给予定形,与他发生确定的关系的时候,这才变成真的神了。只在他们从威力变成个人的时候,他们才能有一部神话";"诃美洛思(即荷马)是史诗传统的全体,诗人之民族即古代

---

[1]〔英〕W.H.D.Rouse:《在希腊诸岛》,周作人译,《小说月报》,1921年10月第12卷第10号。
[2]〔英〕W.H.D.Rouse:《在希腊诸岛》,周作人译,《小说月报》,1921年10月第12卷第10号。

希腊人的传统的书","希腊民族不是受祭司支配而是受诗人支配的,照'诗人'（Poetes）这字的原义,这确是'造作者',艺术家的民族"。哈里孙特别强调的是,正是由于这种"受诗人支配"的原因,所以这样一个民族"与别的民族同样地用了宗教的原料起手",他们从"对于不可见的力之恐怖,护符的崇拜,未满足的欲望等"这些"朦胧粗糙的材料"中,"造出他们的神人来",诸如"宙斯""雅典娜""赫耳美思""坡塞同"等神话典型。[1]这些神话典型不仅影响了古希腊和罗马的艺术,而且影响到整个欧洲,成为文艺复兴的重要内容,推动了整个人类的文化艺术的发展。在哈里孙（Harrison）的《论鬼脸》中,让人看到的是"它不讲故事,只解说诸神的起源及其变迁,是神话学而非神话集的性质,于了解神话上极有用处"。[2]在解释"戈耳共"（Gorgon）神话时,周作人说,其作为"希腊神话"中"著名故事","因了庚斯莱（Kingsley）霍爽（Hawthorne）等的文章流传甚广";其"普通传说云姊妹三人都是神女,唯季女仍系凡人,因触神怒,发化为蛇,面目凶恶,见者化为石,后为英雄贝尔修斯所杀,其首作为雅典那胸甲的装饰",他说,"据近代学术的考据乃知","最初只有鬼脸,作种种恶相,用以辟邪,如中国古代明器中之魌,现代通用的老虎头或泰山石敢当之类,后人为补装身体,遂成为整个的怪物"。[3]显然,这是他在引用人类学神话学派的理论。在哈里孙（Harrison）的《论山母》中,我们看到的是"母之崇拜常是神秘的,仪式的。希腊的密教决不以父神宙斯为中心,却集中于母神与其附属的子神","戈耳共用了眼光杀人,它看杀人,这实在是一种具体的恶眼（Evil Eye）。那分离的头便自然地帮助了神话的作者","所可注意的是希腊不能在他们的神话中容忍戈耳共的那丑恶。他们把她变成了一个可爱的含愁的女人的面貌","照样,他们也不能容忍那地母的戈耳共形相","这是希腊的美术家与诗人的职务,来

---

[1] ［英］Jane Harrison:《〈希腊神话〉引言》,岂明（周作人）译,《语丝》,1926年8月第94期。

[2] ［英］Jane Harrison:《论鬼脸》,凯明（周作人）译《附记》,《语丝》,1925年8月第42期。

[3] ［英］Jane Harrison:《论鬼脸》,凯明（周作人）译《附记》,《语丝》,1925年8月第42期。

洗除宗教中的恐怖分子","这是我们对于希腊的神话作者的最大的负债"。[1]哈里孙(Harrison)在论述"可怕的蛇与戈耳共形相"在被诗化即经过"诗人想象之力"处理后的"转变"时,说"她们变成了欧魔尼特思(Eumenides),即'慈惠神女',她们从此住在雅典的战神山(Areopagos)上,'庄严神女'(Semnae)的洞窟里。亚耳戈斯思地方左近有三方献纳的浮雕,刻出庄严神女的像,并没有一点可怕的东西","她们不是蔼利女呃斯了,不是那悲剧里的可厌恶的恐怖物","她们是三个镇静的主母似的形像,左手拿着花果,即繁殖的记号,右手执蛇,但现在已不是责苦与报复之象征,乃只是表示地下,食物与财富之源的地下而已"。[2] 更值得我们注意的是古希腊学者亚坡罗陀洛斯的《诸神世系》,即其《希腊神话》中的第一章,让我们看到了希腊神话传说中诸神之间的复杂关系,每一种联系其实都是一则神话,显示出诸神之间不同的地位、个性等内容。这里值得我们注意的是周作人在每一则神话传说之后所做的注释,既是对希腊神话传说内容更具体的阐述,又是他神话学观的体现。如其"注一"中所说:

  据赫西阿陀斯(即亚坡罗陀洛斯)在所著《诸神世系》诗中所说,天即乌拉诺斯,乃是地即该亚之子,但以后和她生了克洛诺斯,那些巨人们,圆眼者等等。关于天与地的合婚,可看欧利比台斯的断片克吕西坡斯,罗马诗人路克勒丢斯,威耳吉留斯。这一种合婚的神话在低级民族流传甚广,可看泰勒著《原始文明》第一二卷。如西非洲多戈地方的厄威族以为地是天的妻,他们的结婚在雨季中举行,其时雨便使各种子出芽以至结实。这些果子他们看作地母的孩子,她在他们看来也即是人与神的母亲。[3]

---

[1] ［英］Jane Harrison:《论山母》,凯明(周作人)译,《北新月刊》,1928年1月第2卷第5号。
[2] ［英］Jane Harrison:《论山母》,凯明(周作人)译,《北新月刊》,1928年1月第2卷第5号。
[3] 周作人译:《希腊神话诸神世系》,《艺文杂志》,1944年11月第2卷第10、11、12期。

这里的注释中,既有对西方民俗学经典著作中理论的引述,又有对不同地区不同时代不同民族间神话传说的具体内容的比较。注释的内容在文字上远超过了原文,与其说是注释,不如说是他在考论别人的神话学著作。古希腊学者路吉亚诺思(Lukianos)"本叙利亚人,在希腊罗马讲学,用希腊语作讽刺文甚多",周作人曾翻译过他的《冥土旅行》和《娼女问答》等著述;其《论居丧》是一篇重要的民俗学理论文章,周作人的译文中,我们看到其最突出的论点就是"丧家的感情实际上是全受着风俗习惯的指导"等内容。[1]

日本是中国一衣带水的邻邦,两国之间的文化交流有着悠久的历史。在中西文化的交流中,日本曾充当其中的一个驿站。但是,我们必须看到,在现代学术体系的建立中,更多的知识分子在这所驿站中充注着矛盾、痛苦的心情,现代民间文学理论体系也是如此。

正因为到了日本,和梁启超他们在这里感受到西方文化的新声一样,周作人在这里感受到民俗学的意义。他在《我的杂学》之十四中描述到这种情景,说自己的"杂览"从日本"得来的也并不少","这大抵是关于日本的事情,至少也以日本为背景,这就是说很有点地方的色彩,与西洋的只是学问关系的稍有不同",其"有如民俗学本发源于西欧,涉猎神话传说研究与文化人类学的时候,便碰见好些交叉的处所","现在却又来提起日本的乡土研究,并不单因为二者学风稍殊之故,乃是别有理由的"。这里,他举例论述道:

《乡土研究》刊行的初期,如南方熊楠那些论文,古今内外的引证,本是旧民俗学的一路,柳田国男氏的主张逐渐确立,成为国民生活之史的研究,名称亦归结于民间传承。我们对于日本感觉兴味,想要了解他的事情,在文学艺术方面摸索很久之后,觉得事倍功半,必须着手于国民感情生活,才有入处;我以为宗教最是重要,急切不能直入,则先注意于其上下四旁,民

---

[1] [希腊]Lukianos:《论居丧》,岂明(周作人)译,《未名月刊》"终刊号",1930年4月。

间传承正是绝好的一条路径。我常觉得中国人民的感情与思想集中于鬼，日本则集中于神，故欲了解中国须得研究礼俗，了解日本须得研究宗教。[1]

后来，周作人就此问题也说过，称"从西来的属于知的方面，从日本来的属于情的方面"。[2]周作人从"研究宗教"的目的出发，把"民间传承"即民俗学的研究，当是"属于情的方面"，这其实是近代学者研究日本的文化风尚的普遍表现，回顾梁启超和夏曾佑他们，也正是到了日本才更激起对"少年中国"的政治情怀；在某种意义上讲，中国的近代化过程是一个民族极大的精神裂变，在感情上异常痛苦的过程，而引起这种裂变的具体因素，欧美列强是一种，日本是更重要的一种，当然也有明以来屡遭专制政治屠戮的具有民本色彩的文化政治思想。"研究日本"的目的显然归属于拯救中华民族，而这种研究作为学术方式，周作人说"必须着手于国民感情生活"，选择"民间传承"的民俗学研究方法，在实际上形成了中国现代民俗学理论的发端。在这里，周作人具体描述了日本著名学者柳田国男对他的学术影响，说"柳田氏著书极富，虽然关于宗教者不多，但如《日本之祭事》一书，给我很多的益处"；此外，他还提到柳田国男的《远野物语》《石神问答》和《后狩祠记》等著作，表示自己对柳田国男"学识与文章"的钦佩。同时提到的，还有"日本的民艺运动与柳宗悦氏"诸如柳宗悦的《朝鲜与其艺术》《信与美》《工艺之道》和《初期大津绘》《和纸之美》等著作，以及式隆三郎对"民艺博物馆与《民艺月刊》"的"经管"等活动。[3]周作人对于日本的民间文化包括民俗生活、民间文学，基于复杂的原因而形成的"情"，在实际上形成他对于日本民间文学和民俗学理论的基本态度。如永井荷风的《江户艺术论》，其第一章中有永井荷风的一段意味深长的"反省"，称自己作为一个日本人，一个生

---

[1] 知堂（周作人）：《我的杂学》，《古今》，1944年8月第52期。
[2] 知堂（周作人）：《我的杂学》，《古今》，1944年9月第55期。
[3] 知堂（周作人）：《我的杂学》，《古今》，1944年8月第52期。

来与西方人"命运及境遇迥异的东洋人","恋爱的至情不必说了,凡对于异性之性欲的感觉悉视为最大的罪恶,我辈即奉戴此法制者也,承受胜不过啼哭的小孩和地主的教训之人类也,知道说话则唇寒的国民也",对西方人"感奋"的"那滴着鲜血的肥羊肉与芳醇的葡萄酒与强壮的妇女之绘画"不能激发起热情,因为他爱的是"浮世绘"这样的民间艺术。永井荷风用散文诗般的语言描述这种"爱":"呜呼,我爱浮世绘,苦海十年为亲卖身的游女的绘姿使我泣,凭依竹窗茫然看着流水的艺妓的姿态使我喜,卖宵夜面的纸灯寂寞地停留着的河边的夜景使我醉。雨夜啼月的杜鹃,阵雨中散落的秋天树叶,落花飘风的钟声,途中日暮的山路的雪,凡是无常,无告,无望的,使人无端嗟叹此世只是一梦的,这样的一切东西,于我都是可亲,于我都是可怀。"周作人对此"引用过恐怕不止三次",与永井荷风"一样有的是东洋人的悲哀","所以于当作风俗画看之外,也常引起怅然之感"。[1] 由此使人看到在周作人的文章中时常出现"越中旧俗"的字样。"知"与"情"确实贯穿在周作人的文章中,形成他特殊的表述风格。也就是说,周作人的民间文学观在这里具体表现为透过"宗教"看日本,透过日本看中国的透视方式。

周作人是 1906 年走进日本的,初习土木工程,后又进入法政大学、立教大学,受到其兄鲁迅的影响,对文学产生浓郁的兴趣。此时的周作人和鲁迅一样,热烈地爱着自己的祖国。如其在《日俄新协约之观念》中,对日俄"咄咄逼人"的猖狂表示极大愤慨,对"有土而不能守,拱手听命于人,致令勃勃野心,习而成性"的腐朽政权表示强烈不满,大声呼喊"狠哉日俄,毒哉协约",为"行见禹域版图,自黄河左右,大江南北,东底海滨,南届滇粤,西至蜀藏,北及燕蓟秦晋回疆,无往非虬髯碧眼之胡建竖国旗之地"而痛心不已。[2] 在《论日人来绍售药事》中,他对教育馆本来应该"贩卖教育物品,输灌文明

---

[1] 知堂(周作人):《我的杂学》,《古今》,1944 年 8 月第 52 期。
[2] 顽石(周作人):《日俄新协约之观念》,《绍兴公报》,1910 年 8 月 5 日。

为宗旨",却做起"变本加厉,勾结外商"的丑恶勾当,对"地方官之纵容"进行强烈谴责。[1]这种情绪持续了数年,在1920年10月23日《晨报》上发表的《亲日派》中,他对"中国还没有人理解日本国民的真的光荣"表示不满,用讽刺的语气说请日本人不要把"几千年的邻居"做"真的知己","因为他们只能卖给你土地"。他以为"排斥日货是国家主义的产物","无论是什么人的,怎样的奴隶,都不应该做";[2]以为"中国人大抵很缺少义愤,而且自己又还在半开化状态之下"而"不配去开口讥弹别人"。[3]但越是往后来,其愤世嫉俗的锋芒愈是消弭,渐渐为失望所替代,这就导致他很自然地在一个民族最关键最危险的时刻选择做了汉奸。这是铁的事实,应该看作整个现代文化的耻辱,正如我们把鲁迅看作整个现代文化的光荣一样。

周作人对日本民间文学的介绍,早在日本留学时就已经开始,但大多是零散的提及;他对日本民俗和民间文学的具体介绍,最早的是《日本之盆踊》。他比较中日两国"每岁以中元节祭祖"的相同,指出所谓"盆踊"就是"盂兰盆供",即"乡间于十六日夕,多聚男女,舞于野,明灯击鼓,歌呼相和";这里,他详细介绍了各地互异的"盆踊歌词",诸如"相模""筑后""萨摩""肥前"所歌,称它们"皆有中国子夜之流风"。[4]在《日本之浮世绘》中,他介绍了这种"多以木板印行","民间流行至广","曲线柔美,色彩秾丽,雕镂模印,靡不精妙"的民间艺术,以及"日本昔慕汉风,以浮世绘为俚俗",后来由于欧洲学者进入日本,促使其"研究之者日盛"。[5]在《桃太郎的辩护》中,他针对《晨报》副刊,所载人介绍"桃太郎是日本开国的一种神话,桃便是女子生殖器的象征""这个神话含有浓烈地日本的国民性"等内容,提出

---

[1] 顽石(周作人):《论日人来绍集药事》,《绍兴公报》,1910年8月18日。
[2] 荆生(周作人):《还不如军国主义》,《晨报》副刊,1923年7月19日。
[3] 荆生(周作人):《大杉荣之死》,《晨报》副刊,1923年9月25日。
[4] 启明(周作人):《日本之盆踊》,《若社丛刊》,1916年6月第3期。
[5] 启明(周作人):《日本之浮世绘》,《若社丛刊》,1917年3月第4期。

自己的意见。他说,"桃太郎是童话,不是神话";"日本开国神话是《古事记》上卷,不是桃太郎";"桃太郎是英国的'杀巨人的甲克'一类的故事";"桃太郎中并不含有怎样'浓烈地日本的国民性'";"日本小姑娘们的确多拿着或背着一个'人形'(中国称曰洋娃娃),但都不是桃太郎","古代并没有桃太郎的人形,只在市肆间见过一种瓷制玩具,状作桃子分裂,中间坐一小孩,这正是桃太郎,是多种玩具之一,而不是儿童唯一的玩具";"每年上巳有女孩的'雏祭',端午有男孩的'五月人形'陈列,不过其中并没有桃太郎","这种陈设又都是家庭的,也不能万人空巷的去看","只有神社的迎赛,大家可以这样的看",但其"主体都是神道,并不是童话里的桃太郎";"至于鸡狗和猴子做成玩具,原是常事,唯不见得一定和桃太郎有关系";"桃子是女子生殖器的象征,大约是对的,正和尼丘及十字架原是生殖器象征一样,是很普通的现象"。[1] 这实际上是一篇颇有特色的考证、辨析的文章。从中我们也可感受到周作人在这一时期的文化立场,如其中所说,"桃太郎中并不含有怎样'浓烈地日本的国民性',诚然,有些日本的滑稽学者想借了这篇童话去鼓吹帝国主义,这不过是适见其愚妄罢了","掠夺侵略是野蛮时代的习惯,留存在儿童的故事里,本是常有的,并不限于桃太郎"[2](这似乎有为日本人辩护的味道)。在《桃太郎之神话》中,周作人就人所说"童话包涵有神话物话两种",继续就"桃太郎"故事谈出自己的意见。他说,"神话与童话截然是两件东西,虽然古代的神话也可以流落为现代童话,别国的神话的内容在本国也会与童话相同,不过成了童话便不是神话了";就别人所说"确信日本是第一的淫国侵略国",包括"日本国民性问题",他却表示不好说。[3] 在日本民间故事中,"太郎"是一个常用的字眼,诸如"桃太郎""金太郎""孙

---

[1] 王母(周作人):《桃太郎的辩护》,《京报》副刊,1925年1月29日。
[2] 王母(周作人):《桃太郎的辩护》,《京报》副刊,1925年1月29日。
[3] 王母(周作人):《桃太郎之神话》,《京报》副刊,1925年2月8日。

太郎"[1]都是故事的主角。无论周作人怎样为这"桃太郎"去辩护,在事实上都是对这类传说故事的介绍,让人看到日本民间故事之一斑。

"落语"是日本的重要民间文学形式。周作人在《日本的落语》中,引人所注"演述古今事谓之演史家,又曰落语家。笑泣歌舞,时作儿女态,学伧荒语,所演事实随口编撰,其歇语必使人解颐,故曰落语",[2]指出"日本演史今称'讲谈',落语则是中国的说笑话"。他在比较了中国古代文献中的"说话"史料后,说"日本的讲谈本以演义为主,但也包括烟粉灵怪等在内,故《杂事诗》(即黄遵宪《日本杂事诗》)云银字儿兼铁骑儿,实在还只是讲谈,与落语无关";他接着根据日本人所著《江户之落语》《讲谈落语今昔谭》"所记",称"安乐庵策传为落语之始祖","盖其初原只是说笑话,供一座的娱乐,及后乃有人在路旁设肆卖艺,又转而定期登台,于是演者非一人,故事亦渐冗长,但其歇语必使人捧腹绝倒则仍是其主要特色也"。因此,他引《江户之落语》中所述"一碗白汤,一柄折扇,三寸舌根轻动,则种种世态人情,入耳触目,感兴觉快,落语之力诚可与浴后的茗香熏烟等也",感慨"中国何以没有这一种东西",称"中国文学美术中滑稽的分子似乎太是缺乏",并称这是"道学与八股把握住了人心的证据"。[3]

《古事记》是日本"最早的古典文学",其中保存了日本神话传说和民间故事。周作人曾翻译过这部经典,介绍其中的民间文学内容。如其在《汉译〈古事记〉'神代卷'引言》中介绍说,《古事记》的"神代"部分,是"日本史册中所记述的最有系统的民族神话",他翻译这一部分的"意思",是"只想介绍日本古代神话给中国爱好神话的人,研究宗教史或民俗学的人看看罢了",其针对的话题,"其一是中国人看神话的方法","其二是日本人看神

---

[1] 凯明(周作人):《蛮女的情歌》,《语丝》1925年7月第36期。
[2] 见黄遵宪《日本杂事诗》自注,周作人以为其引《日本国志》中《礼俗志三》。知堂(周作人):《日本的落语》,《晨报》,1936年3月9日。
[3] 知堂(周作人):《日本的落语》,《晨报》,1936年3月9日。

话的方法"。在论及"中国人看神话的方法"时,他说,"他们从神话中看出种种野蛮风俗原始思想的遗迹","其实这是自然不过的事","他们却根据了这些把古代与现代浑在一起,以为这就足以作批评现代文化的论据";他举例说,《古事记》中有"二大神用了天之沼矛搅动海水,从矛上滴下来的泡沫就成了岛,叫做'自凝岛'","读者便说这沼矛即是男根的象征,所以日本的宗教是生殖崇拜的",他对此提出"我们可以把那些原始思想的表示作古文学古美术去欣赏,或作古文化研究的资料,但若根据了这个便去批评现代的文明,这方法是不大适用的"。在论及"日本人看神话的方法"时,他说,"日本自己有'神国'之称,又有万世一系的皇室,其国体与世界任何各国有异,日本人以为这就因为是神国的关系,而其证据则是《古事记》的传说",这种"把神话看作信史"的看法是"可笑的","至少不是正当的看法";他举"十多年前日本帝国大学里还不准讲授神话学",自己开始不明白,后来从夏目漱石的作品中才知道"日本是神国","讲神话学就有亵渎国体的嫌疑"为例,而称"近年来形势"有了改变,"神话学的著作出版渐多","连研究历史及文化的也吸收了这类知识,在古典研究上可以说起了一个革命"。他举津田的《神代史研究》和鸟居的《人类学上看来的我国上古文化》等神话学著作的论点为例,说"日本人容易看《古事记》的神话为史实,一方面却也有这样伟大之学术的进展",应该对其表示"欣羡"。他在最后说,"《古事记》神话之学术的价值是无可疑的,但我们拿来当文艺看,也是颇有趣味的东西","日本人本来是艺术的国民,他的制作上有好些印度、中国影响的痕迹,却仍保有其独特的精彩"。[1]

"狂言"是日本民间戏剧的一种喜剧,周作人曾多次做过翻译介绍,如其《狂言十番》。[2] 他在《附记》中介绍说,"狂言是古代日本的一种小喜剧,

---

[1] 周作人:《汉译〈古事记·神代卷〉引言》,《语丝》,1926 年 2 月第 65 期。

[2] 周作人:《狂言十番》,北新书局 1926 年版。

发达于室町时代",现在"共存二百余篇",其作者姓名"都失传了",对其内容介绍说,"狂言是高尚的平民文学之一种,用了当时的口语,描写社会的乖缪与愚钝,但其滑稽趣味很是纯朴而且淡白,所以没有那些俗恶的回味"。[1]在《立春》"附记"中更详细的介绍其起源,说,"当初中国的散乐传到日本,流行民间,后来渐渐用于社庙祭礼,搬演杂艺及滑稽动作,称曰猿乐","十三世纪以后逐渐变化,受了古来歌舞等文学影响,成为一种古剧",后来经人提倡,"遂进于文艺,其文词曰'谣曲',其技术曰'能'",正是"猿乐中滑稽的一部分","分化而为狂言"。他接着介绍道,"狂言中的公侯率皆粗俗,僧道多堕落,即鬼神亦被玩弄欺骗,与'能'乐正相反"。就《立春》篇,即原名《节分》狂言,他说,其内容"所说是日本追傩的风俗","古时模仿中国,扮方相氏于除夕逐鬼,春夜撒豆即其遗风","东京现在还在举行";"俗以立春日为岁始,虽过了年,至立春始云长了一岁,故于前晚追傩"。[2]其《狂言十番》是从日本学者所校《狂言二十番》《狂言全集》《狂言记》等文献中所述,他称自己所译"只是因为他有趣味,好玩"。[3]而其实际意义,当然在其言外。

日本的民间歌谣也相当丰富。周作人曾翻译过《日本俗歌五首》,他在《序》中介绍道,"这几首歌"选自日本人所编《端呗集》和《都都逸集》,"端呗"和"都都逸","都是可以歌唱的俗谣","歌中主旨几乎全说恋爱,也多有讲'花柳社会'的生活的"。[4]在《日本的诗歌》中,他介绍道,"短歌俳句都用文言","川柳则用俗语,专咏人情风俗,加以讥刺","日本民间的诗歌,还有俗曲一类,内中所包甚广,凡不合音乐的歌曲,都在其内,以盆踊歌、端呗、都都逸为最重要。这一类短的民谣,大抵四句二十六音,普通称作小呗","这种歌谣,自古代流传,现在尚留人口者,固是极多,随时由遍地的无名诗人撰

---

[1] 仲密(周作人):《骨皮》,《晨报》副刊,1921年12月18日。

[2] 周作人:《立春》"附记",《语丝》,1926年9月25日第98期。

[3] 岂明(周作人):《关于〈狂言十番〉》,《语丝》,1926年9月25日第98期。

[4] 仲密(周作人):《〈日本俗歌五首〉译序》,《晨报》副刊,1921年6月29日。

作,远近传唱者,尤为不少","这真可算得诗歌空气的普通,比菜店鱼店的俳句川柳,尤为自然,可以见国民普遍的感情"。[1]后来,他曾谈及自己"从前曾购集日本歌谣书百数十种(《日本歌谣集成》中所收便有百种以上),搁置不曾用功,虽欲抄辑,一时苦于无从下手,唯《陀螺》中存译歌数十首而已","北原白秋有《日本童谣讲话》,平日喜抽读一二节以消闲,今译出一章,不过聊以塞责,并为《歌谣周刊》补余白耳"。[2]值得人注意的是,在这篇文章中,周作人论及"法西斯文人"西条八十所编《流行歌民谣全集》,称其"殊少艺术的价值",对其中所收"空中舰队之歌"中"赞颂上海之战爆击苏州"的内容评价说,"真不懂这种诗有什么价值","只觉得文人堕落到做这种东西真是可怜悯的事"。[3]

研究民间文学,不能不研究民俗。民俗作为民间文学生存的土壤,这种道理毋庸赘述。周作人同样能意识到民俗学研究对于民间文学研究的重要意义。1927年,他在《雅片祭灶考》中对日本《读卖新闻》中所载"中野江汉君的有意思的趣味讲座",其中对于中野江汉"在支那多年,著书也有二三种,尊为支那风物研究会主的名人,还不知道中国民间的祭灶是在十二月二十三日",表示极大轻蔑。他在这篇文章中讲,"本来讲学问不是一件容易的事,风俗研究也不是例外,要讲这种学问,第一要有学识,第二要有见识,至于常识更不必说了","风俗研究本是民俗学的一部分,民俗学或者称为社会人类学,似更适当,日本西村真次著有《文化人类学》,也就是这种学问的别称"。他说:

---

[1] 周作人:《日本的诗歌》,《小说月报》,1921年5月第12卷第5号。

[2] 周作人:《关于日本的流行歌》,《歌谣周刊》,1936年12月第2卷第29期。同期还刊登了知堂(周作人)翻译的《儿歌里的荧火》,即选自北原白秋的《日本童谣讲话》。

[3] 周作人:《关于日本的流行歌》,《歌谣周刊》,1936年12月第2卷第29期。同期还刊登了知堂(周作人)翻译的《儿歌里的荧火》,即选自北原白秋的《日本童谣讲话》。

第三章 周作人的民间文艺学思想理论

民俗学上研究礼俗,并不是罗列异闻,以为谈助,也还不是单在收录,他的目的是在贯通古今,明其变迁,比较内外,考其异同,而于其中发见礼俗之本意,使以前觉得荒唐古怪不可究诘的仪式传说现在都能明了,人类文化之发达与其遗留之迹也都可知道了。[1]

如其所曾讲过的,这种方法还是研究"民间传承"为主要内容的方法。

在中国现代民俗学理论体系的建立中,日本学者柳田国男的理论的传入是不可忽视的。周作人较早系统介绍柳田国男的民俗学著作。柳田国男是日本民俗学的重要奠基者,他曾提出民俗学要研究"农民为什么贫穷",这对于民俗学的发展具有重要的意义。周作人曾对他的《远野物语》做过同题介绍。在开篇引用他的原话之后,周作人说,"《远野物语》给我的印象很深,除文章外,他又指示我民俗学里的丰富的趣味","那时日本虽然大学里有了坪井正五郎的人类学讲座,民间有高木敏雄的神话学研究,但民俗学方面还很销沉,这实在是柳田氏,使这种学问发达起来,虽然不知怎地他不称民俗学而始终称为'乡土研究'"。接着,周作人又介绍了柳田国男的《石神问答》"讨论乡村里所奉祀的神道",称《石神问答》和《远野物语》两本书"虽说只是民俗学界的陈胜吴广","实际却是奠定了这种学术的基础",因为在这两本书中,"不只是文献上的排比推测",而是"从实际的民间生活下手","有一种清新的活力,自然能够鼓舞人的兴趣起来"。最后,他又介绍了"一九一三年三月柳田氏与高木敏雄共任编辑,发行《乡土研究》月刊"的民俗学运动,以及柳田国男的《石神问答》《远野物语》《山岛民谭集》《乡土志论》《祭礼与世间》《海南小记》《山中之人生》《雪国之春》《民谣之今昔》和《蜗牛考》等著述,称"柳田氏治学朴质无华,而文笔精美,令人喜读"。他在这篇文章的《附记》中说,英国学者哈登

---

[1] 岂明(周作人):《雅片祭灶考》,《语丝》1927年12月24日第4卷第2期。

（A.C.Haddon）在《人类学史》的《末章》所说的"人类的体质方面的研究早由熟练的科学家着手,而文化方面的人类历史乃大都由文人从事考查,他们从各种不同方向研究此问题,又因缺少实验经历,或由于天性信赖文献的证据,故对于其所用的典据常不能选择精密",称"这种情形在西洋尚难免,日本可无论了";他说,"大抵科学家看不起这类工作,而注意及此的又多是缺少科学训练的文科方面的人,实在也是无可如何","但在日本新兴的乡土研究上,柳田氏的开荒辟地的功的确不小,即此也就足使我们佩服的了"。[1]

早川孝太郎的《猪鹿狸》《三州横山话》《能美郡民谣集》《羽后飞岛图志》和《花祭》等著述,周作人称为"研究地方宗教仪式之巨著",并称"顶喜欢的还是这《猪鹿狸》"。他介绍这本书说,"这是讲动物生活的一册小书,但是属于民俗学方面而不是属于动物学的",其"所记的"并非"动物生态的客观纪录",而是"人与兽,乡村及猎人与兽的关系的故事"。由此他回想起自己"从小时候和草木虫鱼仿佛有点情分",即爱读《毛诗草木鸟兽虫鱼疏》《南方草木状》《本草》《花镜》等典籍,但是,"书本子上的知识总是零碎没有生气","比起从老百姓的口里听来的要差得很远了"。想起"在三十多年前家里有一个长工,是海边的农夫而兼做竹工",这人所讲的野兽故事"是多么有意思",令他"时时怀念这些故乡的地方"。因而,他从这册《猪鹿狸》中找到这些能引起共鸣的内容。他称,"早川的这册书差不多就是这种故事的集录",即使没有那些图画,也足使其喜欢。他说,"正如书名所示,这书里所收的是关于猪、鹿、狸三种兽的故事","是一个七十七岁的老猎人所讲的","其中以关于猪和狸的为最有趣味,鹿这一部分比较稍差"。他在介绍这些故事时,总是与中国民间故事做比较,如在述及"狸的故事差不多是十之八九属于怪异的"时候,他说,"中国近世不听见说有什么狸子作怪,但在古

[1] 周作人:《远野物语》,《夜读抄》,1931年11月17日。

时似乎很是普通,而且还曾出过几个了不得的大胆的,敢于同名人去开玩笑的狸妖,他们的故事流传直到今日"。[1]

周作人在对日本民俗学和民间文学做介绍时,总是念念不忘中国,常拿中日之间的民间文学和民俗生活做比较,而且在理论研究上做对比。如其在《缘日》中比较了缘日在东京和北京的庙会后,说,"要了解一国民的文化,特别是外国的","须得着眼于其情感生活,能够了解几分对于自然与人生态度","非要从民俗学入手不可"。[2] 在《日本之雏祭》中,他开篇便说,"中国自昔有上巳修禊之事,最有名的是兰亭之会,后来日期改为三月三日,不必一定是巳日,但是这种行事在民间渐渐不大流行","日本古时风俗亦有禊祓,用纸制为偶人,以抚摩自己身体,祝诵而送诸水中,当作替身,以祓除不祥,据说后世玩具中人形一语即从此出云","这仪式在日本现时亦已不复见,却另外盛行一种雏祭,时期正是三月三日,仿佛是修禊的变相","此与修禊或未必有关,但其为祝儿童成长之仪式当无疑也"。[3] 他在《五月人形之说明》中,也是先述"五月五日为端午节,中国各地,以艾与菖蒲插门窗上,或书红签粘壁云",接着说"日本古来亦有此种风俗,但是近已转变为庆祝男儿之节日,正如三月三日是女儿节一样"。[4] 在《〈如梦记〉译记》中更是这样,每云一种日本民俗事项或民间故事,总要做"中国如何"的比较论述。如其论及"金太郎"和"丁丁山"等民间故事时,他说,"守庚申源出中国道教,传入日本,至今尚有存留,但与佛及神道相混,所祀神为青面金刚或猿田彦神,路旁庚申冢则大抵雕刻三猿像,即不见不闻不言三者是也"。[5] 又如其在《雅片祭灶考》中,比较中日民俗学时所讲,"日本对于中国的文史哲各方面都

---

[1] 岂明(周作人):《猪鹿狸》,《大公报》,1933年9月23日。
[2] 知堂(周作人):《缘日》,《中国文艺》,1940年8月第2卷第6期。
[3] 知堂(周作人):《日本之雏祭》,《中国公论》,1941年3月第4卷第6期。
[4] 知堂(周作人):《五月人形之说明》,《实报》,1941年5月29日。
[5] 知堂(周作人):《〈如梦记〉译记》,《艺文杂志》,1944年1—9月第2卷第1—9期。

有相当的学者正经地在那里研究,得有相当的成绩,唯独是在民俗学方面还没有学者着手,只让支那浪人(指中野江汉)们拿去作招摇撞骗之具"。[1]他在《听耳草纸》中称佐佐木喜善"这二十年来他孜孜不倦的研究民俗,还是那样悃愊无华的,尽心力于搜集纪录的工作,始终是个不求闻达的田间的学者",是"顶可佩服的事",又引了柳田国男对他的高度评价,他联系到"近年来中国研究民俗的风气渐渐发达"及其中存在的"在方法上大抵还缺少讲究",他说,"像佐佐木那么耐得寂寞,孜孜矻矻的搜集民俗资料,二十年如一日的人,点了灯笼打了锣去找也找不到","民俗学原是田间的学问,想靠官学来支持是不成的,过去便是证明,希望他在中国能够发展须得卷土重来,以田间学者为主干,如佐佐木氏的人便是一个模范值得我们景仰的了"。[2]

在总体上,周作人对国外民间文学和民俗学的翻译介绍,体现"知"与"情"的同时,更多的是在以此为观照方式,努力做认识中国国民性的尝试。除了以上提及的一些内容,周作人还广泛注意到印度、希伯来、阿拉伯、丹麦、朝鲜、蒙古等国家民间文学的内容。如他在《圣书与中国文学》(《小说月报》1921年1月第12卷第1号)中对希伯来文学包括民间传说的关注;在《朝鲜传说(译)》(《语丝》1925年5月第28期)、《〈朝鲜童话集〉序》(《朝鲜童话集》,开明书店1932年版)中对朝鲜民间传说、民间故事及其与"中日韩的文化关系"等内容的思索;在《〈蒙古故事集〉序》(《骆驼草》1930年6月第5期)中对《一千零一夜》的"故事形式""印度的故事与中国之影响"和《蒙古故事集》中所具有的"遗意"等问题的理解,以及他对《孟加拉民间故事》《俄国童话集》等译著中的民间文学典籍的涉及;在《旧书回想记》之四"童话"(《晨报》1940年12月16日)中,他对"外国童话"的关注,举到许多例子,如其提及的《英伦爱耳兰童话集》《世界童话集》"丹麦安徒

---

[1] 岂明(周作人):《雅片祭灶考》,《语丝》,1927年12月第4卷第2期。
[2] 岂明(周作人):《听耳草纸》,《大公报》,1933年12月23日。

生所作""德国格林兄弟所集录者""东北欧方面的出品"即"尼斯贝忒培因"所译"童话集"(包括"俄国""哥萨克""土耳其")等,显现出周作人开阔的视野和他辛勤的努力。

周作人的民间文学观是中国现代民间文学史上很特殊的一部分。他对于中外民间文学问题,几乎在每一个方面都有所涉及,而且著述甚丰,在许多问题上都有自己独到的见解。尽管他自己也多次表示自己不是专门研究民间文学和民俗学的,但是,他确实是一位杰出的民俗学家、神话学家、民间文艺学家,而且以自己的理论和方法深刻地影响了中国现代民间文学理论体系的建立与发展。但是,几乎每一位学者都无法回避他在抗日战争中出任伪职的问题,这就是受知人论世的学术传统带来的影响。检索20世纪30年代之前周作人的著述,我们会发现他曾经是一个热血沸腾的人。如在《日本的海贼》中,对"大辉丸事件"江连力一郎等将商船上的"中国朝鲜俄国的乘客"都惨杀,而东京地方审判厅却草率从轻判理,还受到"听审的群众立刻欢呼",他表示过激愤;[1] 在《日本浪人与〈顺天时报〉》中,他说,"愤的是因为它伤了我为中国人的自尊心,恨的是因为它摇动了我为中国人的自尊心,恨的是因为它摇动了我对于日本的憧憬";[2] 在《〈神户通信〉附记》中,他提到"日本对于中国的态度是的的确确的'幸灾乐祸'四个大字,于中国有利的事以至言论思想,他们竭力地破坏、妨碍,而竭力赞助、拥护有害于中国的人和东西","日本所最希望的事是中国复辟,读经,内乱,马贼……"他说,他是"爱日本的",但"也爱中国","只可惜中国人太不长进,太多无耻的正人君子,弄得中国渐像猪圈,使我们不得不切齿于这些不肖子孙,诅咒这混沌的中国",他将这种"诅咒"归为"有所爱便不能无所恨","真爱中国者自然常诅咒中国"。[3] 在《在中国的日本汉文报》中,他说,"现在所觉得要不得的是

---

[1] 开明(周作人):《日本的海贼》,《语丝》,1925年3月第18期。
[2] 周作人:《日本浪人与〈顺天时报〉》,《语丝》,1925年11月第51期。
[3] 作人(周作人):《〈神户通信〉附记》,《语丝》,1925年12月第59期。

外人的操纵,借此来养成帝国主义的奴隶,这一层总是非努力反对不可的","比这个还有更危险的一件事",是"外国人来鼓吹中国的有害的旧思想,一样地替他养成帝国主义的奴隶","因为这坏思想原是中国固有的";"凡我们觉得于中国略有好处的事件,他们一定大加嘲骂非笑,又因处处利用中国旧思想,勾结恶势力的缘故,蛊惑捣乱的力量也越大,还瞒过了许多不注意的人,不知道这是文化侵略中最阴险的一种方法"。[1] 到了1936年的12月,他还在为日本法西斯文人所编的《流行歌民谣全集》中损害中国人民感情的"军歌",感到"文人堕落到做这种东西真是可怜悯的"。[2] 但一切语言都是苍白的,事实能够说明一切。周作人也走向了"堕落",受到全国人民的唾弃。当然,科学研究需要的是理性的把握,不能感情用事,周作人对于中国现代民间文学理论体系的贡献,我们应该冷静地思索,认真梳理;我们更应该以史为鉴。

---

[1] 周作人:《在中国的日本汉文报》,《世界日报》,1926年1月1日。

[2] 周作人:《关于日本的流行歌》,《歌谣周刊》,1936年12月第2卷第29期。